LES LARMES DE LA PINÈDE

Auteur d'une œuvre importante, Jean-Paul Malaval a été journaliste, notamment pour *Le Nouvel Observateur*. Né à Brive en 1949, il a été maire de Vars-sur-Roseix, une petite commune de Corrèze, de 1995 à 2015. Il se consacre désormais à la littérature.

Paru au Livre de Poche :

LA BASTIDE AUX CHAGRINS

LA FOLIE DES BASSOMPIERRE

LES NOCES DE SOIE
1. Les Noces de soie
2. La Villa des térébinthes
3. Rendez-vous à Fontbelair

L'OR DES BORDERIES

LES SŒURS QUERELLE

Jean-Paul Malaval

Les Larmes de la pinède

ROMAN

CALMANN-LÉVY

ISBN : 978-2-253-07102-0 – 1re publication LGF

1

Parce qu'il était l'aîné de la tribu Marinzacq, Hector s'était proclamé chef de clan, juste derrière le père. D'autant que le patriarche commençait sérieusement à perdre la boussole. C'était un grand diable d'homme, sec et robuste, tout en muscle, le visage buriné, déjà, par la vie au grand air, comme du reste tous ses congénères, portant fièrement la moustache roulée en pointes. Il avait le geste ample, parlant aussi bien avec son corps qu'avec sa voix, forte et caverneuse. Hector était craint dans le voisinage, à cause de sa stature imposante, mais sans doute aussi, comme nous le découvrirons par la suite, par la seule réputation des Marinzacq, gens autoritaires et vétilleux.

Comme chaque matin, Hector sortit aux aurores. Il se faisait un honneur d'être le premier levé, tapant du poing contre les portes des chambres pour réveiller la maisonnée. Ça le faisait hurler de rire cette vieille manie dont il avait hérité du vieux Victorin, tirer les paresseux du lit, car il y avait à faire, clamait-il d'une voix tonitruante et, selon les saisons, il égrenait la longue litanie des tâches à accomplir, braillant en plein couloir. Puis il sortait dans la cour cernée de hauts murs, s'étirait en humant l'air, allait voir les chevaux. À eux, il leur parlait avec douceur. Sans doute avait-il plus de considération pour les équidés que pour l'espèce humaine. Babrio, le domestique qui dormait à l'étage de l'écurie, dans une resserre de planches disjointes, se laissait glisser dans le tas de foin, comme sur un toboggan.

— Quand donc te surprendrais-je au travail, Babrio ? Tu attends que j'arrive pour me faire enrager ou quoi ?

Le bonhomme ne protestait pas. Son salaire de journalier était maigre, certes, mais du moins avait-il un toit sur la tête et deux repas par jour. Hector le toisait avec ce regard insolent des maîtres ou des fils de maîtres.

— Mène-les à la fontaine qu'ils boivent leur aise.

Babrio haussait les épaules, comme chaque matin, en entendant ces sempiternels ordres, comme s'il ne savait pas, lui, le petit Italien de Pinerolo, ce qu'il avait à faire de cette douzaine de barbes sémillants, les nourrir de foin sec, les panser à l'étrille, au bouchon et à la brosse douce.

— Sans oublier les sabots, insista Hector.

Et d'un geste agacé, il lui expédia dans les jambes le cure-pied pour lui rappeler que ses chevaux avaient besoin d'un soin quotidien à force de galoper sur les chemins malaisés de la pinède, du côté de Plat-Bonne, infestés de menus silex coupants.

Hector allait et venait dans l'allée de l'écurie, nerveux, la chemise ouverte sur sa poitrine broussailleuse et les bretelles rabattues sur son pantalon.

En l'accompagnant d'un regard craintif, Babrio se demandait quelle mouche avait piqué de si bon matin l'aîné des Marinzacq. Il se mit à l'œuvre avec hésitation. L'Italien n'aimait pas travailler sous le regard du maître, redoutant des reproches, tous plus injustifiés les uns que les autres. Dans ces moments, il lui semblait même que M. Signor, comme il disait, ne le rabrouait que par principe, sans objet patent, pour se donner une contenance.

Puis Hector quitta son écurie, après avoir flatté quelques encolures, celles de ses chevaux préférés, deux juments et un vieux mâle grisonnant. Il traversa la cour jusqu'au portail. On ne prenait plus la peine de le fermer depuis que le vieux Marinzacq avait commencé à perdre la carte. C'était donc une idée du fils que de laisser la demeure ouverte sur la longue allée bordée de chênes centenaires, puisque les parcelles alentour, les pacages des Darrigues et les pinèdes Guicharnaud, faisaient partie de la Petite Marquise et formaient en quelque sorte un rempart protecteur.

Dans la cuisine, tous les Marinzacq étaient réunis, à l'exception du vieux qui gardait la chambre. Zélia, la mère, se tenait contre l'évier pour servir la tablée, raide et sèche, le visage buriné, la chevelure grise tirée en arrière et roulée en chignon. Elle attendait que le café se réchauffe, mais pas trop, juste ce qu'il fallait pour éviter l'ébullition. Aux premiers signes, un petit chantonnement, elle retira la cafetière et vint la poser au centre de la table. D'un hochement de tête, la mère fit signe à sa fille Aurélia de remplir les tasses en porcelaine. Elle servit en premier Hector. Sinon, peut-être en eût-il pris ombrage. On craignait ses réactions belliqueuses pour un oui pour un non. Il refusa de le mouiller de lait. Il en jaugea la chaleur en plongeant un doigt dedans et parut satisfait. Puis il s'assit en bout de table, le regard sur la pendule qui égrenait les secondes d'un battement mécanique.

— Tu es pressé ? demanda Aurélia.

Sa longue chevelure blonde lui tombait sur les épaules. Son visage lisse et blanc portait encore l'empreinte du sommeil. L'aîné des Marinzacq la contempla avec un sourire amusé.

— Non, répondit-il. Mais ce n'est pas une raison. À sept heures, il est temps d'être sur le pont.

Aurélia haussa les épaules, puis emplit son bol et y versa une grosse rasade de lait. Ça la rassurait cette douceur matinale, cet arôme emplissant ses narines. Hector estimait sa petite sœur aboulique, et pas seulement au sortir du sommeil, comme si elle entrait à reculons dans chacune de ses journées. C'est pourquoi il aimait la taquiner en lui demandant ce qu'elle comptait faire aujourd'hui, mais il n'obtenait rien de plus qu'une moue d'agacement.

Le second fils Marinzacq, Taurence, lui, avait un si beau visage d'ange qu'on se demandait d'où il le tenait. Du côté de sa mère, les Darrousse ? Les trois frères de Zélia, Bénézet, Jordi et Matelin, étaient plutôt ventripotents, les traits mous et le regard bovin. Pourtant, à y regarder de près, Zélia avait dû être fort belle dans sa jeunesse, mais cette grâce féminine s'était vite évanouie en rides précoces. Elle disait que son mari, dieu et maître de la Petite Marquise, l'avait traitée comme une bête de somme durant vingt ans, depuis que Victorin s'était mis en tête de replanter la pinède des Bouscats et de défricher les Jarrige pour y élever un troupeau de vaches landaises.

Aussi ne se résignait-elle pas à ce que son aîné prît le relais désormais. « Il ne faudrait pas que ça devienne une habitude, lui reprochait-elle. Mon cher Hector, prends garde à ne pas reproduire les erreurs de ton père ! Il pourrait t'en cuire… »

Zélia se sentait forte depuis que son époux montrait des premiers signes de fatigue. Qu'il partît de la tête lui paraissait comme un accomplissement du destin, un signe salutaire, une revanche sur les années d'humiliations, car enfin pouvait-elle dominer ce mari tyrannique. Et ce renversement de situation avait éveillé en elle une dureté peu commune, dont on ne l'aurait point crue capable, elle, la douce Zélia, pliant l'échine sous les injures et les brutalités de Marinzacq.

Du bout des doigts, Aurélia partagea une galette landaise, puis aligna les morceaux sur une assiette. Chacun prit sa part en silence dans la pénombre de la salle à manger. Et bien que les murs fussent blanchis à la chaux, le plafond haut et dégagé offert à la lumière des grandes fenêtres, le jour tardait à venir.

— C'est aujourd'hui, Hector, que tu fais ta déclaration ? demanda Taurence.

L'aîné arrêta sa mastication bruyante – la galette était un peu massive, un étouffe-chrétien destiné à tenir au corps – et dévisagea son frère comme s'il venait de proférer une insulte.

— Je te prie de respecter ta parole, idiot !

Taurence baissa la tête pour dissimuler une forte envie de rire.

— Quelle déclaration ? Ça devient intéressant, dit Aurélia.

De son regard gris-bleu, la mère fixait les bouquets de fleurs séchées accrochés au tirant de la charpente, en souvenir des maïades de mai, à l'époque où Victorin tenait dans sa poigne tous les gens de Moitezan et qu'on lui rendait les honneurs avec dévotion. Des nids à poussière, pensait-elle. Comme tout ce qui existe ici. Qui montera un jour au faîtage pour enlever les toiles d'araignées ? On ne pense jamais à ça en faisant les travaux. On ne voit que l'intérêt esthétique. Mais ce sont des bêtises. Tant de volume, se disait-elle en promenant son regard sur les arbalétriers soigneusement passés au brou de noix, ça en consomme du bois de chauffage. Elle soupira en fermant les yeux. « Mais on me dira que ça ne manque pas les volis et les chablis à brûler. »

— Faut vérifier que l'équipe des résiniers, celle de Pablo, a commencé le barrasquage. Tu as fait ce que je t'ai demandé, frérot ?

Taurence joignit ses mains et les croisa sur sa poitrine, dans une sorte de contentement personnel. Pour une fois que le grand frère l'interrogeait, il ne se sentait pas peu fier.

— J'ai vu, oui. Et il y a à dire…

Hector se gratta la crinière nerveusement, des cheveux rebelles, drus et noirs. « Mauvais signe, pensa Taurence. Je vais encore me faire insulter pour rien. »

— Dire quoi ? Tu accouches ?

— M'est avis que certains manient le sarcle à peler sans précaution, dit-il en baissant la tête.

— Ils mettent le bois à nu ?

Taurence acquiesça d'un hochement de tête. Hector frappa la table de la cuisine d'un vigoureux coup de poing.

— J'ai vu des troncs raclés jusqu'au bois, alors qu'il faut laisser un peu d'écorce, n'est-ce pas ?

— Ne fais pas l'imbécile, tu le sais aussi bien que moi. Ces sagouins ! Ils vont nous les tuer… Savent-ils seulement qu'il faut trente ans pour obtenir un pin exploitable ? Tu leur as expliqué, Taurence ? Sinon, tu me les envoies, les coupables, je vais leur apprendre le pelage, moi !

Mais le second des Marinzacq répliqua qu'il ne pouvait pas surveiller chacun des hommes. Et il reconnut que, parmi eux, des Italiens et des Espagnols n'avaient jamais fait ce travail, qu'ils ne savaient pas se servir d'un hapchôt et qu'ils frappaient les troncs avec trop de vigueur au point d'entailler l'aubour, comme s'il s'était agi d'une hache.

— Faut tenir leur chef pour responsable, dit Hector.

— Pablo ? s'interrogea Taurence. C'est un sauvage, celui-là, un sacré sauvage. Ça ne veut rien entendre. Tu comprends ça, Hector ? Autrefois, papa les fouettait, ces crétins, mais moi, j'ai pas la poigne pour leur faire entendre raison. Il n'y a décidément qu'une chose qui les intéresse, faire du chiffre et poser les cramponnages, vite, vite, distribuer les pots afin que ça donne. Pour eux, la carre, c'est une affaire qui doit être vite expédiée.

Dans un geste de lassitude, Hector coupa court aux explications. Ces affaires-là étaient monnaie courante, chaque année, en mars, au début du gemmage.

— J'irai voir ça, dit-il, résigné.

— Avec le fouet de papa ? s'amusa Aurélia. Te montreras-tu aussi autoritaire que lui ? interrogea-t-elle. J'attends de voir.

La mère se tenait à distance, sans que le moindre sentiment se fît jour sur son visage clos.

Elle se refusait à arbitrer les querelles de ses enfants, sachant sans doute que les rôles étaient déjà distribués chez les Marinzacq. À Hector, la direction de la Petite Marquise, à Taurence de le seconder et à Aurélia de trouver sa place dans la maison. Un mariage, un départ? Qui sait? C'était ce qu'elle appréhendait le plus, le devenir de sa grande fille, lorsque Hector se sentirait pousser des ailes et qu'il ferait de son frère une sorte de domestique. Aurélia n'aurait sans doute plus sa place à Darrigues. On le lui ferait sentir, certes, oui, que son inutilité dans les affaires de la pinède exigerait qu'elle prît ses responsabilités. « Mais tant que je serai là, se jura-t-elle en serrant les poings, rien de semblable ne se produira. »

Hector quitta la salle à manger le premier, comme d'habitude, à grandes enjambées. Il aimait à tout envoyer promener autour de lui, les chaises, les tabourets et même le chien, qui traînait dans les environs se prit un coup de talon sur la queue. Ça le faisait rire de jouer les Attila dans sa maison, une manière d'affirmer sa supériorité, se disait la mère, les bras croisés, rongeant son frein. Elle priait parfois pour s'excuser devant le Ciel d'avoir mis au monde un tel rustre.

— Tu espères quoi, maman, qu'il changera? C'est perdu d'avance, vint lui dire Aurélia en emportant la porcelaine.

Zélia ne regarda pas sa fille. Elle n'avait pas envie d'entendre cette vérité, que l'effondrement du père allait compliquer la situation des Marinzacq.

« Tant que ça reste entre nous, dans nos murs, ce n'est pas si grave. Mais dehors, comment se comporte-t-il ? Je parierais qu'il fait son timide », se rassurait-elle à peu de frais.

— Il faudra prendre la grande échelle et ôter ces horreurs, fit-elle en montrant à sa fille les gros bouquets de fleurs séchées, alignés comme des manoques de tabac.

Aurélia regarda sa mère d'un œil craintif. Se pourrait-il qu'on commence à enterrer le père avant même que le cercueil soit cloué ?

— C'est l'honneur des Marinzacq, dit la jeune fille, tu n'y penses pas ?

Elle répétait sa leçon bien apprise, à coups de gifles. Victorin avait jadis gagné trois élections et ces bouquets étaient les ultimes vestiges d'une fastueuse époque. Ils avaient orné les mais de l'élu dressés au cœur de la Petite Marquise, tous plus hauts les uns que les autres.

— Il n'y a plus rien ici. Que l'orgueil passé.

— Ça me laisse sans voix, déplora Aurélia. Crois-tu qu'Hector accepterait ça ?

— Je me fiche de ce que pense ton frère.

La petite courut dans la cuisine pour ne pas entendre la suite. Elle se disait que tout ça, ces audacieux sacrilèges, finirait par porter le malheur dans la maison.

« S'il le faut, j'y monterai moi-même, en haut de l'échelle, pour décrocher ces ornements ridicules, ces trophées d'orgueil stupide », se dit Zélia prise de tremblement. Ça la rendait nerveuse, ces choses qui perdurent, ces souvenirs dévastateurs, tant la maison en avait souffert jadis. « Et maintenant que mon pauvre diable de mari se morfond dans sa caverne intérieure, claquemuré, prisonnier, fermé au monde, que lui importe… Se souvient-il seulement qu'il a régné un jour sur tous ces pauvres gens de Moitezan ? »

Hector s'était installé dehors, près de la pompe à eau, devant une table ronde sur laquelle étaient posés une cuvette et son attirail de rasage. Il tira l'eau nécessaire en actionnant le levier avec force. Au début, il pompa dans le vide pour la réamorcer, mais en moins d'une minute le dégorgeoir éructa son premier jet. L'homme emplit la cuvette à moitié. Il se délesta prestement d'une chemise cotonneuse qu'il jeta à terre, puis versa sur sa tête et son torse l'eau glacée.

Sa sœur lui apporta une serviette et voulut l'essuyer, mais il la repoussa. Elle éclata de rire. Si tous les hommes étaient de ce bois-là… Puis Aurélia ramassa la chemise et la huma, comme elle avait l'habitude de le faire, discrètement, en se détournant dans une vive volte-face. C'était cette odeur-là, celle des hommes, qu'elle aimait dénicher dans la fibre du tissu – suées répétées, acides et aigres, produites dans le travail ou le sommeil –, qui la troublait intensément.

Après s'être savonné la tête et le torse, il remplit de nouveau sa cuvette à ras bord et se rinça en s'ébrouant. À six pas, Aurélia contemplait le spectacle. C'était le seul homme de la famille qui faisait ainsi sa toilette au vu de tout le monde. Taurence, lui, se cachait dans la buanderie pour ses ablutions. « Un timide, notre petit homme, disait Aurélia. Il n'est pas encore prêt à courir les filles », pensait-elle. Et elle éprouvait pour lui une sorte d'attendrissement en le voyant ainsi, dominé par son caractère timoré.

Puis Hector se mit à battre le savon au blaireau dans le bol qu'il utilisait une fois par semaine, d'ordinaire le dimanche matin, mais pour une fois, il dérogeait à la règle, un jeudi de grand vent. Il étala la mousse sur son visage avec application. L'abondance ne nuit pas quand on est gratifié d'un rude poil de sanglier.

— Tu me traites comme un prince, dit-il à Aurélia qui tournait autour de lui.

Elle revenait à la charge avec sa serviette, la présentant comme une offrande, sans se risquer à lui frotter le dos.

L'aîné des Marinzacq n'aimait pas qu'on le serve, surtout sa sœur qu'il tenait à sa manière en haute estime. Sa crainte était qu'elle devienne un jour une domestique au service d'une famille bourgeoise du pays ou l'épouse résignée et obéissante d'un mari tyrannique.

— N'attends pas qu'on choisisse pour toi, dit-il.

Elle s'approcha de lui pour s'assurer que la mousse recouvrait tout son visage.

— Que veux-tu dire ?

— Un mari. Ne te laisse jamais marier de force. Notre mère est capable d'accomplir cet exploit. Je la connais. Elle doit commencer à faire une liste de tous les bons partis qui lui conviendraient. Ça l'agace de te sentir dans ses jambes. Surtout que tu ne travailles pas beaucoup. Oh, je sais, ce n'est pas de ta faute, Aurélia. Tu ne sais rien faire.

Elle prit le miroir et le présenta à hauteur du visage de son frère. Avec des gestes lents et répétés, Hector fit jouer son rasoir à lame sur la raquette, au préalable bien lubrifiée. Rien ne l'aurait plus désespéré à cette minute que son coupe-choux présentât un fil émoussé. Puis il commença délicatement sa besogne, faisant signe à sa sœur de lever le miroir pour ne rien négliger, pas même un poil récalcitrant logé dans quelque repli de peau.

— On se prépare pour sa déclaration ? fit Taurence qui les avait rejoints.

— Tu n'as rien d'autre à dire ? dit Hector. Je te croyais avec Babrio. Il faut le surveiller, ce saligaud.

— Pour une fois, tu ne t'es pas coupé, frère. Heureusement, ça aurait fait mauvais effet.

Hector prit la serviette que lui tendait Aurélia et se tamponna le visage, remarquant après coup sur celle-ci quelques traces de sang hypothétiques. Il remonta ses bretelles sur sa poitrine dénudée.

— Qu'est-ce donc cette déclaration ? demanda Aurélia.

— Ça ne te regarde pas, fripounette ! répondit l'aîné des Marinzacq en lui tapotant le visage.

À moins de cinq kilomètres au nord de la Petite Marquise, par-delà les pinèdes de Saint-Paul que le feu avait dévastées sur une douzaine d'hectares en 1901, après que la foudre était tombée, se tenait la propriété des Fortegui, dont la dernière héritière avait décidé d'exploiter la forêt. Les Fortegui, famille d'origine basque établie à San-Sebastian dans la Parte Vieja, avaient fait fortune dans les mines de charbon en territoire Saratars. L'usage voulait que Don Alessandro Fortegui décidât des mariages de ses filles. Les trois premières, Anna, Rosa et Beatriz, se laissèrent dicter leur loi par leur père sans rechigner ni récriminer, pour conserver leur héritage. Mais la quatrième, Josée, la plus petite et la plus rebelle des descendantes Fortegui, se refusa à épouser le parti qu'on avait choisi pour elle. Ainsi, telle était la loi du clan, on la pria de quitter la demeure familiale de Donostia et de renoncer à tous les privilèges associés au nom des Fortegui.

Suite à cet évincement, Josée acheta avec l'argent d'un oncle, de la branche Larzabal de Bilbao, du côté de sa mère, cent hectares de pins dans les Landes, à Saragos. Elle épousa un pêcheur de Moitezan. Le couple connut trois années de bonheur et de tranquille activité. Josée s'occupait de l'élevage de ses marines landaises, tandis que Pestor allait pêcher sur sa frêle embarcation bar et mulet. Une nuit, l'homme se perdit en mer. Et conservant son chagrin pour elle, sans n'en jamais rien montrer, en digne femme de la Biscaye, Josée Fortegui devint une jeune veuve fort courtisée.

Sa toilette terminée, Hector attela sa voiture. Babrio voulut lui prêter la main, mais Marinzacq le repoussa, comme il le faisait chaque fois qu'on venait perturber le cours de ses pensées.

— Me laissera-t-on ? J'ai une grosse affaire en vue, dit-il en prenant un air important.

Babrio avait été très attaché à Victorin, avant que ce dernier ne tombe malade. Et pour cause, M. Signor lui avait tout appris sur la manière d'entretenir les forêts, de planter et de replanter, de semer les graines dans la tourbe et tout le reste – les maladies des pins comme la réparation des barriques –, mais à l'encontre du fils, le « petit maître », comme il disait en parlant de l'aîné des Marinzacq, Babrio n'éprouvait que mépris. Il subissait ses remontrances sans paraître affecté, le nez en l'air, fier et digne. « Il y a une part de moi-même, semblait-il lui dire par cette posture, que tu n'atteindras jamais, petit maître… »

Puis Hector fit avancer sa calèche dans la cour en menant le cheval au bridon. La bête se montra nerveuse, sans doute à cause du mors que Marinzacq tirait par trop aux commissures des lèvres. Il le rassura par des caresses. Mais d'évidence, l'animal n'aimait guère être traité de la sorte.

— Tout doux, tout doux, fit-il en ramenant les rênes sur le tablier du tilbury.

Avant de s'y asseoir, il passa la main pour ôter la poussière. Il y avait de la graine de foin et ça ne lui disait rien qui vaille, lui qui avait enfilé son beau costume chiné en tweed et coiffé un chapeau feutre. Sa cravate noire sur sa chemise blanche laissait à désirer. Elle faisait un peu chiffonnade de tissu. Mais qu'importe. La mère n'avait point jugé utile de le conseiller, comme elle le faisait avec Victorin quand il courait les réunions et les comices en arborant la cocarde tricolore. « Croit-il que je vais lui laisser prendre la place, toute la place ? » pensait-elle en voyant partir son aîné d'un pas alerte, les épaules conquérantes. Zélia s'en amusait, sans rien laisser paraître. « Une déclaration, mon Dieu, pour ce que ça va donner… J'en ris d'avance. »

L'ostau de Josée Fortegui était de vastes proportions avec ses harmonieux colombages couleur sang de bœuf, comme en Pays basque. La brique plate et la garluche maçonnées entre les coulanes de bois donnaient du caractère à cette demeure soigneusement entretenue. Alentour, le parc était grand, ombragé par des chênes-lièges et tauzins, comme si la propriétaire de Saragos avait voulu tenir les pins à distance.

De sa terrasse protégée par une rambarde en bois sculpté, assez grossièrement, avec une succession de croix composées de virgules, des *lauburus vascos*, qui marquaient son appartenance à l'Euskadi, sa fierté, la jeune veuve voyait arriver ses visiteurs de loin, sur le long chemin droit qui coupait la pinède en deux. Elle porta à ses yeux une lunette et reconnut aussitôt le fringant bonhomme sur le siège de sa calèche. Un sourire rafraîchit son visage. Elle entra dans sa maison et en ressortit aussitôt avec un fichu rouge et vert dont elle enveloppa soigneusement sa lourde chevelure noire. Il ne laissait plus voir que son beau visage lisse et hautain au regard vert d'eau. Elle reprit sa lunette et ajusta mieux le réglage.

« Belle prestance, se dit-elle, à quelle fin ? Moi ? » Elle posa la main à plat sur sa poitrine. « Ne sois pas si bête, Josée. Tu ne vas pas croire, encore une fois, qu'il y a la moindre sincérité chez cet homme. Chez aucun homme, du reste. Ni celui-ci ni tous les autres. »

Josée reprit place sur son fauteuil à bascule, s'abandonna voluptueusement contre le dossier. Elle se laissait conduire par le mouvement lancinant. Elle pensait à son mari disparu, toujours avec de la tristesse dans l'âme, quelles que fussent la saison et les couleurs du ciel. C'était une perfide blessure du destin. Un vif chagrin dont elle avait mis de longs mois à se défaire. Depuis, elle en voulait au Ciel, à Dieu et à la malchance.

Le tilbury des Marinzacq passa entre les deux piliers de l'entrée, à petite allure. Puis il fit un tour complet avant de s'arrêter sous un platane. Hector descendit en rajustant son chapeau et fermant son veston, puis il enroula l'une des brides sur une branche basse. Josée Fortegui fixait toujours la longue allée dessinée par la masse des pins aux troncs gris et houppiers vert-bleu. C'était une image qui la désolait parfois, surtout lorsque le temps était à la pluie et que la brume paraissait captive de l'intense boisement. Mais il suffisait d'un ciel bleu pour que tout s'éclairât et s'animât dans les profondeurs végétales. Aujourd'hui, précisément, c'était un temps entre deux, indécis, avec des teintes ternes.

L'homme s'approcha de la terrasse en quelques enjambées. Son allure volontaire intrigua la jeune veuve. D'ordinaire, eu égard à sa réputation de femme inabordable, on l'approchait avec précaution, tant elle se rebutait aisément. Mais pour une fois, Josée Fortegui se sentait de bonne humeur. Et à la vue de sa mine riante, le visiteur se sentit encouragé. Il monta les marches qui conduisaient à la terrasse d'un pas leste. Puis il s'arrêta devant la propriétaire, à distance respectable.

— Monsieur Marinzacq junior, dit-elle, quelle bonne surprise !

Hector s'inclina humblement en ôtant son couvre-chef. « On dirait que nous avons appris les bonnes manières à la Petite Marquise », se dit-elle en se souvenant de la dernière fois où ils s'étaient vus pour un motif futile. Trois de ses vaches avaient fait une incursion sur le territoire de Victorin : un crime qui avait légitimé une réparation pécuniaire. L'aîné des Marinzacq n'avait pas été le dernier à élever la voix... Elle voulut rappeler ce haut fait de voisinage, mais garda pour elle sa remarque. « La bêtise des autres ne doit jamais nous inspirer, pensa-t-elle. Sinon on se condamne à la partager. » Josée se mit à lui sourire car elle devinait à son embarras que, cette fois, leur conversation serait d'un tout autre ordre, ce qui ne la rassurait guère en vérité. « Que veut-on me demander ? Un service, une aide, un appui ? Ou peut-être un renoncement à quelque droit de propriété ? » Elle s'interrogeait fébrilement, balançant d'une idée à l'autre et préparant déjà sa défense, tant le jeune homme, connu pour son impétuosité et ses emballements, était réputé difficile à affronter.

Il y avait du côté de Lède-de-Cadour, là où son domaine touchait celui des Marinzacq, une frontière mal définie. On s'y était querellé du temps où Pestor était encore en vie, avec quelques lettres d'huissier restées sans suite. Est-ce que M. Marinzacq junior s'en reviendrait jeter de l'huile sur le feu ? Le vieux Victorin hors jeu, n'était-ce pas une conjoncture propice à tout remettre en cause ? Les haines sont tenaces en pays landais.

— Je n'ai pas beaucoup de temps à vous consacrer, jeune Marinzacq. Alors, venons-en au fait.

Hector fronça des sourcils. Il joignit les mains et prit un visage d'archange. Elle éclata de rire.

— Pourquoi ce ton ? Je viens à vous avec les meilleures intentions du monde, Doña Fortegui, et vous vous dressez sur vos ergots…

— Comme on connaît ses saints, on les honore. Auriez-vous la mémoire si courte, Marinzacq junior ? La dernière fois, vous m'avez accablée d'insultes pour cette malheureuse affaire de Cadour, croyant que, mon mari parti, il vous serait plus facile de me faire plier.

La main sur la poitrine, Hector proféra quelques mots d'excuse qu'elle accueillit comme un signe de bonne volonté. Il pensa à ce moment que tout n'était peut-être pas perdu, que Doña Fortegui n'était pas aussi rétive qu'il pouvait le craindre. « Parfois, les meilleures affaires ont des prémices difficiles », se dit-il en esquissant un sourire enjôleur. Mais Josée était peu sensible à la bonne mine du jeune visiteur qu'elle avait vu sous l'emprise de la colère, comme un chien enragé.

— Comment va votre père ? J'ai entendu dire qu'il était malade.

— En effet, répondit Hector que cette question ennuyait.

Il n'était pas venu pour parler de son père, un père qui lui avait fait assez d'ombre jusque-là et à l'effondrement duquel il assistait sans la moindre compassion.

— C'est arrivé brutalement ?

— C'est arrivé, fit-il. Voilà tout. Un ramollissement cérébral. Vous voyez ce que je veux dire ?

Doña Josée hocha la tête, intriguée par cette impatience qui le possédait. Il suffisait d'observer l'agitation de ses mains et les rictus qui animaient son visage. Une impatience de petit garçon, guettant un compliment. Elle lui sourit aimablement et l'invita à entrer dans sa maison. Il la suivit en triturant son chapeau de feutre. Elle lui désigna un fauteuil recouvert d'une peau de chèvre. Mais il n'avait visiblement aucune envie de s'asseoir. Elle resta donc debout, à côté de lui, estimant que sa visite serait brève.

— Que puis-je faire pour vous, jeune homme ?

— Si vous me laissez le temps de vous dire ce qui m'occupe l'esprit… promettez-moi de m'écouter.

Mme Fortegui chercha un siège pour y prendre ses aises. Après tout, elle était chez elle. Et il ne lui déplaisait pas non plus de le sentir embarrassé, droit comme un *i*, la mine congestionnée par l'émotion, ce jeune homme qui l'avait jadis rudoyée comme une fille de ferme.

— J'ai vingt-trois ans et je suis en âge de me marier. Il se trouve que vous me plaisez, Doña Josée, que je suis très attiré par votre personne, que je pense souvent à vous, tellement à vous, que cela en devient une obsession…

Elle baissa la tête. « Ce serait donc si grave, notre affaire ? » se dit-elle en serrant la mâchoire pour ne pas pouffer de rire. Mais Hector était tellement occupé par son petit discours qu'il ne voyait rien de l'amusement de sa voisine qui eût dû tempérer ses ardeurs.

— Vous m'aimez donc ? le coupa-t-elle.

— Oh, oui, jura-t-il.

— Ce sentiment vous est venu comme ça, subitement ?

— Je ne saurais vous dire, Doña Josée. Faut-il expliquer un désir ? C'est comme une évidence. « Voici ton âme sœur, me suis-je dit. C'est elle et nulle autre. Alors fais ce qu'il faut pour la mériter. » Tel que vous me voyez, je viens vous faire ma déclaration.

— Une déclaration ? C'est tout à fait attendrissant. Mais, Hector, mon petit Hector, vous êtes-vous interrogé sur mes sentiments ? Ce n'est pas parce que vous êtes attiré par ma personne que je dois répondre à vos avances. Me voici prise au dépourvu.

— Bien sûr, admit le jeune homme. C'est pourquoi je suis venu vous voir pour vous confier cette chose qui m'étreint, cette maladie heureuse et dévorante à la fois.

Il fit un pas vers elle pour lui toucher le visage. Peut-être lui prendre les mains, la fixer dans les yeux. Mais la dame de Saragos quitta son siège et s'esquiva élégamment en répandant sur son passage un brin de ce parfum de chèvrefeuille dont elle s'était enveloppée. Il parut désappointé, comme un homme ivre à la recherche de son point d'équilibre.

Elle sourit devant sa mine contrite, puis s'en voulut de sa réaction. C'était évidemment cruel de se moquer d'un jeune homme amoureux. Elle eût pu lui dire ainsi, tout de go, l'exacte vérité, qu'elle ne l'aimait pas, qu'elle n'avait qu'une seule envie, qu'il quitte au plus vite sa maison. « Nous oublierons tout ça, pensait-elle. Nous n'en ferons pas des gorges chaudes. Ce serait croustillant, tout de même, de décrire cette scène, le fils des Marinzacq venant faire sa déclaration d'amour à sa pire ennemie. »

Josée se mit à tourner autour de lui. Il était beau garçon, certes, mais qu'en faire ? Un déjeuner de soleil ? « Nous nous ennuierons vite ensemble, pensa-t-elle. Nous serons malheureux l'un et l'autre. Nous nous querellerons et la vie nous deviendra vite un enfer. Du reste, comment pourrais-je supporter le caractère des Marinzacq ? C'est une espèce qui ne tolère que sa propre suffisance… »

— Je comprends aisément, jeune homme, que vous ayez grand désir de prendre femme. Mais pourquoi moi ? Je ne vous corresponds pas. Nous n'avons rien en commun.

— Oh, là là ! s'éleva Hector. Pensez donc. J'ai longuement réfléchi à la question. Nous sommes tous deux propriétaires de pinèdes, nous faisons commerce de résine. Pour l'heure, le rapport est intéressant. Notre mariage nous permettrait, vous et moi, de constituer une sacrée exploitation. L'une des plus importantes du pays. Peut-être pas aussi grande que celle de Solférino et du sieur Crouzet… Mais, j'ai calculé ça : vos terres plus les miennes, ça ferait du trois cent cinquante hectares. Plus de six cent mille pins. Rendez-vous compte, le domaine Marinzacq-Fortegui d'un seul tenant, de Saragos à la Petite Marquise… Jusqu'à Moitezan. Nous achèterions la scierie de Bois-Lescot. Elle vaut une bouchée de pain. Rien du tout, vous dis-je. Ce projet ferait date dans les Landes.

Doña Josée croisa les bras sur sa poitrine, l'observant aller et venir à grands pas, emporté par son excitation. Elle se disait : « Voilà la réponse à mon interrogation : une alliance d'où la passion est exclue. Rien qu'une sacrée affaire pour le clan Marinzacq. Croit-il, ce jocrisse, ce bellâtre, que je serai assez stupide pour entrer dans son jeu et me faire ainsi couillonner dans les grandes largeurs ? »

— Doña Josée, vous me comprenez, n'est-ce pas ? Une magnifique idée. Nous serons les maîtres, vous et moi, dans ce pays. On nous saluera chapeau bas. Et avec les bénéfices que nous tirerons du gemmage, on absorbera tous les petits propriétaires : les Bergère, Vivesang, Capdot et autres Poujol. À soixante-cinq francs la barrique de résine, on peut s'offrir deux hectares de plants. De quoi reboiser, sans limites, tant que ça voudra donner, à perte de vue.

— Et attendre trente ans pour que nos plantations atteignent l'âge adulte, celui de leurs premières saignées.

Elle éclata de rire.

— Non, Hector, cessez de rêver. Je ne vous suivrai pas sur cette pente, et sur aucune autre. Nous n'avons rien à faire ensemble, sinon rester bons amis. Maintenant que je connais vos sentiments à mon égard, je puis dormir sur mes deux oreilles. Je n'ai plus à craindre d'incidents fâcheux du côté de Lède.

Dépité, le jeune homme sortit sur la terrasse. Elle le vit taper du poing sur sa rambarde, de rage, d'impuissance, et songea alors qu'elle avait été bien inspirée de l'éconduire. Il demeura encore quelques minutes à contempler le parc, la lisière de la forêt soudain devenue hostile à ses grands rêves, puis le ciel gris marbré de nuages sombres. « Je ne renoncerai pas si vite », se dit-il en rajustant son chapeau et marchant vers le chêne tauzin auquel il avait arrimé son attelage.

2

À son humeur massacrante, Taurence comprit que la démarche d'Hector n'avait pas été accueillie comme il l'escomptait.

— Je ne veux rien entendre, pas la moindre réflexion. C'est clair, petit frère ?

Pendant qu'Hector dételait son cheval, après avoir rentré sa calèche dans l'ancienne menuiserie, Taurence emplissait des caisses de crampons, de pots de résine et de pointes. C'était la règle communément admise entre propriétaires et gemmeurs, les premiers apportaient le matériel nécessaire à la collecte et mettaient à la disposition des ouvriers des cabanes et les seconds fournissaient leur force de travail.

Les équipes étaient arrivées aux premiers jours de février en gare de Moitezan. Pour l'occasion, la place de la gare s'était transformée en bourse du travail où les patrons forestiers venaient faire leur marché à la foire d'empoigne. Entre propriétaires, on jouait des coudes pour s'adjoindre les meilleurs résiniers, ceux qui venaient du Limousin, du Poitou ou des Charentes, car la main-d'œuvre disponible à demeure n'était pas suffisante. Et si nombre de petits forestiers disposaient de gemmeurs sur place, toute l'année, d'autres devaient en appeler à la main-d'œuvre extérieure, de février à octobre, le temps de la récolte. La rétribution se faisait en fonction du volume de résine collectée. Ce système de revenu, apparenté au métayage, était assez incertain, puisque tributaire du marché. Il suffisait que le prix au kilo de résine baisse pour que le revenu des gemmeurs s'en trouvât affecté. Certains demandèrent, mais en vain, que leur salaire fût calculé à la journée de travail. Bien entendu, les propriétaires refusèrent d'assurer une rémunération fixe à leurs ouvriers. Dans ce milieu, surtout chez les plus fortunés, ceux-là mêmes qui avaient investi dans la forêt des Landes comme ils l'eussent fait en Bourse ou dans quelques conseils d'administration, on ne l'entendait pas de cette oreille; ce système garantissait un coût du travail souple et fluctuant selon le cours du marché, sans que les bénéfices n'en soient imputés.

— Soixante-dix gars, c'est un bon début, expliqua Taurence.

Contrairement à son habitude, Hector lui avait confié l'embauche des ouvriers en recommandant de ne pas prendre d'Italiens. L'aîné des Marinzacq était plutôt hostile à l'idée d'embaucher des gens qui ne comprenaient pas la langue.

— Le gros de l'équipe nous vient de Dax, de Mont-de-Marsan et de Saint-Sever, le rassura-t-il.

— On verra bien.

— Parviendrai-je un jour à te satisfaire ? demanda Taurence.

— La première fois que père m'a demandé d'engager des gemmeurs, j'ai pris cinq coups de fouet.

— Pourquoi ?

— Mauvais choix, selon lui. Comment aurais-je pu le savoir ? Alors que, moi, petit frère, je t'ai tout appris.

— Les types sont remontés en ce moment. J'ai surpris quelques bribes de conversation.

— Pour quelle raison ? questionna Hector.

Babrio vint s'occuper du cheval. Il le prit à la bride après avoir calmé ses ardeurs. C'était ainsi et, sur ce point, le domestique préféra se taire afin d'éviter de se répéter sans cesse, mais le petit maître avait le don de perturber les chevaux, même le sien.

— Ils disent que les propriétaires s'arrangent pour vendre de la résine en douce. L'un des gars, un meneur, sans doute, du genre communard, qui fait le boniment dans les cafés et les tavernes, un certain Jean Crocq, a même recommandé aux résiniers de surveiller leur collecte comme le lait sur le feu. Les patrons, a-t-il dit, sont comme les loups qui attaquent un troupeau de paisibles brebis. Les brebis, a-t-il expliqué, vous m'avez compris, ce sont les honnêtes ouvriers… Les loups tentent de disperser le troupeau, pour mieux s'emparer des proies affolées. Ne leur laissons pas cette chance. Restons groupés et unis. Voilà ce qu'il a dit, Jean Crocq.

— Tu attaches de l'importance à ce qu'ils racontent, ces culs-terreux? Tu en penses quoi, toi? fit Hector. Tu les crois, bien sûr.

Taurence aimait à jouer avec ses bretelles. Ça lui donnait une allure d'homme, cette manière de les faire claquer sur sa poitrine. Le garçon avait poussé d'un seul coup et, à seize ans à peine, il mesurait déjà son mètre quatre-vingts. On se moquait de lui dans ce pays où l'homme était plutôt petit et replet. « Aucune fille ne voudra de toi, espèce d'asperge! » lui disait-on. Heureusement que sa sœur l'avait rassuré. Ça sert à cela, les sœurs, à contrecarrer la bêtise des garçons, tous ces jaloux qui ne dépasseraient jamais le mètre soixante. « Plutôt asperge que rase-mottes », se défendait-il. Puis avec l'abattage des pins et le débardage des grumes, le jeune Taurence avait pris du muscle, là où il fallait : les épaules, les bras, les cuisses, le torse. Plus personne ne s'aventurait à raconter à Moitezan qu'il était une asperge, au risque de mordre la poussière.

Le repas de midi à peine terminé, Zélia jeta ses fils dehors.

— Allez surveiller les gemmeurs. Et assurez-vous qu'ils traitent bien nos pins.

Hector n'aimait pas recevoir des ordres de sa mère. Chaque fois, il lui semblait que son autorité était remise en question.

— Je monte voir le père, dit-il en enfilant ses bottes de cuir.

Aurélia l'aida à le faire parce que le cuir était si raide qu'il avait pris une mauvaise forme.

— Tu me les laisseras, lui recommanda sa jeune sœur, je les assouplirai avec de la graisse de phoque.

— Sûrement pas, protesta Zélia. Ma petite, tu as autre chose à faire que servir ton frère. Ne te laisse donc pas mener ainsi par les hommes.

Taurence éclata de rire en voyant Aurélia se redresser vivement, le visage rosi par l'effort. Il la prit par la main et l'attira vers lui pour la prendre dans ses bras.

— Tu es déjà une belle jeune fille, fit-il. Faudra songer à…

— Tu la fermes un peu, Taurence, protesta l'aîné des Marinzacq.

C'était sa hantise, tout comme celle de sa mère, qu'Aurélia suive le premier godelureau venu. Du reste, Hector n'imaginait pas un seul instant qu'elle pût se décider un jour sans son assentiment.

Hector acheva de se botter avec un chausse-pied en y mettant de la rage, en frappant de la semelle sur le carrelage et en poussant des jurons.

— Aussi fou que le paternel, maugréa Zélia. À la différence que ça le prend jeune.

Aurélia entraîna sa mère vers la cuisine pour éviter à son frère ses réflexions désobligeantes.

Dans sa chambre, au premier étage, Victorin se tenait assis dans son fauteuil face à la fenêtre. Elle donnait sur la pinède de la Petite Marquise, étendue à perte de vue. On ressentait une impression d'étouffement face à ce déluge végétal qui avait envahi tout l'espace, même le ciel si bas paraissait prisonnier de cet ensorcellement. Le vieil homme ne pouvait détacher son regard de ce mur vert et gris. Il lui eût suffi d'entrouvrir sa fenêtre pour entendre le tumulte du vent dans les pins aux troncs flexueux, dressés comme des remparts protecteurs. Mais Victorin était captif de son siège, sans force pour actionner la crémone. Parfois, il se surprenait à rêver que son corps, soudain redevenu libre, pourrait s'envoler parmi les ramures, se faufiler entre les houppiers et aller là où il rêvait d'aller, dans la clairière de Darrigues, un entrecroisement d'allées partant en étoile vers Plat-Bonne, Guicharnaud, Bouscats et Jarrige, partout où, sa vie durant, il avait couru la forêt, replantant sans cesse obstinément ses bornes, ses repères, ses jalons, pour ne rien perdre, pas un pouce de territoire, de son domaine. « À qui devrais-je le léguer, un jour ? » marmonnait-il dans sa barbe, un mouchoir sans cesse à portée de main pour éponger ses lèvres humectées de bave. Tous ces mots qui ne pouvaient sortir de sa bouche s'en finissaient ainsi, en salive perdue. Il était devenu comme un vieux pin malade qui aurait rendu ses dernières perles de gemme, toute ponction serait désormais inutile et les scarifications vaines sur ce corps asséché par la vie.

Hector poussa la porte de la chambre précautionneusement, comme s'il craignait de réveiller son vieux père. Le garçon se souvenait encore des coups de cravache reçus durant son enfance, lorsque par mégarde il s'en venait troubler le sommeil du maître de maison. Il approcha de lui à pas feutrés, hésitant à faire craquer le parquet. Puis il posa une main sur son épaule. Victorin releva la tête en poussant un grognement. Machinalement, il s'empara de sa badine qu'il avait toujours à portée de main. Dans son esprit confus, le vieux maître restait sur la défensive, au point qu'il cinglait sans discernement chaque personne l'approchant. Mais Hector retint son geste d'une poigne vive. Victorin cria en s'agitant.

— C'est ton fils, papa ! Tu ne me reconnais pas ?

Hector fit pivoter son fauteuil et s'en vint se placer sous son regard égaré. Il prit le mouchoir posé sur ses genoux et essuya un filet de bave.

— Je sais que tu ne peux pas me répondre, papa.

Victorin ouvrit de grands yeux et l'observa quelques secondes, puis laissa sa tête s'affaisser sur sa poitrine.

— Tu n'as pas envie de m'entendre ? J'ai des choses à te dire. Mais peut-être ne souhaites-tu pas m'écouter ? Dans le fond, maintenant, tu te fiches de tout. Tu te fiches, reprit-il, de ce que nous pourrions devenir. Tu n'as jamais pensé qu'à toi, à ta petite personne.

Le père redressa un peu la tête. Elle paraissait si lourde et vide à la fois qu'il semblait se faire violence, comme si un coup de colère s'était emparé de lui. Était-ce sa propre impuissance ou son aîné qui l'irritait ? Il serra la badine et voulut en porter un coup, mais le geste s'égara dans le vide.

Hector se tenait agenouillé devant lui et le contemplait avec tant de pitié que le silence se dessina entre eux deux durant de longues minutes.

— Les premiers gemmeurs ont commencé à Darrigues. Il fait un temps assez doux depuis que l'hiver a commencé. La résine coulera son aise.

Victorin releva la tête, porta le regard de côté. À ce moment, Hector sentit qu'il comprenait parfaitement chacun des mots qu'il prononçait. Peut-être était-ce une illusion ? On le disait, autour de lui, le médecin surtout, que Victorin Marinzacq avait la cervelle en bouillie, que rien n'entrait ni ne sortait. Rien. Comme s'il était déjà mort. Mais Hector ne le croyait pas. Il aimait à penser que, parfois, quelques bribes de phrases franchissaient ce mur de silence. À cause de sa badine… Ce besoin de frapper, de faire du mal… C'était la haine, sa haine, cette interminable agressivité de bête traquée, prise au piège de la maladie, qui le tenait encore en ce monde.

— Tu n'as rien à craindre pour l'avenir de la Petite Marquise, ajouta Hector. C'est moi qui commande maintenant. Tu ne seras pas d'accord. Je le sais que tu ne seras pas d'accord. Mais nécessité fait loi. La vie t'a joué ce vilain tour. Qu'y puis-je? Mais je ne te plains pas. Peut-être un peu de pitié. Sans doute, oui. Si ça peut te consoler, je te l'offre ma pitié. Tu peux partir avec dans l'autre monde. Elle ne te servira à rien, mais je te l'offre quand même, parce qu'elle me rassure sur moi-même, égoïstement.

Victorin gardait les paupières mi-closes. Le fils lui prit la main, rudement, pour s'assurer qu'il ne cherchait pas à fuir la situation.

— Tu dois tout entendre, jusqu'au bout, fit Hector. Même si tu ne comprends pas tout, il en passera assez. Je le sais.

Il se redressa pour regarder la forêt par la fenêtre.

— C'est ça, nom de Dieu, qui te fait toujours rêver, vieux père? Désormais, elle vivra sans toi. Tu n'as plus rien à faire là-bas, à la gare de Darrigues. Regarde-la à ton aise. Elle n'est plus là pour toi, la forêt. Toutes les nouvelles légendes s'écriront sans que tu n'y puisses rien : Héloïse, Christophine, Miss Marrisson...

Le jeune homme était pris de frénésie, allant de la fenêtre à son vieux père, comme s'il voulait que le lien, aussi ténu soit-il, se fasse entre le dehors et le dedans, entre le vaste espace et le confinement. C'était le même monde, de son commencement à sa fin, maintenant que tout paraissait accompli. Et c'était ce qui le mettait en joie, Hector, que le vieux père ne fût rien d'autre que cette ombre. Un rien suffirait à le réduire en poussière, à le coucher dans la terre de podzol. Cendre d'homme et cendre de sable, enfin mélangées.

— Toi, vieux père, dit-il, tu faisais ce que tu voulais avec les femmes. Et je ne parle pas de notre mère. Ah, notre mère, ce qu'elle a dû endurer… Ces humiliations en série. Je crois qu'à force de temps elle avait l'âme tannée comme une peau de mouton. Tu l'as eue à l'usure, maman, n'est-ce pas ? Allez, ne fais pas celui qui ne comprend rien, qui n'entend pas… On ne peut pas s'absenter ainsi de ce bas monde, sur la pointe de pieds, en catimini. Un jour ou l'autre, on doit rendre des comptes. Miss Marrisson, qu'en as-tu fait ? Je m'interroge encore.

Les traits du visage de Victorin se crispèrent sur une douleur vive, puis tout se relâcha, dans une sorte d'affaissement général, jusqu'à la tripe qui laissa échapper un grognement persistant. Le vieux père offrit un visage apaisé. Et cet air-là, de victoire passagère, mit Hector en colère.

— Oh là, reste avec nous. Ne meurs pas encore. On a à te parler… avant que tu nous lâches. Et des questions à te poser. Bien sûr, tu ne répondras pas, mais moi, je sais lire dans les silences. J'interprète à ma façon.

Hector tourna autour du fauteuil en faisant grincer le parquet. Sans précaution, même un peu brutal, le fils, lorsque sa main agrippa le dossier pour le secouer.

— J'ai fait ce que je t'ai dit il y a trois jours. Tu te souviens, père ? Ma déclaration. À Doña Josée… Elle m'a ri au nez, l'Espagnole, comme si j'étais le dernier des pedzouilles.

La main de Victorin se referma sur la badine et, en douce, vachard, il lui en fila un coup dans les jambes.

— Nous n'aurons pas Saragos. Perdues, les pinèdes de Saragos… Je sais ce que tu penses, à ta manière de manier la cravache, cancrelat, que je n'ai pas été à la hauteur.

Hector se mit à rire en s'adossant à la fenêtre, face à son père. Il le contemplait d'un air rogue, sans se forcer. L'expression haineuse lui venait naturellement, bien plus naturellement que l'affabilité, un sentiment qui lui était à vrai dire étranger.

— Je reviendrais à la charge, comme tu me l'as appris. Les femmes, il faut les forcer. Ce sont des êtres faibles. Mais l'Espagnole, dit-il en maugréant comme s'il voulait que Victorin ne le comprît pas, c'est un rude caractère. Pablo en sait des choses sur elle. Faudra que je l'interroge.

Et Hector se retira, ferma la porte de la chambre en la claquant vivement. Au bas de l'escalier, Aurélia l'attendait, le regard anxieux.

— Quand donc cesseras-tu d'aller embêter papa ?

— Tu n'as rien compris, petite sœur. Ma conversation, ça l'aide à vivre, ça lui donne envie de se cramponner.

Les frères Marinzacq attendirent le tintement de l'angélus au clocher de Darrigues pour seller leurs chevaux. Le jour était peu avancé. L'encrassement du ciel désolait Taurence qui eût préféré, pour le début de la campagne de gemmage, du beau temps, comme celui de l'an passé, un brin plus froid mais stable. Pour l'heure, à peine distinguait-on la pointe des pins noyés dans la brume épaisse. Elle mettrait encore deux heures, au moins, avant de se lever.

— Pas de vent de mer, fit Hector. Sinon ça balaierait tout.

Il tira de sa poche une blague à tabac et se fabriqua une « pipe », comme il disait, avec du Scaferlati gris. Trop sec et cassant, c'était celui qu'il préférait avec sa coupe grossière qui lui brûlait la gueule. Le papier Zig-Zag résistait sous ses doigts gourds, si bien qu'il dut s'y reprendre à deux fois avant d'arriver à se rouler une cigarette convenable. Enfin, il aspira une longue bouffée. Et celle-là, pas question de la rejeter. Elle était sa petite récompense d'un jour qui commençait avec de nombreuses corvées en perspective.

« Dans le fond, pensa-t-il, le vieux père est bien heureux dans son fauteuil à attendre la mort. C'est une occupation qui inspire de nobles sentiments, à moins qu'on ne la refuse, cette perspective de tomber dans le néant. » Hector porta le regard vers sa fenêtre. Zélia l'avait déjà mis sur son siège et installé en cet endroit qu'il ne quittait pas de la journée. Il y pleurait, il y grognait, il y somnolait, il y déféquait, il y pissait à son aise, peu incommodé par les humeurs du corps, puisque c'étaient les siennes.

— On y va ou on joue aux bouchons, frère ? lança Taurence.

De la poche de son caban, Hector sortit une flasque et se rinça la bouche d'une lampée d'armagnac. Puis il rapprocha sa monture de celle de son frère et lui tendit sa fiole.

— Je n'en veux pas.

— Tu ne vivras pas plus vieux, répliqua-t-il.

Ils se mirent à rire et prirent le chemin de Darrigues, sans se hâter, à cause du jour qui tardait à venir. Celui-ci leur laissait tout le temps de se rendre à la clairière au pas. Machinalement, Taurence laissait son aîné le devancer, sans oser le dépasser, retenant son cheval lorsqu'il piaffait d'impatience. Le chemin était large et filait droit à perte de vue, comme tracé au cordeau dans la forêt des pins. Par endroits, la piste était encombrée, rétrécie, par le bois débardé formant d'imposants remparts.

Chaque fois, Hector se retournait pour les signaler, comme si son frère devait en tenir la comptabilité ou qu'il s'ingéniait à l'intéresser à l'ouvrage. Taurence n'y prêtait guère attention. Pour lui, c'étaient des coupes d'éclaircie pratiquées par les bûcherons de la société Lagrenon pour construire des traverses de chemin de fer, des madriers à pavés, des poteaux télégraphiques ou de mines. Victorin avait passé un contrat, dix ans plus tôt, avec cette compagnie, moyennant une rente annuelle. Après l'effondrement du père, le fils aîné avait tenté de renégocier l'affaire au coup par coup, mais Lagrenon avait refusé tout en lui accordant une rétribution supérieure. Les accords de 1890 étaient aisément contestables devant un juge et on disait Martinzacq junior procédurier. Tout compte fait, mieux valait lâcher sur les prix et conserver la jouissance des coupes.

Hector savait que les stocks remisés sur les chemins ne seraient évacués qu'au printemps. Ça lui laissait le temps d'en calculer le métrage et de se faire une petite idée sur le rapport espéré. Cependant, jusqu'ici, l'aîné des Marinzacq n'avait jamais pu prendre Janin Lagrenon en défaut. Honnête, scrupuleux, le patron des scieries de Moitezan avait acquis dans le négoce une solide réputation.

À la clairière de Plat-Bonne, Hector mit pied à terre et fit quelques pas pour se dégourdir les jambes. La brume persistante dans la pinède avait le don de le mettre de fort mauvaise humeur.

— Siffle donc Pablo, ordonna-t-il à Taurence. Je veux pas avoir à lui courir après dans la pignada.

— Décidément…, fit le cadet en plaçant ses doigts devant la bouche pour que son sifflet portât loin dans la forêt.

— Quoi, « décidément » ? le reprit-il. Il faut bien que tu serves à quelque chose.

Le jeune homme recommença à siffler. Deux fois, trois fois. On guetta la réponse qui tardait à se faire entendre. Le brouillard semblait étouffer les murmures des profondeurs.

— C'est Doña Josée qui t'a mis les nerfs en pelote ?

Hector lança un coup de pied dans la gémelle qui tapissait la clairière. Les ouvriers prisaient forts ces déchets, de fins copeaux taillés par le gemmeur pour le rafraîchissement des carres, pour démarrer leur feu.

— Je n'ai pas dit mon dernier mot, annonça Hector.

— Comment t'y es-tu pris ?

L'aîné haussa les épaules en fixant la cime des pins noyés dans la ouate blanche.

— Je lui ai dit que je voulais l'épouser.

— Tiens donc, comme ça ! Sans autre approche que cette demande brutale et…

— Et toi, mon petit frère, comment t'y serais-tu pris ? En tournant autour du pot. Ce n'est pas mon genre de faire la cour aux femmes. J'ai expliqué que notre alliance formerait la plus grande propriété du secteur. La Petite Marquise plus Saragos… C'est facile à comprendre. Le gemmage, le bois d'œuvre, les chevaux, les vaches marines landaises, de quoi s'occuper et se faire beaucoup d'argent.

Taurence observa son frère avec tristesse. Il le plaignait, au fond, de s'être fait éconduire. Pourtant, connaissant Josée Fortegui, jeune veuve au tempérament bien trempé, il jugeait que sa réaction était prévisible. « Elle correspond au personnage, pensa-t-il, une frondeuse. »

— À moins que les hommes ne l'intéressent pas. Il y a des femmes comme ça, que les hommes indiffèrent.

— Elle a été mariée, tout de même, justifia Taurence.

— Avec un avorton qui s'est perdu en mer au large de La Garluche. Il y a de quoi pleurer, non ?

Taurence se remit à siffler, comme on le fait avec force lorsqu'on approche d'une palombière, par exemple, pour éviter de se faire tirer dessus. Cette fois, on lui répondit. La voix grave de Pablo.

— Putain, on est là ! Sous la lette, les gars !

Par le sentier de Guicharnaud, on descendait au milieu des pins. En cet endroit, la tempête de décembre 1901 avait secoué la pignada. Certains arbres, les moins enracinés, s'étaient affaissés, courbés, jusqu'à s'entrecroiser les uns dans les autres, lorsque la terre meuble, sable et podzol mêlés, avaient cédé sous eux.

— Qu'est-ce que vous foutez là ? Ça vaut rien, pesta Hector. Perte de temps, perte d'argent.

Misère de Dieu ! fulminait-il en agitant ses grands bras.

Pablo se tenait en contrebas, les mains sur les hanches, dans sa chasuble de vieille toile à larges rayures jaunes et grises. Il suait tellement que les boucles de ses cheveux noirs étaient collées sur son front. Visiblement, l'emballement de Marinzacq junior ne lui faisait guère d'effet. Autrefois, dans sa jeunesse, il s'était battu avec Victorin à coups de bridon. L'affaire avait tourné court lorsque le maître, tout arrogant et orgueilleux qu'il était, avait consenti à lui présenter des excuses. C'était Zélia qui avait arrangé l'affaire avant qu'elle ne finisse chez le juge de paix. Cette histoire faisait partie des légendes de Darrigues où Pablo jouissait d'une forte estime.

— *Canta siempre mi reyezuelo*, marmonna-t-il en lui adressant un large sourire.

Derrière lui, son second, Riccardo, se mit à hocher la tête. Il parlait peu, souriait souvent et passait son temps à approuver les discours de son mentor. Il l'eût suivi en enfer, tant son existence dépendait de celle de Pablo, tant, sans lui, la vie eût perdu tout sens. Il était le père et le frère qu'il n'avait jamais eus et un *compañero* fidèle.

— Et toi, que fais-tu avec ta pétoire ? lui demanda Hector.

Riccardo était un gaillard sec et musculeux à la chevelure ébouriffée surmontant un visage sans âge, gris et émacié. Il portait le fusil en bandoulière et le barrasquit à la main, s'en servant comme d'une canne pour escalader les fondrières.

— Ça préfère chasser la palombe plutôt que de peler les pins ?

— Ça fait trois jours, fit Pablo avec ses doigts, qu'on les pèle. Tous ceux de Darrigues. Rouge sang. Mais faut bien tirer aussi les ramiers, lorsqu'ils viennent nous chier sur la tête.

Riccardo éclata de rire en montrant ses grosses dents jaunes. Hector lui tapota sur l'épaule. La poche arrière de sa vareuse en toile grise était suffisamment enflée pour indiquer que la chasse avait été fructueuse. Ça leur donnait du baume au cœur de savoir qu'on allait faire une petite fête au quartier de Roucoulès devant les broches garnies de ramiers.

Selmo et Picardin sortirent eux aussi de la forêt avec leurs sarcles.

— Combien faudra-t-il de jours encore pour qu'on soit prêts à poser les crampons sur tout Darrigues et aussi à Plat-Bonne ? insista Hector. C'est là où la gemme donne le mieux. Vous le savez ?

— On débute toujours par Darrigues, répondit Pablo. Depuis Victorin, c'est une habitude. Une tradition, insista-t-il.

Taurence fit signe à son frère de calmer le jeu. Son impétuosité, son arrogance naturelle, sa manière de croire qu'il avait la science infuse étaient insupportables pour les Espagnols.

L'équipe de Pablo était la meilleure dans le pays, des résiniers qui repéraient la perle rare au milieu d'une forêt, sans se tromper, et jouaient du barrasquit sans jamais tailler l'aubier ni faire des carres tournées aux intempéries.

— Il y a des pins tellement épuisés à Darrigues qu'il faudrait les sacrifier, dit Selmo. On en tirera rien.

— Et des nouveaux qu'il faut préparer, ajouta Picardin. J'ai des bras parfaits pour la mesure, fit-il en les tendant devant lui. Quand j'arrive plus à faire le tour du tronc, c'est qu'ils sont prêts, ajouta-t-il. Il y en a au moins deux cents.

Hector parut satisfait. C'était la seule bonne nouvelle depuis son arrivée. Les hommes allèrent s'installer dans la clairière. Un petit vent froid venant de l'est avait dissipé la brume.

— Pourvu que ça ne nous apporte pas la neige, déplora Taurence.

Pablo repoussa cette idée. La venue des marées ferait sans doute le grand ménage. Il avait sa manière bien à lui de juger de ces choses incertaines, de sentir les variations de température, de pressions atmosphériques. « Mes os parlent », disait-il en se tâtant les articulations. Et aujourd'hui, ses douleurs le laissaient en paix.

Hector demanda à son frère d'apporter le floc, un vin mélangé à du jeune armagnac. Le garçon alla chercher les bouteilles dans les fontes de sa selle. Il remplit trois gobelets d'étain et les servit aux hommes qui burent chacun leur tour. Puis on se resservit dans le silence de la forêt, goûtant religieusement la mistelle en clappant de la langue. C'était l'heure de la prière, comme une communion entre gens mutiques que l'ombre du soir, plombant le visage des pinèdes, rendait plus superstitieux encore. Pablo se signa, puis Selmo et Riccardo. « Faut respecter les esprits », pensaient-ils. Mais Abel Picardin, lui, ne se signa pas. Il était d'une famille huguenote de Mont-de-Marsan et croyait à ce Ciel-là, celui des parpaillots, sans s'interroger. Il allait au temple trois fois par an, histoire d'être en règle avec l'Esprit saint : à Noël, aux Rameaux et à Pâques.

Le quartier Roucoulès où logeait l'équipe de Pablo Gassias se tenait près de la gare de Plat-Bonne, au milieu de la forêt, dans une éclaircie de la pinède. C'était une dizaine de cabanes construites à l'utile, sans fioritures ni ornements. Rien que de bons madriers pour l'ossature et des planches pour les murs. Elles étaient disposées en alignement pour éviter la promiscuité et tournées plein sud. Face à la cour se dressait un imposant hangar de fortune, modestement recouvert de brande, où les ouvriers rangeaient leur matériel, dont les charrettes et les bros, ainsi que les barriques destinées à la collecte de la résine. Dans sa partie arrière, on y avait installé une écurie et une étable pour accueillir les mules et les bœufs de la Petite Marquise qui, selon le droit d'usage, avaient été mis à la disposition des résiniers.

À moins d'un kilomètre, là où finissait la pinède, il existait une lande fort dégarnie qu'on avait destinée au pacage des vaches et des moutons. Pablo y avait aménagé un enclos pour les animaux. Cet endroit avait été choisi à dessein, en accord avec les Marinzacq, moyennant une modeste rétribution, parce que s'y dressait un puits à balancier. Même aux périodes de forte chaleur et de sécheresse intense, on n'y manquait jamais d'eau. Les ouvriers entretenaient donc le caplane[1] de Roucoulès durant l'hiver, en veillant à ce que les fougères, les genêts et les bruyères n'envahissent pas la prairie.

Lorsque les cavaliers entrèrent dans le quartier des Roucoulès, les femmes sortirent des maisons avec leurs enfants en bas âge. Ça faisait une sacrée ribambelle, sans compter les plus grands, en pension à l'école communale de Moitezan. Hector connaissait la femme de Pablo, Iñès, une petite maigre à la chevelure noire et aux yeux bleus, si clairs qu'ils intriguaient Taurence.

— Où est mon homme ? demanda-t-elle.

Hector montra le chemin de Darrigues, sans même se retourner.

— Vous êtes contents d'eux ? Ils travaillent tous comme des forcenés. Ça les tient, cette affaire, je vous le dis, Señor. Pour un peu, ils n'en dormiraient plus la nuit. Et le jour ne vient

1. Confins de lande où commence le secteur boisé.

pas assez vite. En ce moment, on aimerait mieux attendre que le soleil se lève pour sortir.

L'aîné des Marinzacq descendit de son cheval et tendit les brides à Manuelo, un petit gamin fort déluré bien connu dans le quartier. Il aimait les chevaux et Hector savait qu'il s'en occuperait bien.

— N'ayez pas d'inquiétude, dit-il, ce travail leur laisse même le temps de tirer les pigeons…

— C'est le Señor Victorin, ajouta Iñès, qui nous a accordé le droit de chasse. C'est pas partout comme ça. À la pinède des Souleyrosse, les maîtres ont confisqué les fusils. C'est injuste, vous ne trouvez pas, Señor ? Les pigeons appartiennent à tout le monde.

— Oui, mais pas les pins où ils se posent, répondit Hector.

— Vous voulez nous interdire la chasse sur vos terres ?

Taurence fit signe à Iñès que c'étaient là des paroles en l'air, inutilement provocatrices, comme seul son frère savait les lancer.

— Je ne voudrais pas que la chasse finisse par occuper les esprits au point qu'ils en oublient de piquer les pins.

Iñès fit les gros yeux et se dressa de toute sa courte taille. Cette réaction belliqueuse, soudain, fit sourire Hector. Il n'aimait pas le tempérament sanguin des Espingos, ainsi qu'il avait pris l'habitude de les nommer avec mépris. Il tenait ce mot-là de Victorin lui-même, du temps où, adolescent, il accompagnait son père dans les campagnes de gemmage. Taurence se détourna pour ne pas assister à la suite de la scène, craignant sans doute qu'elle ne s'envenime ; la femme de Pablo avait le sang chaud.

— Nous sommes de bons et irréprochables ouvriers, défendit-elle, toujours prêts à rendre service. Et personne ne pourra nous reprocher de maltraiter les pins. Nous faisons du bon travail. Sinon, Señor Marinzacq, faudra nous le faire savoir par la voie officielle…

Elle tourna les talons, un enfant à chaque main.

— Tu es exécrable, Hector. Je me sens parfois tellement différent dans cette famille. Je me demande de qui je tiens, au juste. Sûrement pas de père. Toi, tu es sa copie conforme, reprit-il. La même morgue, la même arrogance. Ça nous a pourtant joué de vilains tours. Tout compte fait, Josée a bien fait de rejeter ta proposition.

Hector vint agripper son frère par le col de sa vareuse.

— Tu ne devrais pas parler de ça.

— Alors cesse d'embêter nos ouvriers. Ce sont d'honnêtes gens.

— Il n'est pas inutile, parfois, rétorqua Hector, de les rappeler à leur devoir. Nous sommes les Marinzacq, les propriétaires de la Petite Marquise, un paradis sur terre où la résine coule de nos arbres avec abondance. Je me dois de le protéger, ce domaine. Sinon, nous pourrions craindre le pire. Père le disait parfois… J'ai ça gravé dans le ciboulot, mon petit frère, des mots indélébiles : « Gardons-nous de baisser la garde, ça inciterait nos ennemis à venir nous piétiner... »

Pablo et ses hommes entrèrent dans le quartier Roucoulès d'un pas tranquille. Les enfants coururent accueillir leurs pères, les femmes aussi. Riccardo chargea la sienne, Dolorès, une brunette un peu ronde, de plumer les palombes. Elle appela Iñès, mais cette dernière refusa de sortir de sa cabane tant que le *malo dueño* n'aurait pas quitté les lieux.

Gassias comprit que sa femme et Marinzacq s'étaient pris le bec. Il voulut en avoir le cœur net et la rejoignit. Près du hangar, les autres hommes préparaient le brasero avec des touffes de bruyère sèche et une poignée de copeaux. Le feu partit rapidement. Tout autour, les hommes s'étaient rapprochés pour tendre leurs mains au-dessus des flammes. Ils chahutaient, riaient, se bousculaient, s'envoyaient des plaisanteries qu'ils étaient les seuls à comprendre. La perspective d'un bon festin les excitait et ils n'attendaient plus que le moment où la braise serait assez abondante dans le creuset de fonte pour disposer sur la grille les brochettes de pigeons.

Hector observait la scène d'un air hautain et avec une telle persistance que son comportement en devenait provocant. Cette sale manière n'échappait pas à Taurence, qui se sentait mal à l'aise. Il prit Hector par le bras et l'entraîna vers l'écurie où le petit Manuelo avait conduit les chevaux.

— Nous n'avons plus rien à faire ici. Laissons-les, le supplia-t-il.

— Non, répliqua sèchement Hector. J'ai une question à poser à Pablo.

— Je crains que notre présence ne finisse par provoquer des disputes, plaida-t-il.

Selmo était assis sur un billot de bois, face à une meule où il avait l'habitude d'aiguiser les outils : les sarcles, les piques, les barrasquits, les bridons et les hapchôts. Il s'était fait une spécialité de cette besogne à laquelle ses autres compagnons n'entendaient rien. Un bon outillage, parfaitement préparé, permettait de saigner les pins sans les endommager, juste ce qu'il fallait pour qu'ils rendissent leur sève jusqu'à la dernière perle.

Soudain, Pablo sortit de sa cahute, le visage assombri. Taurence comprit que l'histoire des palombes lui était restée en travers de la gorge.

— Señor Marinzacq, dit-il avec un sourire forcé, je vous promets que nous ne chasserons plus.

Malgré ses airs frondeurs, Pablo Gassias savait plier l'échine devant les propriétaires lorsque la situation l'exigeait. Il avait su gagner le respect de Victorin, non sans difficulté. Avec ses fils, Hector et Taurence, de jeunes blancs-becs peu aguerris, selon son avis, aux nouvelles responsabilités qui les attendaient, il jouait plutôt la prudence. Se laisser le temps de voir, comme il disait, avant de porter un jugement définitif. Sans la pinède des Marinzacq, Pablo et les siens eussent perdu leur travail. Ce rapport de force imposait de fait quelques compromis et des accommodements. Souvent, Selmo se rebellait sur la manière dont les ordres étaient donnés, sans possibilité de les discuter. « Sans nos bras, la sève ne coulerait pas. Et *adios los beneficios*… » Il trouvait Pablo trop obéissant, obséquieux même, pour ne pas dire soumis au Marinzacq. L'idée d'une grève au moment même où la résine se mettait à couler à profusion lui paraissait alléchante. « Nous serons chassés comme des chiens perdus ! répliquait Pablo. Et après les propriétaires se passeront le mot dans toutes les Landes, qu'il ne faut surtout pas engager des types comme nous. Des fauteurs de troubles. Des révolutionnaires. Des communards. » Cependant, Pablo tenait ses hommes d'une poigne ferme. Même si un ou deux le contestaient de temps à autre, ça ne portait guère à conséquence. Ces coups de gueule ne sortaient pas de leur petit cercle. Devant les maîtres, on se gardait bien de fanfaronner.

Hector passa la main dans le dos de Pablo et lui glissa à l'oreille que cette affaire était sans importance. Taurence observa la scène, dubitatif. « M. mon cher frère, se dit-il, adore jouer avec les petits, distribuer les menaces et les atténuer ensuite, comme s'il voulait qu'on mesure sans cesse son pouvoir. »

— Si je suis venu, ici, au quartier Roucoulès, dit Hector, c'est pour avoir un avis, un avis sincère.

— Je croyais que vous vouliez partager nos ramiers ?

— Mon frère ne peut raisonnablement pas vous reprocher de chasser et profiter dans le même temps du festin, intervint Taurence. Ce serait mal venu.

Hector éclata de rire, puis fit signe à son frère de s'éloigner. Quand il le jugea à une distance suffisante, l'aîné des Marinzacq demanda à brûle-pourpoint à Pablo ce qu'il pensait de Josée Fortegui. Gassias ne répondit pas sur l'instant. Il réfléchissait aux conséquences de ses paroles. Le propriétaire de la Petite Marquise était si retors et perfide que chaque mot devait être bien pesé. Mais Hector insista.

— Je ne la connais pas assez, dit-il.

— Vous avez travaillé pour elle ? Paye-t-elle bien ? Je me suis laissé dire que la jolie veuve de Saragos avait des problèmes d'argent.

— Elle paye ce qu'elle doit.

— Aussi bien que nous ? Elle n'exige pas des délais ?

— Elle est régulière.

Marinzacq était déçu. Il avait tellement espéré que la Señora connaisse des difficultés financières. C'eût été une aubaine, ces arguments. « Vous n'imaginez pas, Señora, comme je pourrais me montrer généreux, lui aurait-il dit, la main sur le cœur. Mais comprenons-nous, ma chère Josée, tout service mérite une compensation. Rien que votre beauté, votre divine beauté pour éclairer mes jours… Ce serait ma meilleure récompense ». Mais non, de ce côté-ci, hélas, elle était inatteignable. Il serra les poings dans les poches de sa vareuse.

— Vous ne m'aidez pas, Pablo. Vraiment pas. Nous sommes de bons amis, tout de même. Vous n'avez pas confiance en moi ?

— Des amis ? Non, répliqua Pablo.

À son regard malicieux, Hector comprit que l'Espagnol n'était pas de son côté, bien qu'il profitât, à ses yeux, de ses pinèdes. Et jugeant que l'équipe de résiniers bénéficiait également de ses largesses, il estimait que Pablo eût dû lui en être reconnaissant.

— Pourquoi m'interroger sur Josée Fortegui ?

— Elle m'intéresse.

Pablo se mit à hocher la tête.

— C'est une sacrée femme. Elle en a, elle, des cojones, ajouta-t-il. À voir comment elle manœuvre son troupeau de vaches, la Señora n'a pas froid aux yeux. Des vaches et des taureaux sauvages. On se ferait encorner pour un rien.

Marinzacq connaissait les talents de Josée Fortegui et, pour le coup, ça l'agaçait sérieusement qu'on les lui vantât de nouveau. C'était de son commerce avec les hommes qu'il voulait être informé. Si elle avait des amants ou si elle était seule, résolument seule, à attendre la perle rare.

— Seule, confirma Pablo.

— Maxime ne vient pas lui tourner autour ?

Il fit « non » d'un mouvement de tête. Hector se montra rassuré. À ses yeux, il était le seul homme dans le pays qui eût pu l'approcher, la courtiser et, qui sait ? la dresser, cette veuve récalcitrante qui avait, aux dires de l'Espagnol, des cojones.

— Je vous souhaite bien du plaisir, fit Pablo.

Hector lui donna une petite tape sur l'épaule.

— Je vous aime bien, Pablo. Vous m'êtes un allié précieux, quoi que vous en pensiez.

L'Espagnol ne répondit pas. Il était insensible aux flatteries des seigneurs de la pinède. Il savait d'expérience que son monde à lui était à jamais inconciliable avec celui des propriétaires, gens avides d'argent et bouffis d'autorité.

— Prévenez-moi, Pablo, mon cher Pablo, insista Hector, si Jean Crocq vient faire le boniment sur mes terres. Celui-là, c'est le diable en personne. Vous m'avez compris ?

Gassias ne répondit pas. Son regard noir, ténébreux, se détourna ostensiblement. Il ne voulait pas acquiescer. Même pour rassurer le maître de la Petite Marquise.

3

L'alezane était si nerveuse, impétueuse, que sa cavalière avait le plus grand mal à juguler ses ardeurs. Mais elle ne s'en plaignait pas, puisque c'était ainsi qu'elle la désirait, sa belle jument, avec du sang et du caractère. Singulièrement, elle lui ressemblait, c'est pourquoi Josée Fortegui et Cassandre faisaient corps dans ce jeu où chacune tentait de déceler les limites de l'autre. Parfois, sans raison, le cheval démarrait au trot et frôlait les arbres. La cavalière était contrainte de s'aplatir sur l'encolure pour éviter les branches qui l'eussent désarçonnée. Josée la laissait donc s'épuiser sur les longues pistes de la forêt, sans la contraindre, comme si elle se satisfaisait de cette liberté que l'alezane s'octroyait. Elle étreignait son encolure, parfois avec force, sans jouer de la bride et du mors, comme pour lui faire comprendre qu'à ce duel Cassandre ne gagnerait pas la partie.

Soudain, elle s'en revenait au pas et Josée en profitait pour lui caresser le flanc, histoire de dire : « Tu vois, je ne suis pas fâchée, mais maintenant, après ce moment de folie, c'est moi qui commande… »

En empruntant le raccourci de Cadour, Josée prit le risque d'entraîner sa monture dans la pinède. Le passage était malaisé, encombré de genêts et de fragons. Dans les zones où la tempête avait renversé les pins, ces arbrisseaux s'étaient répandus à la diable, formant des haies sauvages. Doña Josée forçait son cheval à les traverser, ce que l'animal ne prisait guère, redoutant sans doute quelque obstacle invisible. Cassandre se cabrait sèchement, mais chaque fois Josée l'éperonnait d'un petit coup de talon.

— Tu n'aurais pas peur, au moins, vilaine ? maugréait-elle.

La jument hennissait de colère, surtout au moment où la cavalière l'engageait avec une ferme autorité vers les troncs brisés, enchevêtrés qu'elle devait sauter. Doña Fortegui ne nourrissait aucune crainte sur les capacités de son cheval. Elle le savait habile à ce jeu, roué à tous les pièges de la forêt.

À Puységur, la pinède s'achevait enfin sur une lande, un vaste espace où quelques éleveurs faisaient paître leurs troupeaux de moutons. La propriétaire n'était pas chiche sur les autorisations. Au contraire, ceux-ci la débarrassaient des jeunes pousses de pins indésirés, tant la forêt était invasive en cet endroit où se cachaient quelques mouillères, de la tourbe et des ajoncs.

De là, on apercevait Moitezan et son clocher pointu, des maisons jaunes aux toitures rouges qui s'étaient répandues derrière des rideaux de chênes-lièges et de châtaigniers centenaires. Cassandre aimait à galoper sur la baste, sous le vent de la mer, si proche. Puis elle lui fit prendre la direction de la prairie. Une partie de ces terres sauvages, sans arbre ni rien, sinon le ciel si bas ensorcelé par le vent, était juste clôturée pour contenir le troupeau de vaches de Doña Josée, une cinquantaine de têtes tout au plus. Ces petites landaises marines aux poils bruns étaient la fierté de la propriétaire. Elle avait réussi, à force de patience, à apprivoiser ces bovins à l'instinct farouche et indépendant. La dame de Saragos – comme on l'appelait souvent dans le pays – les louait ou les vendait, selon les cas, aux organisateurs de courses landaises à Capbreton ou Mont-de-Marsan… Elle s'était ainsi taillé une réputation qui avait largement dépassé le pays de Moitezan. Et si certains vantaient ses qualités d'éleveuse de vaches des marais, d'autres critiquaient son engouement pour cette espèce. Les planteurs de pins préconisaient plutôt de chasser ces vaches sauvages afin de privilégier l'enrésinement des Landes.

À l'enclos, elle chercha ses deux journaliers occupés à monter un bûcher. Timeo sciait les bûches sur un renard, tandis que son voisin Iban fendait à la cognée les pièces de bois. Elle les avait chargés de cet ouvrage à un moment où il n'y avait rien d'autre à faire. Le mois précédent, ils avaient nettoyé la pinède en fauchant la fougère et le genêt et abattu aussi quelques pins bouteilles afin de laisser prospérer à la lumière les plus beaux spécimens destinés au bois d'ouvrage. Josée Fortegui avait tenu elle-même à les marquer, ces pins d'ôbra, dont certains ne seraient pas exploitables avant trente ou quarante ans, lorsqu'ils auraient enfin atteint leur maturité.

En les apercevant en plein travail, elle mit pied à terre et sortit des fontes de la selle de quoi les restaurer : un peu de vin, du fromage de chèvre, une petite tourte de pain bis et quelques charcuteries pour améliorer l'ordinaire.

— On ne finira pas de sitôt, prévint Iban.

Timeo étala sur le sol la nourriture et commença par la bouteille de vin. Il en but une grosse rasade avant de la tendre à son compère. Ce n'était qu'un petit vin de soif, léger et gouleyant.

— Tu es une mère pour nous, maîtresse, constata Timeo en relevant d'une pichenette sa casquette.

— Avez-vous eu la visite de Marinzacq ?

— Non, répondirent-ils en chœur. Pourquoi ?

— Je crains qu'Hector ne remette sur la table notre affaire de bornages.

Les jeunes garçons n'ignoraient rien des querelles de voisinage de leur patronne, bien que le différend semblât réglé avant leur embauche au domaine.

— J'irais voir si les pierres ont été déplacées, promit Iban.

— Si c'est le cas, il faudra venir me le dire. Sans tarder. Savez-vous où elles doivent se trouver au moins ? reprit-elle.

— Oui, vous nous les avez montrées, dit Timeo.

Les deux garçons l'observaient avec étonnement. Ils ne comprenaient pas son inquiétude. Cette histoire paraissait apaisée depuis deux ans au moins, depuis que Lorelin avait menacé Victorin de son fusil. « Si tu avances, je te tue… » La fameuse injonction du vacher au service des Fortegui était restée célèbre dans le pays. On avait fait venir la gendarmerie. Lorelin s'était caché dans la forêt, du côté de Lacaux, en jurant qu'on ne le prendrait pas vivant. Finalement, le père Marinzacq avait retiré sa plainte et mis l'affaire en sourdine, quand le vacher lui avait adressé une menace sibylline : « Je dirai, moi, au juge, ce que tu as fait à l'Anglaise, Miss Marrisson… »

— Je dois pousser jusqu'à Moitezan pour mes affaires, annonça-t-elle. Les petits, vous vous débrouillerez sans moi ?

Les journaliers avaient à peine seize ans, mais ils étaient robustes pour leur âge et fort conscients de toutes les richesses de la forêt. Sans doute passaient-ils beaucoup de temps à chercher les champignons, le cep et la coulemelle, ou à prendre des lapins aux lacets pour les vendre aux restaurateurs de Mimizan ou d'Aureilhan. Timeo, tout jeune qu'il fût, avait d'autres cordes à son arc, le piégeage des visons sur les bords du Courant, par exemple.

Doña Fortegui rajusta son cache-poussière et remonta à cheval, non point en amazone, comme elle le faisait lorsqu'elle portait jupe longue et bottines, mais comme un homme avec ses pantalons bloomers, même si cette audace scandalisait dans le voisinage. Depuis son jeune âge passé dans la Biscaye, Josée ne s'en était jamais départie ; elle prisait fort cette liberté qui lui permettait de faire corps avec son cheval, d'en maîtriser la force et l'élan entre ses cuisses.

Moitezan s'était développée sous le Second Empire, quand Louis-Napoléon avait favorisé l'exploitation de la forêt landaise en ordonnant drainage, boisement et installation de fermes, dont celle de Solférino. Le commerce de la gemme et des produits résineux, du pin courant et du bois d'œuvre pour la menuiserie avait, en moins de cinquante ans, apporté la prospérité à quelques familles, dont les Lagrenon, les Faurel et les Souleyrosse.

Félix Faurel était l'un des plus gros propriétaires de Moitezan. Il était souvent cité en exemple par les instances dirigeantes. Ses relations à Bordeaux et à Paris lui avaient ouvert des marchés considérables dans la transformation chimique des résines : essence de térébenthine, vernis, peinture et colophane… Cette bonne fortune lui avait permis de conquérir la commune en mai 1900, malgré ses opinions cléricales et monarchistes dans un pays fortement imprégné par les idées républicaines. Pour gagner la partie, l'homme n'avait point hésité à enfiler le costume républicain. Et peu à peu, caméléon sans scrupule ni états d'âme,

Félix Faurel s'était fait adopter par le Parti radical. Alors que le bloc s'avérait en pleine désagrégation, tiraillé par l'Alliance démocratique et le radicalisme de droite, Faurel s'était senti prêt à tourner casaque, d'autant plus que le nouveau Parti radical, soucieux de renforcer son assise pour réduire le camp socialiste à une force d'appoint, lui assurait une bonne place. On vit en lui un homme nouveau, plein des ambitions du siècle, sans en présenter les inconvénients qu'on voyait déjà se profiler à l'horizon comme de noirs nuages.

Doña Fortegui comprit qu'on ne la recevrait pas aussi vite qu'elle l'avait espéré dans l'officine municipale. Elle s'assit bien sagement sur le bout d'une banquette de cuir noir, tout près de la porte capitonnée. Des bribes de conversations feutrées parvenaient jusqu'à elle. Bien qu'elle prêtât l'oreille, ce n'était qu'un bourdonnement inaudible de voix d'hommes et d'éclats de rire.

Elle se leva, soudain, excédée, avec la ferme intention de repartir comme elle était venue. « Rien ne m'y oblige, après tout, pensa-t-elle. Sinon la curiosité. Ce n'est pas tous les jours que je suis convoquée chez Faurel. Et pourquoi donc ? Ce rendez-vous m'est-il nécessaire ? D'autant qu'il a été posé sans objet. Comme si je devais me rendre à une invitation sans savoir où je mets les pieds. Décidément, tout cela manque de savoir-vivre ! »

Au moment où elle s'apprêtait à sortir, la porte s'entrouvrit et un appariteur passa la tête.

— Madame Fortegui ?

Josée ne répondit pas et bouscula l'homme pour qu'il la laissât passer. Elle traversa l'antichambre d'un pas nerveux en faisant claquer les talons de ses bottes de cavalière. Puis elle entra dans le cabinet avant même que l'appariteur ne l'eût rejointe. Doña Josée se trouvait enfin devant Faurel, un petit homme sec dans son costume trois pièces, avec une chaîne démesurée à grosses mailles jaseron sur son veston. Il portait des lunettes rondes cerclées de métal, et le cheveu passablement tiré en arrière, gominé. Le maire fit un pas vers sa visiteuse, puis s'arrêta, attendant que Doña Fortegui accomplît le reste du trajet, mais elle resta immobile, campée dans son ample cache-poussière qui lui tombait sur les chevilles.

Maxime Souleyrosse vint à sa rencontre, chaleureux selon son habitude, un brin caressant dans la manière de prendre sa main.

— Vous connaissez notre maire, tout de même ? s'inquiéta-t-il.

— De vue, répondit Doña Fortegui.

— Il est vrai, mon cher Souleyrosse, que je n'ai jamais eu l'occasion de voir Mme Fortegui de près.

— Mais, rectifia Josée, je vous connais de réputation.

— Ah ! s'écria-t-il.

Et cette fois, le maire consentit à s'approcher d'elle pour la saluer.

— Je t'ai toujours dit, intervint un petit homme rondouillard qui se tenait à gauche du bureau, un peu à l'écart, timidement, que tu n'étais pas assez proche de tes administrés. Surtout s'agissant de Mme Fortegui, une si belle et noble personne que c'est évidemment une faute.

— Michel Léonardi est mon conseiller personnel, fit le maire en s'adressant à sa visiteuse. Comme je suis souvent absent de Moitezan, à cause de mes affaires qui me retiennent à Bordeaux, quand ce n'est pas à Paris, parfois de longues semaines, j'ai besoin d'avoir une personne de confiance sur place. M. Léonardi est mon oreille, mes yeux, ma conscience. Tout à la fois.

— Je ne le connaissais pas non plus, persifla Josée Fortegui. Je vois, cher monsieur le conseiller, que, sur ce point, vous n'êtes pas plus efficace que votre maire.

Souleyrosse éclata de rire.

— Je vous avais prévenu, Félix, notre chère Mme Fortegui a du caractère. Du sang espagnol, et pas n'importe lequel, celui de la Biscaye.

Il se mit à l'observer, la flamme dans le regard, avec une telle intensité qu'elle en éprouva de l'embarras. Puis l'appariteur approcha des sièges, sauf pour le conseiller Léonardi, qui demeura debout derrière son maître comme un chien docile.

Maxime Souleyrosse s'installa tout près de Doña Fortegui, trop près au gré de celle-ci, pour lui prodiguer de temps à autre quelques petits gestes prévenants, comme de poser la main sur la sienne ou sur son bras, histoire de montrer qu'elle l'intéressait au plus haut point. Mais ce n'était pas une surprise pour Josée. Le riche propriétaire de Maureilhan ne manquait jamais une occasion de la courtiser, aimablement, en vain, à son grand désespoir.

Félix Faurel se mit à caresser sa chaîne, grain par grain, comme il l'eût fait d'un chapelet, jusqu'à sa montre de gousset qu'il sortit de sa pochette, consulta machinalement avant de se tourner vers Léonardi qui lui répondit par un hochement de tête.

— Le temps m'est compté, dit le maire.

— Déjà ! déplora Souleyrosse. Pourtant, ce que j'ai à dire, monsieur le maire, est de la plus haute importance. Il ne serait pas sérieux de balayer d'un revers de manche ce qui constitue pour nous, propriétaires, une vive inquiétude.

Et il posa sa main sur le bras de sa voisine pour la prendre à témoin.

— Je ne sais pas ce que je fais là, dit-elle pour tromper ses craintes. Une réunion entre hommes, comme c'est impressionnant !

— Vous n'êtes pas de trop, assura Souleyrosse. Et si j'ai demandé à ce que vous participiez à notre entrevue, c'est que votre opinion compte.

Faurel se mit à bâiller. Il éprouvait de l'ennui à chaque seconde, surtout lorsqu'il n'était pas au centre de la conversation. On l'avait incité à assister à cette rencontre en témoin honorable.

— Notre ami Souleyrosse, dit Faurel, est un obsédé de la guerre sociale. Il la devine à chaque coin de rue, sur le visage de ses ouvriers, dans le moindre chuchotement... Il n'y a pas que la résine qui pleure sous les pins, les résiniers aussi. Vieille histoire ! s'emballa-t-il avec force gestes à l'appui. J'ai toujours entendu les gemmeurs discuter le prix de la barrique. Ce n'est jamais bien payé, évidemment. Soixante-cinq francs les trois cent cinquante litres. Les cours n'ont jamais été aussi élevés. Je dirais que c'est Byzance. Comme quoi, il n'est qu'en période d'opulence, lorsque les rétributions sont les plus généreuses, que l'on songe à faire une révolution. C'est ainsi, un défaut de l'esprit humain. Tous ces gens vous voient gagner de l'argent avec la résine, ils en déduisent que vous pourriez faire l'effort de mieux les payer.

— C'est un fait, reconnut Souleyrosse, le cours de la résine est au plus haut, mais nos charges de distillation, de transformation, de conditionnement sont en train de flamber. Ce n'est pas la matière première qui vaut le plus cher, mais ses dérivés après traitements industriels. Pour ce faire, il faut payer des ingénieurs, des ouvriers, des tâcherons. Il faut payer le transport, jongler avec la concurrence. L'Espagne, le Portugal, le Brésil, même, produisent de la résine à des coûts moindres. Sachant qu'un pin produit annuellement deux litres et demi de gemme, imaginez le nombre d'arbres que nous devrons planter. Un investissement monumental. Et les nouvelles parcelles que nous devrons boiser nous coûteront de plus en plus cher. Il y a quarante ans, l'hectare valait, ici, dans les Landes, deux cent quatre-vingts francs, aujourd'hui quatre cents, voire cinq cents francs. C'est pourquoi je préconise que nous abaissions la part du résinier. Voilà l'opinion du propriétaire : réduire nos dépenses pour investir dans de nouveaux espaces.

Faurel fit signe à Léonardi de s'approcher et lui parla à l'oreille. Le conseiller se mit à hocher la tête.

— C'est la raison pour laquelle, cher Souleyrosse, vous craignez que tous ces gens ne se mettent en grève, n'est-ce pas ? Ils refuseront vos propositions ? Ont-ils le choix ? Une grève les jettera dans la misère, alors que vous, chers propriétaires, vous avez de quoi tenir, des mois et des mois…

Maxime Souleyrosse se disait que Faurel le soutiendrait, qu'il saurait expliquer aux instances supérieures le dilemme auquel les propriétaires allaient être confrontés quand se lèverait l'armée des gemmeurs.

— Nous aurons besoin de votre appui, ajouta Souleyrosse. N'est-ce pas, Doña Fortegui ? Après les grèves dans les houillères du Nord, les grèves des ouvriers agricoles dans l'Hérault et dans l'Aude, ainsi que dans la Champagne, on peut craindre le pire. Il est un vent de fronde qui souffle partout en France. Voici qui fait peur à l'aube de ce nouveau siècle.

Maxime Souleyrosse parlait d'une voix douce, sans relief, comme s'il voulait excuser par avance ses propos, doutant qu'on le crût. Cette manière entre-deux paraissait assez bizarre, voire incompréhensible, chez un homme qui s'était réalisé dans les affaires. À quelque moment, se demandait-on en l'écoutant et en l'observant, il lui a bien fallu un peu de poigne, de fermeté pour parvenir à ses fins ?

— Je ne perçois pas la situation comme vous, dit Doña Fortegui. Mon équipe de gemmeurs va commencer à préparer les pins dans une dizaine de jours tout au plus. Je paierai soixante francs la barrique et conserverai la même répartition des bénéfices : moitié pour le résinier, moitié pour moi. Parfois, j'obtiens quelques avantages en sus, tels que des journées de fauchage dans mes prairies de Puységur.

— C'est folie ! s'éleva Souleyrosse. Vous nous cassez le marché. Moi, je n'entends payer que trente francs la barrique.

— Pourtant, elle vous rapporte cent vingt, tout comme à moi. Nous avons les mêmes distillateurs, n'est-ce pas ?

Maxime Souleyrosse baissait la tête. Il regrettait de s'être laissé emporter. Sa main vint toucher le genou de Josée Fortegui pour se faire pardonner. Elle le repoussa délicatement. « C'est un peloteur, cet homme-là », se dit-elle en le toisant de ses grands yeux verts dessinés en amande.

— Je vous prie de m'excuser, Doña Josée, je ne voulais pas vous offenser.

Elle se retourna vers lui et lui souffleta la bedaine avec ses gants de cuir réunis dans sa main.

— Vous êtes dur en affaires avec ces pauvres gens. Il ne faudra pas vous étonner s'ils vous lâchent. Moi, vous dis-je, que ça vous plaise ou non, je négocie moitié-moitié la barrique. J'apporte les pins résineux et eux leur force de travail, c'est une alliance fructueuse. Bien entendu, si le prix baisse, j'applique aussi la baisse à leur rétribution. Toujours cinquante, cinquante.

Souleyrosse déplaça son siège pour s'éloigner un peu de sa voisine, une manière de lui montrer qu'il était irrité par ses propos.

— Nous devrions nous serrer les coudes entre propriétaires et convenir une bonne fois pour toutes d'un accord avec les résiniers. Un prix plancher, insista-t-il. Libre à nous, ensuite, en fin de campagne, d'y adjoindre une gratification. Ce serait une bonne méthode pour les tenir sous notre coupe, ces pleureurs !

Félix Faurel éclata de rire. Ça lui plaisait bien de voir Souleyrosse défendre ses privilèges. Trop souvent, du reste, le maire l'avait trouvé timoré, hésitant, fuyant même, devant les syndicats.

— Tu te réveilles, Maxime, c'est bien. Hausse donc le ton. Fais donner du clairon contre cette piétaille. Si Mme Fortegui veut jouer la généreuse, laissons-la faire. Nous deux, mon cher, nous ne mangeons pas de ce pain-là. Sinon, comment aurions-nous fait pour acheter des terres et agrandir nos plantations de résineux? Dans mes scieries de Moitezan et de Bapoueyre, je paye deux francs cinquante la journée de dix heures. Pour ces pourfendeurs de la paix sociale, ces misérables anarchistes, nous sommes des exploiteurs. Mais chez moi, parmi mes ouvriers, personne ne se plaint. Je fais vivre cinq cents familles. On loue mes bontés, chapeau bas.

Léonardi hochait la tête, content de lui, en fixant Doña Fortegui.

— Je déplore que vous ne soyez pas des nôtres, ajouta le maire à l'intention de sa visiteuse. Votre générosité à l'égard des résiniers nous porte préjudice. Bien sûr, ils feront front, tous, comme un seul homme, pour exiger de nous les mêmes avantages qu'à Saragos.

Josée Fortegui s'enveloppa dans son cache-poussière et le boutonna de haut en bas. Elle se cuirassait ainsi contre ces arguments, contre cette volonté affichée de lui imposer des règles du jeu.

— Hélas, messieurs, je ne suis pas tout à fait dans votre camp, dit-elle. Ne m'obligez pas... Ce serait me perdre aux yeux de mes gens avec lesquels j'entretiens les meilleures relations du monde.

— Les femmes, les femmes ! s'excita Léonardi. Pourquoi se mêlent-elles de nos affaires? Ce n'est pas leur domaine, les pignadas !

Il n'en fallut guère plus pour titiller la patience de Josée Fortegui qui, déjà, éprouvait un souverain ennui. Elle ne se sentait guère concernée par les stratégies de Faurel et de Souleyrosse. Et bien que ces deux-là s'entendissent comme larrons en foire, la dame de Saragos les trouvait fort inquiets. C'est pourquoi cette réflexion lui vint soudain aux lèvres :

— Mais qu'avez-vous à craindre, messieurs ? Vous êtes riches, puissants, entourés de gens disposés à vous servir, à vous protéger, dans toutes les institutions : la force publique, la justice, les banques.

Faurel se sentit flatté que la jolie Mme Fortegui le vît, ainsi flanqué de son petit secrétaire rondouillard, comme une personnalité influente dans le pays, entre Bordeaux et Mont-de-Marsan et ce jusqu'en Chalosse, où il possédait des terres fertiles dans le bassin de l'Adour. Souleyrosse, lui, faisait la moue. Il préférait se présenter comme un petit patron, faux modeste, au demeurant ; il cultivait l'idée que le bonheur d'un homme est proportionnel à sa capacité d'effacement. « Pour avoir le droit de nous plaindre en toute impunité, disait-il souvent, feignons d'être plus pauvres que nous ne le sommes. »

— Il y a ce meneur, cet anarchiste, ce bonimenteur, fit Maxime en se tournant vers Doña Fortegui. Un esprit dangereux qui s'emploie à dresser les gemmeurs contre nous, les propriétaires. Nous serions le mal absolu et eux, les résiniers, le sel de la terre. Nous ne ferions que nous enrichir sur le dos des misérables, affamant les familles, violant les femmes, endoctrinant les enfants… Rendez-vous compte ? Tous ces discours infamants à notre encontre demeurent sans réponse. Un jour, il faudra trouver une parade. Mais comment ? Je ne sais par où commencer.

— Mais de qui parlez-vous, monsieur Souleyrosse ? Je n'ai jamais vu l'ombre de ce prophète.

— À Moitezan, il a harangué les résiniers sur la place de la gare, là où nos contremaîtres étaient chargés de les embaucher. Ce fut une foire d'empoigne indescriptible. Par petits groupes, les gemmeurs exigeaient de nos hommes une part plus généreuse, sinon… Et pour l'heure, nous sommes toujours en difficulté. La campagne démarrera avec retard. À cause de ce…

Souleyrosse hésita à livrer son nom, comme s'il se fût agi du diable en personne. Mais Doña Josée insista.

— Jean Crocq, fit-il. Qui l'a envoyé, ce trublion ? Je m'interroge. Vous ne voyez pas, Faurel ?

— La sociale ne manque pas de prédicants. Conseilleurs mais pas payeurs, répondit le maire.

— Voici un argument qu'il nous faudra utiliser, Faurel ! s'enflamma Souleyrosse.

Josée Fortegui éclata de rire devant le désarroi de ces grands propriétaires qui voulaient l'enrôler dans leur cause.

— Je ne serai pas des vôtres dans cette croisade, affirma-t-elle. Du reste, je dispose d'une bonne équipe. Année après année, de campagne en campagne, ils me suivent, ces braves gens. Et nous n'avons jamais eu de différend. S'il arrive que l'un d'eux rencontre des difficultés, je cherche une solution honorable. Faites comme moi, suivez mes principes. Et tout ira pour le mieux dans le meilleur des mondes.

— Permettez-moi de vous dire, Doña Fortegui, que vous aurez un jour à regretter vos paroles, répliqua le maire. La guerre sociale finira par vous atteindre, vous et votre orgueil, et ce jour-là, menaça-t-il, vous ne pourrez plus compter sur nous. On choisit son camp une bonne fois pour toutes.

La dame de Saragos se leva d'un bond, le visage empourpré par la colère.

— Après la mort de mon mari, dit-elle, personne ne m'a secourue. Je me suis débrouillée toute seule. Au contraire, j'ai cru comprendre qu'on se gaussait de mon infortune. Les paris étaient lancés. Combien de temps tiendra-t-elle, la petite Espagnole ? On a même organisé des enchères pour racheter mes biens. Si je n'avais pas eu mon oncle Alberto Larzabal de Bilbao, on ne parlerait plus de moi ici. Quand j'ai racheté les pinèdes de Fiesquini, on a fait grimper les prix pour me laisser sur le sable. Cher monsieur Faurel, vous avez été du complot, il me semble ?

Le maire s'en défendit avec véhémence, mais Josée ne baissa point le regard.

— Et maintenant, on voudrait me trouver mari. Ce pauvre jeune homme…

Elle parut hésiter à jeter son nom en pâture, mais elle s'y résigna, soupçonnant que le coup était parti de là, du cercle des intimes de Moitezan.

— Qui vous a demandé en mariage, Doña Fortegui ? demanda Souleyrosse en fixant Faurel d'un air narquois.

Et à cette seconde, la dame de Saragos comprit que ce petit monde était dans la combine. Faisons-lui un beau mariage, histoire de la mettre sous l'éteignoir, la veuve Pestor !

— Comment vous ne le saviez pas ?

— Non, répondit le maire. Je ne suis pas dans toutes les confidences.

Maxime Souleyrosse baissait la tête. Il se retenait pour étouffer son rire, tandis que Faurel paraissait tout ignorer.

— Le jeune Marinzacq, dit Doña Josée.

— Le fils aîné de Victorin ? questionna le maire.

— Du reste, je m'étonne qu'il ne soit point parmi nous. N'est-il pas un propriétaire fort estimable ? ajouta Doña Josée. Un des vôtres…

Félix Faurel quitta la table pour se dégourdir les jambes. Souleyrosse se leva aussi.

— Depuis que Victorin n'a plus ses esprits, à la Petite Marquise, tout est sens dessus dessous, dit-il. Hector s'est attribué la direction des affaires, mais à notre humble avis, il n'a pas les épaules assez larges.

— Je pense de même, renchérit le maire. Vous auriez pu jouer un rôle éminemment salutaire, si vous aviez accepté de l'épouser. C'eût été une chance pour les Marinzacq, ne croyez-vous pas ? Car vous, ma chère, sans vous flatter, vous aviez la tête pour diriger cette affaire. Je crains que…

Josée Fortegui ne répondit pas, elle en avait assez dit. L'heure lui paraissait venue de prendre congé ; rester eût ajouté au ridicule de la situation. Elle se retira élégamment en faisant virevolter son cache-poussière. Souleyrosse prit Faurel par l'épaule. Il paraissait encore plus minuscule sous cette aile-là.

— Tout est dit, hélas, fit le maire.

Le capitaine Roy Norkliff s'était, un jour de septembre, échoué sur les dunes des Tronquets pour ne plus jamais en repartir. Si l'océan offrait encore pour lui bien des attraits, s'il continuait à courir de port en port, à la recherche d'une ultime mission dans les capitaineries, son cœur, son vieux cœur malade n'était pas du même avis. Lui, il ne désirait plus rien d'autre que l'échouement sur les dunes hautes, là où la mer, par grandes marées, s'en vient torturer et remodeler sans répit le littoral.

Roy Norkliff alla planter sa tente dans les pins, juste derrière la dune, pour avoir une vue imprenable sur la mer et la caresse des vents. Les premiers mois de son installation, à l'automne 1899, le loup de mer se construisit une cabane sans demander l'avis à personne, faisant fi des lois et des autorisations administratives. Les chasseurs furent les premiers à venir lui contester son minuscule domaine. À coups de canardière, ils firent sauter son toit et brisèrent ses murs de planches disjointes. Norkliff avait l'habitude des haines ataviques qui mènent les médiocres. « Face à cette force sauvage, il n'est que l'obstination qui vaille, se dit-il en réparant sa cabane, dix fois, vingt fois. Nous verrons bien qui se lassera le premier. »

Et de fait, les chasseurs finirent par abandonner la partie, comprenant sans doute que leur territoire de jeu était bien assez vaste et qu'ils n'en feraient jamais le tour. Dès lors, Roy Norkliff connut des jours de tranquillité à pêcher à marée basse et à traquer le lapin dans les lettes, saison après saison, dans sa solitude réparatrice. À la longue, le voisinage se désintéressa de son sort, celui d'un vieil original retiré du monde. Il n'était que les enfants pour lui rendre visite. Le capitaine leur racontait des histoires, quelques épisodes de sa vie de bourlingueur en nommant des contrées étranges : Zanzibar, les îles Chagos, les Moluques, Punta Arenas…

Après la disparition de son pêcheur de mari, dans les courants violents de la Garluche, Josée Fortegui prit l'habitude de venir à cheval sur les plages et de galoper à bride abattue sur les sentiers de dune. Elle faisait ses promenades équestres tôt le matin, juste à la pointe du jour, à marée haute, ou au crépuscule lorsque le soleil mourant incendiait l'horizon. Ainsi le vieux capitaine rencontra-t-il Doña Josée, à moins qu'il ne l'eût connue dans une autre existence, qui sait… En dehors des enfants, dont les visites se faisaient de plus en plus rares, c'était la seule personne qui s'attardait devant sa cahute de vieilles planches grises tourmentées par les vents et les tempêtes.

Ce matin-là, une furieuse marée jetait ses lames jusqu'au pied de la dune dans une lumière irréelle de début de jour. La cavalière ne parvenait pas à conduire son alezane jusqu'à la mer. Elle se cabrait, s'agitait en tous sens, s'employant à verser sa maîtresse par-dessus tête. Le capitaine s'avança pour observer la scène. Puis, de rage, la jeune femme abandonna la partie.

— Que veux-tu faire, Josée ? Te suicider ou quoi ? Renonce, mais renonce donc. Par 10 Beaufort, la mer ne pardonne rien…

Roy Norkliff se laissa glisser à flanc de dune jusqu'à Cassandre et prit l'animal par l'encolure. La jument tenta de le mordre, la crainte, sans doute, croyant qu'ils s'étaient ligués contre elle pour la mener vers la marée haute. Mais le capitaine parvint à l'apaiser en lui caressant les naseaux.

— Tu ne mérites pas Cassandre, Josée. Je regrette de te le dire.

Les embruns avaient mouillé la chevelure brune de la jeune femme qui se plaquait contre son visage. Il n'était que son regard qui semblait plus liquide qu'à l'ordinaire, d'un vert inquiétant, où se lisait une étrange colère contre elle-même, contre le monde.

Le capitaine l'entraîna vers la crête de dune, là où le sable fusait en cinglant le visage. Le vent s'éternisait sur la lisière, jusqu'aux premiers pins qui s'agitaient dans un bruissement incessant. Cassandre se laissait conduire en hennissant. Roy la tenait par la bride, sans brusquerie. Car sa maîtresse l'avait tellement angoissée que la jument n'écoutait plus que le capitaine, égrenant quelques mots rassurants pour atténuer sa fureur. Il la mena ainsi, patiemment, jusque dans la pinède, où le vent et le sable se heurtaient au rempart végétal.

Josée s'assit au bord de la terrasse, face à l'océan. Peu à peu, la brume se dissipait sur la mer, gris et vert, dont les rouleaux endiablés se hérissaient de blanche écume.

Norkliff vint prendre place à côté d'elle, lui jetant sa canadienne sur les épaules. Elle posa sa tête contre lui, grelottante de froid.

— Tu n'étais pas aussi téméraire avant la mort de Pestor. Est-ce cette tragédie qui t'a rendue ainsi ? Chercherais-tu à le rejoindre que tu ne t'y prendrais pas autrement… Je m'interroge, vois-tu, à te voir affronter la tempête. Mais Cassandre a compris où tu voulais la mener. La pauvre bête ne veut pas partager avec toi ce destin. Ce n'est pas Pégase, tout de même. Bon Dieu, oui, ça me rappelle un typhon en mer de Chine que nous avons affronté sur *Le Maritorne*. Impossible de tenir le cap. C'était lui qui avait pris les commandes de notre cargo et il nous conduisait là où il voulait, vers des zones infernales.

Josée éclata de rire, un rire nerveux. Le capitaine la serra contre lui, si fort qu'il étouffa son rire. C'était une image qu'il n'aimait pas d'elle, la douleur ravageuse d'un chagrin innommable.

— N'as-tu jamais songé à te chercher un compagnon ? Ce serait une manière élégante de tourner la page, dit Roy.

— Ça suffit, protesta Josée. Tout le monde veut me trouver un mari. Marinzacq, Faurel et maintenant toi, capitaine. Je ne veux rien. Je n'ai pas besoin de perdre ma liberté.

— Alors il faut rompre les amarres avec les souvenirs, aussi douloureux soient-ils. Il n'y a pas de compromis possible entre les vivants et les morts. Car les morts sont plus forts que les vivants. Ils nous chantent sans cesse les regrets, dans le vent qui passe et dans les rêves qui s'entêtent, ne crois-tu pas ?

— Si, je sais, Roy, tu as raison.

Norkliff entra dans sa masure et revint avec un quart de café qu'il tendit à Josée.

— Et toi, Roy, n'as-tu point songé à reprendre la mer ? Dis-le donc qu'elle te manque.

— Mes rêves sont ensablés dans ce coin de paradis.

— Ce n'est pas vrai. Ce n'est pas un paradis ici. C'est comme l'antichambre…

— Tais-toi donc, Josée. Tu n'as pas le droit de parler comme ça. Je porte tout en moi. Un léger fardeau, des souvenirs plein la tête... Ça suffit pour rendre un homme heureux. Je suis assez humble pour mériter mon bonheur, crois-moi.

Doña Fortegui se rendit auprès de sa jument pour lui dire qu'elle regrettait de l'avoir forcée à entrer dans la mer. Elle lui promit de ne jamais recommencer.

— Mais pourquoi je m'acharne sur toi ? Tu es la sagesse même. Tandis que mes folies passagères sont destructrices..., murmura-t-elle en lui flattant l'encolure.

À cause de l'averse, ils rentrèrent dans la cabane. Le vent faisait chanter les membrures comme dans une vieille coquille de noix chahutée par l'océan. Ils s'assirent côte à côte sur un châlit, face à la fenêtre rendue opaque par la pluie cinglante.

— Ça résistera. N'aie crainte, Josée.

— Comment peux-tu aimer cette existence recluse, à l'étroit, face à une telle immensité ?

— C'est le seul espace qui me convienne. Il disparaîtra après moi.

Et dans un geste, Roy désigna la plage au pied de la dune.

— La mer emportera tout, planche par planche, comme un vieux gréement à la dérive. Quoi qu'on fasse, l'océan grignote le rivage. Et qui aime trop la mer, qui trop l'étreint et se repaît de son spectacle finit par être emporté.

C'est la loi. Nul ne l'accepte de bon gré, mais qu'importe ? C'est une loi qui me convient.

Au centre de la pièce, l'unique pièce de la cabane, trônait un mirus dont le conduit de cheminée traversait la toiture. Le capitaine glissa dans le four une brassée de gémelle. Ça ronflait, ça ronronnait et ça faisait chanter le café dans une casserole de fer-blanc.

— Tu voudrais aménager cette masure ? s'interrogea Doña Josée. Je pourrais t'envoyer mes deux petits jeunes. Ils sont adroits de leurs mains.

— Je le sais, dit-il. Ils m'ont construit la terrasse, ces deux ganymèdes, en un tour de main. Ça m'évite de rentrer du sable dans la pièce. Bien que… (Le capitaine se mit à rire.) le vent s'en charge. Je m'ensable peu à peu. Dehors et dedans.

— Timeo et Eban t'aiment bien, capitaine.

— Ils écoutent mes histoires de voyage, religieusement. Ils voudraient prendre la mer. Mais ils ne le feront jamais. Ce sont des petits paysans. Les pieds dans le podzol. (Il éclata de rire de nouveau.) Cette ligne, là-bas… (Et il montra la ligne grise de l'océan.) c'est un seuil infranchissable pour eux. Ça les terrorise. Si bien que la terre les tient prisonniers. Sacrés ganymèdes ! Tout juste courent-ils les filles. Des filles dont ils ont peur. C'est ainsi. Ils épouseront n'importe laquelle. La première qui leur mettra le grappin dessus. Sans amour. Sans rien.

Puis ce fut son heure de tristesse ; le regard de Norkliff se retourna à l'intérieur de lui-même. Il ne percevait plus que le bruit de l'océan et du vent dans les cimes des pins. Les paroles de sa visiteuse parurent s'estomper, peu à peu, jusqu'à ce qu'il ne les entendît plus, qu'il ne la vît plus ; le capitaine n'était plus là pour personne.

Alors, la dame de Saragos se retira doucement, comme on quitte une tombe, presque religieusement. « Un jour, pensa-t-elle, je trouverai sa maison vide. Je le chercherai en vain, Roy Norkliff. Dans mon for intérieur, je saurai à ce moment, pensa-t-elle, que mes recherches sont inutiles. » Elle fixa la mer, le gris-vert des vagues et leurs frises écumeuses et sentit à son tour la mélancolie l'envahir. « Je n'ai personne ici digne d'un Roy Norkliff. »

4

— Bien sûr, madame Josée, les bornes ont été déplacées.

— À votre désavantage, précisa Iban.

— Évidemment, sourit la dame de Saragos. Comment avez-vous deviné ça, Iban ?

— À mon avis, ajouta Timeo, ça ne date pas d'hier. Le sol n'était pas remué autour des bornes ni piétiné. Ça remonte à un an peut-être.

— Ou un peu moins, ajouta Iban qui voulait faire plaisir à sa patronne.

— Il se peut que les Marinzacq aient tout fait pour maquiller leur forfait, rectifia Timeo. Hector a pu s'en charger après sa visite à Saragos.

— Mais pourquoi ? Lui aurais-je donné une raison ?

Les garçons hochèrent la tête. Par Babrio, une méchante langue celui-ci, ils avaient appris l'histoire de la fameuse déclaration. Dans le voisinage, on en faisait déjà des gorges chaudes. Hector, tout grand Hector qu'il fût, n'était-il pas reparti comme un péteux, la bite sous le bras ? Quel déshonneur !

— Maintenant, vous allez vous remettre au travail, ordonna Doña Josée, m'épointer ces piquets à la petite hache sur le billot. Ils serviront à retaper les clôtures que les chasseurs dévastent. Ces viandards ne supportent pas qu'une honnête propriétaire s'enferme chez elle, n'est-ce pas ? Vous les connaissez comme moi... Lorsque ça porte un fusil en bandoulière, ça se croit supérieur, maître du monde.

Doña Fortegui les aimait bien, ses deux petits vachers, avec leur candeur et leur innocence. Jamais une parole de trop ni l'esprit mal tourné. « Qu'est-ce donc qui les gâtera un jour ? se demanda-t-elle. Du moins, ça ne viendra pas de moi. Je tiens à ce qu'ils ne manquent de rien, que leurs efforts soient récompensés. Lorsque je vends une vache ou un taureau pour les courses de Mont-de-Marsan ou de Capbreton, je veille à ce qu'une petite pièce leur soit versée. Mais un jour, ces deux-là, ils voudront connaître autre chose que la ferme de Saragos, d'autres patrons, croyant que l'herbe est meilleure dans le pré du voisin. Ils connaîtront alors les injustices, les humiliations, les mesquineries. Et hélas, ils deviendront comme les autres, de petits sauvages, révoltés, haineux. N'est-ce pas toujours ainsi ? La bonté naturelle qui anime chaque individu au seuil de son existence se corrompt dans les aigreurs et les blessures de la vie. »

Josée Fortegui repartit aussitôt, à bride abattue, vers la clairière de Saint-Paul. Son équipe de résiniers l'y attendait. Ils étaient une vingtaine au moins, en tenue de combat, le bridon sur l'épaule. Anselmo, leur chef, avança vers elle d'un pas décidé.

— Toujours les mêmes accords.

— Bien sûr.

— Ah bon, je croyais que…

Elle se laissa glisser contre le flanc de son cheval et se retourna vivement.

— Tu croyais quoi, Anselmo ?

— Paraît que tu te serais entendue avec Souleyrosse pour ne payer que trente francs la barrique, dit Anselmo.

C'était un grand gaillard brun de peau et à forte pilosité, le corps musculeux, la voix grave. Sa force physique ne manquait pas d'impressionner Doña Josée. Il jouissait d'une certaine autorité sur ses hommes. Rarement ceux-ci revenaient sur ses avis. « Ce que dit Anselmo est parole d'Évangile », avait coutume de clamer Bardinguet, son second. Car comme toutes les équipes de gemmeurs, et plus encore chez les Fortegui, ils formaient un groupe soudé, un roc. Du reste, depuis que la dame de Saragos faisait commerce de résine, elle n'avait jamais eu maille à partir avec Anselmo ; elle n'avait pas cherché à empiéter sur son pouvoir de meneur d'hommes. Elle ne s'adressait qu'à lui et jamais aux autres résiniers qui ne l'auraient point écoutée.

— D'où sors-tu ces bêtises ?

— On le dit, on le dit, répéta Anselmo.

Les hommes s'étaient reculés, laissant leur chef, seul, débattre de la question. Certes, Doña Fortegui pouvait raconter autour d'elle que son équipe de gemmeurs était satisfaite des accords passés, mais il n'y avait rien d'inscrit dans le marbre. Si les dispositions appliquées, campagne après campagne, se trouvaient tacitement reconduites, dans le climat de suspicion levé par les partisans de Faurel et de Souleyrosse, tout paraissait sens dessus dessous.

— Vous avez ma parole, insista Doña Josée.

— Ça ne nous suffit pas, répliqua Anselmo.

Un murmure s'éleva parmi les hommes et la dame de Saragos s'approcha d'eux pour calmer cette colère naissante.

— Enfin, compagnons, vous me connaissez ? Je n'ai qu'une parole. Pourquoi la trahirais-je ? Nous nous entendions à merveille jusqu'ici, si bien que je me réjouissais de vous voir à pied d'œuvre, tous prêts à marquer les pins. Cette suspicion est sans fondement. Je suis triste et malheureuse, avoua-t-elle.

Mais les visages demeuraient empreints d'hostilité. Elle ne reconnaissait plus ses hommes. Josée Fortegui les fixa un à un, sans désemparer, la tête haute, l'œil grave. Elle comprit qu'un mauvais génie s'était chargé de leur troubler l'esprit.

— Oui, reconnut-elle. J'ai eu une conversation avec le maire et Souleyrosse. Je n'ai fait que répondre à une invitation. Et je ne vous cacherai pas que les propriétaires de Maureilhan et d'Evrette ont l'intention de baisser les rétributions. Mais moi, je ne suis pas d'accord avec eux. J'entends reconduire nos accords. Je me fiche de Faurel et de Souleyrosse. Je suis libre. Je ne réponds à aucune consigne.

Elle asséna ses propos avec passion, allant d'un bord à l'autre de la clairière. Anselmo était resté immobile au centre de la trouée. Les hommes n'écoutaient pas la dame de Saragos. Ce n'étaient que promesses pour eux, maintenant que le doute avait été jeté, selon lequel un pacte secret se serait conclu entre propriétaires.

Anselmo la suivait d'un regard froid et déterminé, le bridon sur l'épaule. C'était décidé. On n'irait au travail que lorsque la défiance serait levée.

— Vous en profitez, *compañeros*, que je suis connue pour ma mansuétude. Vous n'agiriez pas de même avec Souleyrosse ou Faurel ! Et encore moins avec Capdot, le redoutable Capdot !

Les résiniers baissaient la tête. Voici un argument qui paraissait les atteindre. Tandis que leur chef, Anselmo, lui, gardait la tête haute, buté, prêt à en découdre, assuré de la détermination de ses hommes à qui il avait promis que l'Espagnole se soumettrait sans difficulté.

— Alors, fit-elle en élevant la voix, qu'attendez-vous de moi ? Que je me mette à genoux ? Que je rampe devant vous, *compañeros* ? Si vous refusez de travailler pour moi, qui vous emploiera ? Avez-vous réfléchi à la question ? Les autres propriétaires ne seront pas tendres. Ils n'accéderont jamais à vos demandes. Sur toutes les Landes, je suis la seule, la seule, insista-t-elle, à offrir soixante francs la barrique. Alors que Souleyrosse ne compte payer que la moitié...

— Jean Crocq n'a pas dit son dernier mot. M'est avis, expliqua Anselmo, que lorsque la résine se mettra à couler dans les pots, ça fera grève. Et toute l'amassa partira dans la terre. Nous, ajouta-t-il en se retournant vers ses hommes comme pour les rassurer, on préfère discuter avant.

— Vous ne voudriez pas me faire ce coup-là ? Me laisser la récolte en plan avec la barras durcie sur les carres ?

— Faudrait nous donner des garanties pour les soixante francs, demanda Bardinguet.

Anselmo tordit le nez. Il n'aimait pas que son second lui vole la vedette.

— Un papier signé ? demanda Doña Fortegui. C'est donc ça que tu veux, Bardinguet ?

L'homme se mit à hocher la tête dans la clameur des approbations. Mais Anselmo se détourna, piqué au vif. Il était entendu entre eux que ce serait lui, et lui seul, qui mènerait la danse contre l'Espagnole.

— Tu penses bien qu'elle ne voudra pas, la dame de Saragos. Ce serait s'humilier devant nous.

Josée Fortegui sauta sur l'occasion. Il lui était facile de rédiger un document dans ce sens, une promesse en bonne et due forme.

— Il ne sera pas nécessaire de passer devant Salmon ? demanda-t-elle. Le notaire me fera des histoires si je veux rédiger un contrat de cette sorte. Il est du côté des Souleyrosse. Et en chercher un à Mont-de-Marsan nous prendra trop de temps. Sur papier libre, vos signatures et la mienne suffiront.

Bardinguet consulta à voix basse Anselmo. Finalement, ils acceptèrent.

— Soixante francs la barrique, quoi qu'il arrive. N'est-ce pas ? C'est bien entendu ? résuma Anselmo.

Doña Josée hocha la tête et glissa un pied dans l'étrier. Bardinguet voulut l'aider, mais elle le repoussa.

— Je reviens de suite, assura-t-elle en talonnant son cheval.

Passé dix heures du soir, Taurence partait à Moitezan, sans explication, presque en catimini, comme un voleur. Il n'était que Hector pour s'inquiéter de ses allées et venues. L'aîné aurait voulu régenter cela aussi, les fréquentations de son frère. Mais le jeune Marinzacq refusait sa surveillance, jugeant qu'il avait l'âge de voler de ses propres ailes sans rendre de comptes.

À cette heure, le jeune homme évitait de passer par la place de l'église, à cause des commères suspendues à leurs fenêtres, surveillant le va-et-vient des honnêtes gens. À cette heure, un garçon traînant dans les rues de Moitezan ne pouvait avoir que des intentions coupables. Taurence n'avait pas le cœur de s'en amuser. Il craignait le qu'en-dira-t-on, les ragots, les cancans. Il avait peur de son ombre. Sans doute, par on ne sait quelle étrange timidité, se jugeait-il coupable, hautement coupable, de courtiser Florentine Caillavet, rue de l'Escarpelette. Pourtant, il n'y avait pas de quoi fouetter un chat. Juste un désir dévorant qui le portait vers cette porte cochère qu'il atteignait en rasant les murs.

Une fois à demeure, Taurence s'en venait gratter le bois. Il ne frappait jamais. Trop de bruit. Dans cette ruelle obscure, le moindre son, le plus anodin murmure eût résonné comme des casseroles accrochées à ses pas.

— C'est moi.

— Annoncez-vous.

Mme Caillavet adorait ce jeu, se faire désirer, attendre et compliquer les situations. Ce soir-là, elle était plus en forme que d'habitude. Elle s'adonna donc avec délectation à son plaisir favori.

— Je n'ouvre pas à quelqu'un qui frappe.

— Vous savez bien, Florentine...

— Dites-moi votre nom, au moins. Je n'ouvre pas à n'importe qui. Surtout à cette heure. Avec tous ces chiens perdus.

— Votre amoureux, Florentine. Votre amoureux préféré, insista Taurence d'une petite voix.

Il entendit sa respiration, son petit rire derrière la porte. Elle s'amusa à énumérer plusieurs noms, comme si son carnet de rendez-vous était garni de ces visiteurs nocturnes.

— Vous n'oseriez pas me laisser repartir ainsi.

— Comment ainsi ? Je n'attends personne.

— Il y a quelqu'un avec vous, Florentine ? Me cacheriez-vous quelque chose ? Voici qui me désespère. Pourtant, vous m'aviez assuré que… Mais tous ces noms, ce n'est pas Dieu possible ! Je vous croyais honnête et…

— En douteriez-vous ? Bien sûr que je suis une honnête femme. Quelle drôle d'idée ! Ce serait me faire injure que de croire le contraire.

Taurence se tenait appuyé à la porte, les lèvres posées sur le bois. Il craignait d'être surpris dans la petite ruelle obscure et qu'on colportât dans tout Moitezan que le petit Marinzacq implorait les faveurs d'une dame infréquentable et singulièrement originale, une dame qui devait avoir le double de son âge.

Enfin, Mme Caillavet consentit à entrebâiller sa porte, jugeant sans doute qu'elle avait assez profité de la situation.

— Taurence, n'est-ce pas ?

— Oui, murmura-t-il.

— Je vous avais dit de ne pas revenir. Il n'y a rien à espérer entre nous deux. Vous êtes incorrigible. Qu'ai-je fait pour mériter cette désobéissance assidue ? Quel jeune homme ennuyeux ! Savez-vous que vous êtes triste ? Et le pire, c'est que vous me rendez triste aussi.

— Je ferai un effort, promit-il.

— La dernière fois, nous étions fâchés. J'en suis restée là, mon cher enfant.

Le garçon s'enhardit sous le fouet de la colère et tapa du poing. Son insistance finit par décider Mme Caillavet à ouvrir largement sa porte, en prenant soin d'éteindre la lumière dans le couloir. Elle se savait surveillée, comme une pestiférée. Pourtant, qu'était-elle de plus que les autres ? Une dame divorcée, certes, mais honnête, selon elle, si honnête qu'elle eût mérité, toujours selon elle, un peu plus de considération dans ce patelin où les langues étaient si bien pendues.

Le jeune homme humait son parfum et cherchait à distinguer les traits de son visage dans le couloir sombre où elle se tenait, à courte distance, cependant, même si elle ne s'était pas encore décidée à l'attirer à elle d'un geste décisif. C'était ce qu'elle avait l'habitude de faire, Florentine, se saisir du col de sa veste et, hop, le propulser dans sa maison. Pourquoi tant d'hésitation ? Le petit garçon miaulait à ses pieds, implorant, suppliant, tremblant à l'idée que, soudain, la porte se refermât devant lui et que tout ce qu'il avait gagné jusqu'alors se trouvât ruiné d'un coup.

— Voici mon délicat Taurence. Mon gratteur de porte. Fidèle à ses promesses. Revenir vers moi, qui ne suis rien et qui n'ai rien à donner, que ces petits instants médiocres où nous nous regardons dans le blanc des yeux… Sachez que je vous aime bien quand même. Allons, ne tremblez pas. Prenez ma main, voyez comme elle est ferme et sans crainte. Une main de femme. Accueillante, certes, mais si peu caressante. Vous vous méprenez, chaque soir, sur mon compte.

Que croyez-vous obtenir de moi ? Je ne puis rien donner. Ni à vous ni…

Taurence baisait déjà les doigts de sa protectrice. Elle ne voulut pas qu'il se mît à genoux. Elle sentit qu'il allait le faire et en éprouva un haut-le-cœur. « Ces jeunes garçons n'ont pas d'amour-propre, pensa-t-elle. Prêts à s'amoindrir pour une caresse. » Pourtant, Florentine eût dû se sentir fière d'inspirer de tels élans. À moins qu'elle n'en fût blasée ? Sans doute était-ce le cas. Ou peut-être le ressentait-elle ainsi, à certains moments de son existence, et différemment à d'autres, tant les vagues du désir et de la passion sont changeantes.

— Pourtant, vous m'avez livré des noms, tant de noms que j'en éprouve une jalousie maladive, lui reprocha Taurence. Dites-moi que ce n'est pas la vérité, que vous ne connaissez pas tous ces hommes.

Florentine posa sa main sur le visage de Taurence, le caressa du bout des doigts, cherchant peut-être les effets manifestes de sa cruelle distance.

— Bien sûr que non, se décida-t-elle à dire comme pour éteindre, là, ce feu qu'elle avait allumé. Je m'amuse un peu. Rendre jaloux un garçon comme vous, Taurence, c'est un délice que je puis encore m'autoriser. Allons, ne me jugez pas. Ce serait contraire à notre amitié, n'est-ce pas ?

— Je vous aime, Florentine. Vous ne pouvez l'ignorer. Chaque fois, ce mot me coûte, savez-vous ? Car vous ne m'offrez rien en échange.

— Je sais que vous m'aimez.

— Et vous ? Vous suis-je indifférent ?

Mme Caillavet avait été une si grande amoureuse dans sa vie que ses réserves s'étaient épuisées, dans les mots répétés à l'envi et souvent sans qu'elle n'y mît rien derrière, que la musique lancinante, le regard éteint, le geste vide.

Taurence la suivit dans son boudoir. Ce n'était que fauteuils profonds et coussins répandus à la diable sur des tapis épais. Le jeune homme s'y abandonna comme à son habitude, guettant des ordres qui ne venaient pas. Une fois ou deux, elle l'avait autorisé à quelques petits plaisirs, tout en s'arrangeant pour qu'il ne parvînt pas à ses fins. « Taurence, lui disait-elle en refrénant ses ardeurs, vous n'êtes point mon jouet. Ce serait malhonnête de vous laisser ainsi entrevoir le bleu du ciel. Pensez à toutes ces jeunes filles qui vous attendent. Vous les aimerez. Elles vous rendront cet amour au centuple. Et vous direz alors, si vous vous souvenez encore de moi, que vos visites rue de l'Escarpelette n'étaient que des enfantillages. Vous me louerez de vous avoir laissé sur la faim. Car, hélas, je suis une horrible mégère, éveillant vice et luxure chez les hommes. Alors que vous, Taurence, vous êtes la pureté même. Réservez-la à une jeune fille innocente… »

Rien ne le désespérait plus que ces paroles froides et consolatrices qu'elle lui adressait chaque fois que sa main tentait de s'insinuer dans son corsage ou sous sa jupe.

— Ce soir, j'ai pris une décision, lui dit-il.

Florentine le considéra avec inquiétude, croisant ses bras sur sa poitrine et prenant soudain la mine hautaine des indifférentes. Elle croyait que ses paroles avaient dissipé le malentendu, qu'il allait se tenir coi, son petit bellâtre transi. Un Marinzacq, rien de plus qu'un Marinzacq. Elle avait déjà dû repousser les avances, à la hussarde, si peu distinguée, bref, de la grosse cavalerie, d'un Hector arrogant. Avant que le second de la fratrie s'en prenne à elle. « Je ne suis pas comme mon frère, un barbare dans son genre, mal embouché, mais délicat. Un doux », avait-il dit la première fois.

— Laquelle, grand Dieu ? Vous me faites peur.

— Donnez-vous à moi.

Et d'un seul mouvement, Taurence se jeta sur elle, la prit par la taille et fourra son visage dans son décolleté froufroutant. Elle se laissa faire en levant les yeux au plafond. Mme Caillavet possédait un sang-froid à toute épreuve. En vérité, il n'était rien chez les hommes qui pouvait la surprendre, l'émouvoir ou la troubler. Mais cette raideur froide étouffa sèchement les hardiesses du jeune homme. Il se ravisa, dépité.

— Vous êtes aussi triste et mélancolique que tous ces pins qui nous oppressent l'âme, dit-elle. Je me demande souvent ce que je fais ici, à Moitezan, au milieu de cette forêt. Le vent y pleure dans les cimes et, sans verser la moindre larme, il se désespère de sa musique monotone.

Taurence caressait les brocarts bleus du sofa sur lequel il était assis. En face de lui, elle se tenait droite, enveloppée dans son déshabillé de linon pékiné de dentelle.

— Dix ans de plus que vous, dit-elle sur un ton sentencieux.

— Que m'importe.

— Votre frère me désirait aussi. Décidément, c'est une maladie des Marinzacq.

Elle observa sa réaction, espérant quelque piteuse douleur ; elle avait envie de s'amuser. Mais il resta face à elle, la tête penchée, pensif, comme s'il ne l'avait point entendue, tout entier absorbé par son désarroi.

— Je crois savoir qu'Hector n'a pas eu davantage de succès avec la belle Espagnole de Saragos.

Elle se mit à rire. Taurence releva la tête. Des larmes muettes coulaient sur son visage, presque imperceptiblement. Elle en fut touchée sans doute, car elle cessa de rire. Florentine n'eût jamais imaginé que le grand gaillard de la Petite Marquise fût aussi sensible. Néanmoins, elle cacha son trouble, qui eût évidemment encouragé le jeune homme à reprendre son jeu et à espérer.

— Partez, maintenant, ordonna-t-elle.

— Je n'ai rien de commun avec mon frère aîné. Je le déteste. Et, vous avouerai-je, je me suis réjoui de la réaction de Doña Fortegui. Je n'en attendais pas moins d'elle.

— Ne seriez-vous pas tout à fait un Marinzacq, jeune Taurence ? Rescapé du lot... Non point comme votre frère aîné, plein de suffisance et de vanité, prêt à tuer père et mère pour conquérir un peu de cette misérable forêt… Vous me surprendriez…

— Si cette découverte pouvait au moins m'assurer votre affection…

Florentine hocha la tête, le visage empreint de gravité.

— Perdez cet espoir, jeune homme. Il en faudrait beaucoup plus pour m'attendrir.

Maintenant que les résiniers étaient à pied d'œuvre et qu'Anselmo avait obtenu les assurances qu'il avait exigées, Doña Fortegui se consacrait au Lède-de-Cadour. Elle s'y rendit par une belle journée de printemps. C'était sa plus belle forêt, celle du pin d'ouvrage, sa fierté aussi. Et bien que le lieu s'avérât difficile d'accès, à cause des anciennes dunes sur lesquelles le boisement s'était opéré, la dame de Saragos avait veillé à son entretien et ceci, dès le début, à l'époque où ses arbres n'étaient encore que des baliveaux, en quête de lumière pour piquer droit vers le ciel.

En se fortifiant, les arbres avaient pris de la valeur. Pour s'en persuader, il suffisait d'en écorcher un ou deux jusqu'au rouge saumoné. La propriétaire avait fait dégager tout ce qui pourrait entraver leur développement, comme ces proliférations de chétifs pins francs qui avaient poussé au petit bonheur. À chacune de ses visites, Doña Josée demandait qu'on les supprimât d'un geste tranchant de la main. « Dégagez-moi tout ça ! disait-elle. Qu'on y voie clair enfin et que le bleu du ciel transparaisse. »

Lorelin, le spécialiste des pins – le pape, disait-on avec un air moqueur, car il faisait des pronostics souvent inspirés sur les bonnes et les mauvaises années et, comme il ne se trompait guère, le flair sans doute, on le soupçonnait d'être en contact direct avec le Bon Dieu en personne –, prévint sa patronne qu'en cas de vent violent, ils tomberaient comme des châteaux de cartes.

— Celui-là, montra-t-il. Bon à couper. Un an de plus ne le rendra pas plus intéressant pour la scierie. On en tirera, jugea-t-il d'un coup d'œil, en positionnant ses mains en équerre devant ses yeux – une mesure bien à lui –, dans les cinq cents.

La dame de Saragos l'observait, intriguée, ne sachant s'il se moquait d'elle ou s'il parlait sérieusement.

— À ce prix-là, on le coupe, répondit-elle. Mais prenez l'avis de Lagrenon avant de le faire.

Lorelin enfonça son béret sur sa tête, à ras de ses sourcils broussailleux. Il avait l'œil noir des sangliers, le poil rude et la peau tannée, plissée comme une vieille pomme recuite.

— Et celui-ci ?

Elle montra un beau spécimen, un peu penché, mais au tronc fort, droit et élancé.

— La souche a glissé dans cette terre pauvre. Peut-être que si dame nature ne la bouscule plus, elle tiendra cinq ou dix ans, qui sait ? Mais ici, patronne, le sol est instable. De vieilles dunes asséchées il y a cent ans seulement. Ça n'a pas eu le temps de prendre des assises. C'est bon pour nos pins, ce sol-là, à condition que rien ne les sape, là-dessous, vous comprenez ? Là-dessous, on ne sait pas ce qui se passe.

Le bonhomme tapa du pied le sable couleur cendre. Ça sonnait creux, comme si le souvenir de la mer ne s'en était pas encore effacé, du temps où elle poussait ses marées jusqu'à l'intérieur des Landes.

— Il est un peu penché, quoi, conclut-il, rien de sérieux…

Lorelin prit le pin à bras-le-corps. Rude tronc aux rhytidomes exfoliés en épaisses écailles. Il le gratta avec son couteau.

— Faudra point tarder à l'abattre. M'est avis que ça serait une sage décision. Peut-être qu'il pourrait gagner un peu en circonférence, forcir un poil, mais à trop tenter le diable…

Ils descendirent en grandes enjambées dans le repli de la lède, là où les genêts et les arbousiers avaient pris racine. Lorelin donnait de son coupe-coupe pour ouvrir le passage à sa patronne. Doña Fortegui avait l'habitude de visiter ses pinèdes habillée comme une princesse – chemise de satin rose ou bleu turquoise et longue jupe de ville noire ou grise – avec des ornements si fragiles que les branches mortes des arbousiers les eussent mis en lambeaux comme un rien.

— Ce n'est pas une tenue pour travailler, patronne ! Où vous croyez-vous ?

Elle éclata de rire, puis renonça à passer par l'étroit sentier. Elle revint sur ses pas et longea la crête du dénivelé.

— Ceux-là sont si jeunes et si beaux, dit-elle en caressant l'écorce des pins qui occupaient la parcelle de Cadour.

— Dans trente ans, nous en ferons du bois d'œuvre à cinq cents francs l'unité. Mais dans trente ans, reprit Lorelin avec un sourire malicieux, où serons-nous ? C'est la fâcheuse affaire du bois d'œuvre. Ça met tant d'années à porter ses fruits.

— On travaille pour l'avenir, fit Josée Fortegui.

— Quel avenir ? Vous n'avez pas d'enfant, pas de descendant. Vous travaillez pour qui ? C'est désespérant.

Appuyée contre le tronc majestueux qu'elle enveloppait de ses bras pour en humer l'odeur de résine, elle lui jeta un regard amusé, plein d'attendrissement. Il était le seul homme dans le pays à prendre sa défense, lorsque les tempêtes se déchaînaient contre elle, la Biscayette, l'Espingouine...

— Ne vous y mettez pas vous aussi. Tout le monde veut me marier. Moi, je désire rester libre, libre comme l'air, comme le vent de l'océan. Vous le savez, Lorelin. J'ai aimé un homme passionnément. Le destin me l'a pris. Je n'ai même pas une tombe où me recueillir. Et chaque fois que je regarde la mer, je songe à nos années perdues. Et pourtant, cette pinède, ma pinède, est une consolation. Ce qui me survivra me convient, quels que soient ceux qui en tireront partie. On ne travaille pas que pour soi. Forcément. Sinon, ce serait entretenir de bien piètres illusions sur son destin personnel.

Le bonhomme rajusta son grand béret noir, comme il le faisait toujours lorsqu'une pensée profonde lui chatouillait les méninges.

— Laissons nos pins pour l'instant, Lorelin, dit Doña Josée. Ils passeront un été tranquille avant qu'on les abatte. Ce sera un crève-cœur. Mais j'ai besoin d'argent. Vous m'en ferez le tour et les marquerez, n'est-ce pas ? Sans avoir la dent dure.

L'ouvrier hocha la tête. Il se tenait droit, forçant sa petite taille devant sa maîtresse qu'il admirait.

— Et maintenant, occupons-nous des bornes. Je veux les remettre à leur place, annonça-t-elle. Les bornes et les Marinzacq.

— Ces mange-merde, marmonna Lorelin.

Chaque fois qu'on prononçait le nom des propriétaires de la Petite Marquise, il ne pouvait s'empêcher de les insulter.

— Vous saviez que Victorin était au plus mal ?

— Qu'il crève !

— Ne dites pas ça, c'est une méchante pensée.

— J'irai me soulager sur sa tombe.

Elle se détourna vivement, regardant vers la laie où sa jument l'attendait en piaffant d'impatience.

— Trop d'avoine la rend nerveuse, jugea le bonhomme. Hector vous a pris dix arpents, ajouta-t-il, au moins. Sournoisement.

L'homme lui montra le forfait, en mesurant à l'enjambée, mètre par mètre. On plaça les jalons.

— Iban et Timéo les replanteront, dit Doña Josée.

— Faut-il convoquer le voleur ?

— Non, répondit Josée. Ça ne servirait à rien. Sinon à s'envoyer du papier timbré, encore.

Ils rirent ensemble.

— Alors, reprit Lorelin, j'accompagnerai les gamins, au cas où il y aurait du grabuge. Avec mon 12 Hammerless. Mes petites chevrotines suffiront à lui rendre la raison, n'est-ce pas ?

— Ça ne va pas recommencer ! déplora Josée Fortegui. Non, nous ferons cela sans éclat, mais avec détermination. Assurés de notre bon droit, n'est-ce pas ?

— Vous êtes naïve, patronne.

— Je ne crois pas qu'Hector reviendra sur cette affaire. Après m'avoir déclaré sa flamme... ce serait un comble.

5

Un cercle s'était formé autour de Pablo et de Riccardo. Dans ces moments où le chef des résiniers montrait son autorité, il paraissait plus grand et fort qu'il ne l'était.

— Le premier que je vois discuter avec Crocq, il aura affaire à moi... C'est entendu ?

Les hommes reculèrent d'un commun accord, comme dans un ballet bien réglé, circonspects. On ne montrait guère de courage dans ces moments-là. Silence dans les rangs.

Gassias les fusillait du regard un à un, avec une colère maîtrisée, sachant bien entendu qu'ils avaient écouté le Rouge à Moitezan, devant la gare. Depuis cinq jours au moins, des bruits circulaient parmi les équipes ; le meneur poussait les hommes de Souleyrosse à la grève, dans l'espoir que cette rébellion ferait tache d'huile dans tout le pays.

— Est-ce qu'il se trouvera quelqu'un, parmi vous, les gars, cria Pablo, pour me parler de cette soirée ?

Il attendit, en faisant les cent pas devant son équipe, que l'un d'entre eux se découvrît enfin.

— Vous approuvez ça ? *Compañeros*, ce n'est pas une mince affaire. Réfléchissez-y sérieusement ! Une guerre dans les pinèdes... Les propriétaires vont se serrer les coudes. Qu'imaginez-vous ? Que la simple menace d'une grève va les faire reculer ? Perdez vos illusions. Les Faurel, les Souleyrosse, les Capdot, vous croyez qu'ils vont se laisser faire ?

Les types s'observaient à la dérobée, en se demandant qui serait le premier à parler. Mais on s'était donné le mot et chacun se résignait au silence dans une complice camaraderie. « Pas de traîtres, parmi nous, avait recommandé Abel Picardin au sortir de la fameuse réunion de Moitezan. On n'a pas à raconter ça. C'est notre secret à nous tous. Si on fait grève, les gars, ce sera contre Pablo aussi. C'est comme ça. Un chef reste un chef, même si nous respectons ses décisions... »

Pourtant, Selmo ne put tenir plus longtemps sa langue. Il se détacha du groupe, d'un pas hésitant, chancelant, comme écrasé par le poids de sa décision.

— On y était.

— Tous ? demanda Pablo.

— Il y avait tous les gemmeurs du pays. Ça n'engage à rien d'écouter Crocq, non ? Tu exagères, Pablo. Tu n'as pas à nous le reprocher. On a tous écouté le Rouge pour savoir ce qu'il avait à dire.

— Et qu'avait-il à dire ?

— Qu'on nous vole sur le prix des barriques. Tous les propriétaires se sont entendus pour nous payer au plus bas. C'est la vérité.

— Sauf l'Espagnole, ajouta Selmo. C'est la seule qui a décidé de tenir ses engagements. Anselmo a même fait signer un papier à Doña Fortegui. Paraît que Souleyrosse a décidé de lui faire la guerre… Mais Crocq a dit que la dame de Saragos finirait par se rallier aux autres propriétaires et qu'en définitive elle ne tiendrait pas sa parole.

— À mon avis, ajouta Picardin, faudrait que nous obtenions d'Hector Marinzacq le même engagement. Ça ne coûterait rien de le lui demander.

— Vous voulez ça, les gars ? Qu'on arrête le boulot pour exiger d'Hector qu'il nous signe un papelard ?

Les gemmeurs confirmèrent d'un hochement de tête. Un bruissement de voix parcourut l'équipe. On se sentait fort à ce moment, disposés à se rendre en rangs serrés à la Petite Marquise pour discuter avec Hector.

Alors Pablo promit qu'il en ferait la demande à Marinzacq à la première occasion.

— En attendant, *compañeros*, on reprend le boulot.

Les types descendirent dans les Darrigues, là où ils avaient commencé à tailler les carres sur le tronc des pins. Pour les entailles de première année, on les faisait au-dessus du crampon qui supporterait le pot aux premiers écoulements de résine. Pour les autres, ceux de la deuxième ou troisième année, on piquerait au-dessus, si nécessaire en s'aidant d'une échelle.

Chaque homme se faisait fort de traiter quatre mille pins à l'année. C'était la bonne mesure, en allant d'un tronc à l'autre, jour après jour, renouvelant les saignées pour raviver les épanchements de résine. Cette activité abrutissante faisait de ces hommes robustes des forçats de la forêt, prisonniers des pignadas, soumis au bon vouloir des coulées, surtout dans les secteurs vieillissants où les arbres, à force de saignées, ne produisaient que peu de gemme, quand ils ne finissaient pas par dépérir ou par succomber au premier coup de vent. Pour cette raison, les propriétaires étaient soucieux de renouveler leur forêt, ce qui exigeait d'eux temps et argent. Comme ils n'acceptaient pas volontiers de grever leurs bénéfices, ils projetaient de faire supporter ces investissements aux résiniers eux-mêmes. « Nous sommes dans le même bateau, avait l'habitude de dire Souleyrosse. La forêt est l'outil de travail, le nôtre, le vôtre, c'est pourquoi chacun doit mettre la main à la poche, nous autres, propriétaires, en investissant dans de nouvelles plantations et vous autres, ouvriers, en consentant des rabais sur le prix de la barrique. »

Pablo médita quatre jours la requête de ses hommes sans rien tenter auprès des Marinzacq. Ça l'ennuyait fort, en ce début de campagne, d'engager déjà le fer avec lui, alors que la question du prix n'avait soulevé aucune objection jusque-là. N'était-ce pas réveiller un ours qui dort ? Mais comme Picardin revenait sans cesse à la charge, devant les hommes, Pablo ne pourrait pas se défiler bien longtemps. Il en allait de son autorité de chef, de sa parole et de toute la saison à venir. Hector « me dira non, et tout sera parfait », pensa-t-il.

Un matin, l'aîné des Marinzacq descendit à Darrigues pour voir comment les carres se comportaient. Il avait appris de Victorin que les piques faites ne devaient pas dépasser le centimètre de profondeur, au risque d'endommager les pins. Ce jour-là, Hector se montrait plutôt tatillon. Et par principe, il se plaignit à Pablo que certaines carres étaient mal tournées, non à l'est, comme il est recommandé pour les protéger des intempéries.

— Patron, on cherche la petite bête, fit Pablo. Regardez plutôt comment coule la résine. C'est un plaisir. Ce sera une bonne année.

— Si tu le dis, Pablo. Mais il n'empêche que les choses doivent être faites dans les règles, comme on nous les a apprises.

— Il y a des nouveaux, le petit Mercadet, Sanfoin. Ça débute tout juste. Ça ne sait rien et ça ne pense qu'à faire vite.

Hector tenait son cheval à la bride et le tirait vivement lorsqu'il se mettait à brouter dans les callunes.

— Tu diras à Selmo de leur expliquer le travail.

Pablo serra les poings de dépit. Après tout, c'était lui le patron, lui qui commandait à ses hommes et personne d'autre. Il ne répondit pas, le visage tourné de côté. Peut-être à cause de cette mauvaise humeur qui s'était emparée de lui, Gassias trouva le courage ou l'audace de parler.

— Un papier signé ! s'écria Hector Marinzacq. Et quoi encore ? C'est Crocq qui t'a mis cette idée en tête ? Je paierai comme on a toujours payé… Premier acompte en mai, si le travail est correct.

— Paraît que Doña Fortegui l'a signé, ce fameux papier. Même que Anselmo le montre à tout le monde au café Burgos. Il dit que l'Espagnole a accepté de payer la barrique soixante francs. Tout est écrit, noir sur blanc.

Hector s'adossa à un pin dans les bruyères. Il fixait les cimes qui oscillaient sous le vent. Mais ici, dans les profondeurs de la forêt, on ne sentait rien, pas un souffle, sinon un bruissement entêté dans les hautes ramures. Le ciel était au beau bleu et pour longtemps. De quoi se sentir heureux. Mais d'où lui venait cette lassitude ? De Victorin, sans doute, qui tardait toujours à passer l'arme à gauche. Pourtant, la vie ne le tenait presque plus. Un rien pourrait le faire basculer, enfin. Un rien. Un petit souffle de vie qui s'ingéniait à contrarier ses plans. Il se mit à soupirer.

— Tu me fatigues, Pablo.

— Nos hommes s'interrogent. Ça fait des années que le prix reste le même, alors que la résine est de plus en plus demandée, qu'elle est payée plus cher à la distillation. C'est vrai ou non ?

— Tu me fatigues, Pablo, répéta Hector. Tu es comme un chien qui cherche ses puces à fourrer sa truffe partout. On paye ce qu'on doit payer. Un point, c'est tout.

Il se redressa afin de se gratter le dos contre l'écorce raboteuse du pin.

— Parfois, je me dis, ajouta-t-il, que je ferais mieux de tout foutre par terre. J'en tirerais du rapport de tout ce bois.

Pablo éclata de rire. Il n'en croyait pas un mot ; les propriétaires n'avaient pas ce genre d'idées noires en tête. C'était toujours la même chanson. « Il suffit de réclamer un peu d'argent pour les voir jeter le manche après la cognée », pensa-t-il.

— Josée Fortegui est une folle, reprit Hector.

— Anselmo et Bardinguet ne pensent pas comme vous. Ils disent que l'Espagnole a la tête sur les épaules.

— Tout ça, c'est pour mettre la pagaille. Josée Fortegui a toujours été joueuse.

— Vous dites ça parce que vous n'avez pas obtenu ce que vous désiriez d'elle…

— Ah, oui, et que désirais-je au juste ?

— On cause dans le pays… On ne peut pas empêcher les ragots.

Marinzacq hocha la tête. Il contemplait la pointe de ses chaussures fouraillant dans la bruyère.

— Un homme qui n'a pas d'ambition est perdu, répondit-il tristement.

— Je dirai donc à mes hommes que vous ne signerez aucun papier ?

— Oui, confirma Hector. Ce n'est pas mon genre. Je gère au jour le jour. Si la résine se vend bien, on verra en fin de saison. Sinon, ça sera comme d'habitude.

Pablo partit aussitôt rejoindre son équipe. Il l'entendait chantonner dans la forêt, toujours les mêmes complaintes, celles qui racontaient l'histoire de pauvres diables sur lesquels le destin s'acharne. « Ce n'est pas que nous voulons nous en sortir et gagner assez pour quitter ce pays ensorcelé, pas même cela, se dit-il en vérifiant au passage, d'un coup d'œil, si les crampons étaient bien en place. Parce que nous l'aimons, notre pinède, et cette odeur de résine qui nous colle à la peau. Même quand la pluie se met de la partie et que les résidus d'écorce nous démangent la carcasse, à se rouler par terre pour éteindre le feu. Si nous n'aimions pas cette solitude, cette fraternité entre nous, dans le labeur, nous serions partis depuis longtemps travailler dans les vignes du Médoc ou dans les vergers d'Agen. Et peut-être même dans les mines de Décazeville… M'est avis que ça ne serait pas aussi dur qu'ici. Et que les patrons auraient plus de considération pour nous, la piétaille qui se loue et s'enchaîne pour quelques sous. »

— Alors ? demanda Picardin, juché sur son échelle branlante.

— Marinzacq ne veut rien entendre, déplora Pablo.

Selmo, à quelques pas, se mit à ricaner. Il n'avait jamais douté de la réponse d'Hector. Un dur, un fier, un caïd, cabochard comme le père lorsqu'il avait vingt ans de moins.

— Il cherche la guerre, lui comme les autres, fit Selmo en plantant sa pique dans l'écorce avec rage. On devrait foutre le feu à tout ça, un jour de grand vent, quand ça buffe vers l'intérieur des terres.

Un esprit chagrin ne se complaît qu'à exalter les causes perdues, jusqu'à ce que la douleur devienne l'antichambre du plaisir, du noir plaisir. Tel était Taurence, livré à ses turpitudes, jour et nuit, sans relâche, bien qu'à certaines heures on devinât sous cet épais malaise la finesse d'un noble esprit.

Ce soir-là, Zélia prit son fils contre elle et le serra de toutes ses forces, comme si elle voulait l'étouffer. Elle ne supportait pas ses larmes et ses langueurs. Celles-ci pouvaient durer des jours entiers et le monde s'écrouler autour. Rien ne le ramenait à la raison. Pas même l'amour d'une mère possessive.

— Pourquoi as-tu encore été la voir ? Je te l'avais interdit.

— Je ne peux pas résister. Ça me tient, ça me possède, là, au ventre.

— Et dans la tête. Ta pauvre petite tête si mal accrochée sur tes épaules. Pourquoi t'avons-nous mis au monde ?

La mère se tenait le front, poings fermés.

— Je n'ai rien demandé.

— Je le sais, mon petit. Tu es venu parmi nous. Personne ne le souhaitait, en vérité. Surtout pas ton père. Je l'entends encore : « Celui-ci, il ne sera pas même la moitié d'un homme. »

Taurence recula un peu, avec l'idée de s'enfuir en courant, de rejoindre la forêt du côté des Bouscats, où il y avait de si belles trouées d'arbres avec des carrés de ciel bleu. Il suffisait de s'allonger dans la fougère pour sentir l'odeur de la terre pauvre, acide et piquante, comme un avant-goût de l'aride poussière qui emportera les vivants. Mais la mère le tenait d'un regard implorant.

— Tu as besoin de la voir, cette méchante femme ?

— Ce n'est pas ce que tu crois. Nous nous aimons. Tout de même… Sinon pourquoi m'ouvrirait-elle sa porte ?

— Ce n'est pas cela, l'amour, mon pauvre petit Taurence. Il ne se passe rien, elle se refuse à toi, n'est-ce pas ? Et toi, tu la voudrais prendre, mais rien n'y fait.

— Tu ne comprends rien, mère.

— Je comprends que tu aies des besoins, que tu aies envie de te soulager. À ton âge, le sang parle. Mais elle est fermée à ton désir cette femme-là. Tu ne l'intéresses pas.

Zélia se mit à tourner autour de son fils, une main caressant son épaule, son cou, son visage.

— Qui pourrait te consoler, mon petit ? Une bonne fille qui te prendrait en main. Il y en a, à Moitezan, qui se laisseraient faire. Ça te distrairait. Tu pourrais penser à autre chose. Te dire qu'il y a de bonnes personnes, gentilles et généreuses, prêtes à te donner tout ce que tu désires. Mais saurais-tu les voir ? Les écouter, les séduire ?

La lumière du jour descendait peu à peu sur la forêt, par-delà le jardin, sur les bâtisses roses, faisant chanter la pierre dans un dernier feu. Elle aimait la douceur du soir, lorsque peu à peu la nature s'apaise, après avoir tout donné.

— Je pense souvent à la petite Sarah. Sarah Lair. Tu lui plais, mon petit Taurence. Il n'y a qu'à voir comment elle te regarde… Des yeux pétillants de malice. Et sans doute ne comprend-elle pas pourquoi tu restes indifférent…

— Elle est laide, maman.

— Comment peux-tu dire ça ? Tu te prends pour qui ? Elle est tout à fait convenable pour un Marinzacq.

— Je n'aime pas la mollesse sur son visage. Et ce corps lourd, empoté… Mon Dieu, non.

— Tu devrais quand même essayer. Parfois, les sentiments nous viennent après qu'on a forcé la porte. Chez les femmes, tout est caché, tout est secret et si profondément intérieur… Elles sont rarement ce qu'on voit d'elles de prime abord.

— Je n'aurais pas de désir pour Sarah Lair. Oh, ça, non. Ça ne se commande pas.

Zélia prit son fils par le bras pour le secouer, le sortir de sa persévérance stupide à ne rien vouloir entendre.

— Alors que cette Florentine, avec ses belles robes à fleurs, ses dentelles, ses falbalas et ses sourires aguicheurs, ce balancement ridicule des hanches, oui, ça, oui… Tu es à genoux devant ça, mon Dieu…

Elle cessa de parler lorsque Babrio passa à leur hauteur, sans s'arrêter ni se retourner. C'était l'heure où il allait aux écuries panser les chevaux avec son attirail : seau, brosse et étrilles. Taurence sauta sur l'occasion et le suivit pour échapper à sa mère. Il se sentait triste et malheureux. Car la nuit ne venait pas assez vite pour aller la rejoindre, encore et toujours. Sans doute consentirait-elle à lui ouvrir sa porte, à force de parlementer, pour un face-à-face stérile. Un de plus. En la quittant, le jeune homme irait se soulager dans la venelle de l'Escarpelette.

Zélia le rattrapa aussitôt. Elle n'entendait pas que son fils se dérobât de la sorte. Ce n'était pas si fréquent, une conversation comme celle-ci.

— Ton père aimait ce genre de femmes. Il a passé ses belles années à les courir, comme un chien fou. Et qu'a-t-il obtenu d'elles ? Rien. De mauvaises colères, d'insupportables crises de neurasthénie. Et moi, ensuite, je devais ramasser les morceaux. Un mari en vrac. Si fort et autoritaire devant les étrangers, mais rien qu'une chiffe molle devant sa femme, sa petite femme gentille et aimable, comme il disait en larmoyant. Tout ça, cette compassion, pour me contenter des restes. Lorsque monsieur avait rendez-vous avec une traînée, il m'obligeait à la diète. Il réservait ses envies pour les autres, toutes celles qui voulaient bien, qu'elles soient affriolantes ou laides. Ça lui importait peu.

Taurence se plaqua les mains sur les oreilles.

— Je ne veux pas que tu me parles de ça. Je suis ton fils, maman. Tu n'as pas le droit de me raconter ça. Depuis que père est malade, tu te crois tout permis. Jusqu'à étaler ces horreurs.

— C'est la vie, Taurence. Rien que la vie. Cesse de vivre dans les songes. Les plus nobles esprits se vautrent aussi dans cette fange. Et toi-même, tu t'humilies avec ta Florentine. Et j'imagine quelles horribles pensées te taraudent, jusqu'à sombrer dans ces habitudes avilissantes.

Toujours les mains sur ses oreilles, il recula jusqu'à l'entrée de l'écurie. La mère le suivit d'un pas résolu. Puis le fils lui ferma la porte au nez, vivement. Et il courut se réfugier vers les réserves à foin. Babrio l'observait d'un œil indifférent. « M'est avis, se dit-il, qu'il finira par se pendre un jour, ce jeune Marinzacq. Ça serait bien mieux pour lui de quitter le pays avant que ça le prenne. Ici, la forêt rend fou. »

Submergé par la honte et la détestation de lui-même, Taurence éprouvait le besoin de s'isoler du monde, ne plus voir, ne plus rien entendre et tirer du silence la meilleure part. Ainsi pourrait-il se lamenter, larmoyer, sans témoin, ruminer sa disgrâce et se consoler.

Sa claustration fut de courte durée. Alors que Taurence avait recouvré un peu de paix intérieure, après avoir maudit cette mère irrespectueuse qui lui avait jeté à la face des aveux qu'il n'avait point envie d'entendre, Hector entra dans l'écurie furieusement excité.

— Où est-il, le frérot ? Où se cache-t-il, ce tire-au-cul ? Et dire que le destin m'a donné un tel frangin, malheur à moi ! Je suis vraiment à plaindre, n'est-ce pas, Babrio ? Qui me secondera à la Petite Marquise ?

Le domestique ne répondait pas, poursuivant son ouvrage, le pansage des chevaux, avec application. Rien n'horripilait plus l'aîné des Marinzacq que le silence de Babrio. Pourtant, celui-ci ne pouvait se mêler de cette affaire familiale, prendre parti, comme on le lui demandait, et ajouter de la confusion.

— Mère a dit que tu étais entré ici. Comme un fugitif. Tu n'as plus l'âge de jouer à cache-cache, idiot. Et je ne me donnerai pas la peine de fouiller cette écurie.

Il vint se planter au milieu du quai, l'œil aux aguets. Puis il comprit que Taurence s'était niché dans la réserve à foin. Il prit une fourche et se mit à piquer dans le fourrage. Le cadet des Marinzacq se dressa d'un coup, près des anciennes mangeoires.

— Tu ne peux pas me foutre la paix ! s'écria-t-il.

Hector jeta sa fourche dans la rigole à purin.

— Je ne peux pas compter sur toi ! Jamais ! C'est désespérant. L'équipe de Pablo a besoin d'être surveillée. Je t'avais pourtant donné des consignes précises. Pourquoi ne t'es-tu pas rendu à Darrigues ? C'est là-bas que ça se passe et non rue de l'Escarpelette...

— Ça ne te regarde pas, répliqua Taurence en approchant de son frère.

Mais l'aîné l'observait, goguenard, comme à son habitude, lorsque sa vraie nature se trouvait révélée. Il avait envie de blesser, d'humilier, de mortifier, ce petit frère qu'il sentait si vulnérable que c'en était pour lui un pur ravissement.

— Tu ne vois pas que cette Florentine se moque de toi ? Malgré tous tes efforts, tu n'obtiendras rien d'elle. Jamais. Elle te fera lambiner, tourniquer, lanterner à son aise, aussi longtemps qu'elle voudra, selon son bon plaisir. Elle a compris ce que tu représentais, un jeune avorton dépourvu de volonté. Tout le monde en rigole à Moitezan. Après tout, si ça ne se savait pas, cette triste affaire, quelle importance ? Mais ça rejaillit sur notre famille. Nous passons pour des abrutis... Les Marinzacq, te rends-tu compte ? Si notre père était en mesure de comprendre la situation, il te fouetterait jusqu'au sang, histoire de te faire passer cette tocade. Il n'y a que ça, mon vieux, pour te l'enlever de la tête, la manière forte.

Hector s'empara vivement de son frère et le bourra de coups, jusqu'à ce qu'il s'affaissât sur le quai de l'écurie. Une fois à terre, il lui fut aisé de s'acharner sur lui à coups de pied, au ventre et à l'abdomen.

— Je voudrais t'éclater les couilles, espèce de petit connard. Peut-être que ça t'aiderait à l'oublier, la Florentine ?

Puis il recommença, jusqu'à ce que les gémissements du jeune Taurence décident Babrio à s'interposer. Lui aussi reçut son comptant de coups. Il finit par s'étendre sur le malheureux pour le protéger, par s'offrir à la colère de l'aîné pour en limiter les effets sur son petit maître.

La rage d'Hector était sans limites, sans autre discernement que sa propre exultation, comme si par celle-ci pouvait se purger toute la rancœur accumulée depuis tant d'années, depuis que le père avait décidé que Taurence, dans la famille, était l'élément honni. Et voyant désormais son règne advenir sur la Petite Marquise, avec la maladie de Victorin, il se devait de remplir le rôle qu'on lui avait assigné.

— Voilà qui est fait, et bien fait, dit-il en reprenant son souffle.

Tout son être tressaillait à la pensée que ces brutalités seraient profitables à l'avenir du domaine.

— J'espère que tu as compris, fit-il en aidant Babrio à se relever.

Ça ne lui faisait ni chaud ni froid que son aide eût pris lui aussi des coups. Avait-il besoin de se mettre en travers, de jouer les bons Samaritains ?

Il lui jeta un regard amusé et, d'un geste, lui fit signe de déguerpir avec sa face tuméfiée.

— Je ne veux plus te voir, imbécile.

Mais Babrio n'était pas homme à ramper.

— Il y a de la bête en vous, rien d'humain, marmonna-t-il.

Du revers de sa chemise, il essuya le sang qui coulait sur son visage.

Hector se sentit flatté. C'était tout à fait ainsi qu'il entendait être perçu dans le pays : un jeune propriétaire hors du commun, sauvage, rustre et autoritaire. « On ne gagne sa réputation que par la peur et la crainte », lui avait jadis dit Victorin et le petit Hector n'avait pas perdu une miette de cette belle leçon paternelle. Il la faisait sienne.

Loin, très loin, à cinquante pas d'ici, Zélia avait entendu le remue-ménage dans la grange : les cris, les hurlements, les insultes, le choc des corps sur le plancher. Elle ne se retourna pas lorsque Babrio sortit, le visage ensanglanté. « Ça continue, se dit-elle, la *commedia*. Tel père tel fils. » Puis elle s'interdit d'aller voir son cadet, de le consoler, de panser ses blessures. « Dans le fond, il a eu ce qu'il méritait. Bien que la correction ait été un peu rude. Si ça pouvait au moins lui mettre du plomb dans la tête », se disait-elle. Elle entra dans sa maison, le chien sur ses talons. Mais elle ordonna à l'animal de rester sur le pas-de-porte. « Sale bête ! »

Plus tard, le plus tard possible tant ça l'ennuyait, elle monta voir à l'étage son vieux bonhomme, pour lui apporter son potage, le faire manger à la petite cuillère, essuyer ses lèvres et supporter son regard vide.

— Les enfants se sont disputés dans la grange. C'est Hector qui a corrigé Taurence, bien sûr. Le contraire serait étonnant. Suis-je bête ! Celui-là, ton aîné, lui dit-elle près de l'oreille gauche, celle qui fonctionnait encore, il est bien de toi. Il te ressemble. C'est un belliqueux, un taurillon qui fonce droit devant lui. Ça te fait sourire, je le vois à tes yeux, Victorin. Mais tu ne devrais pas t'en réjouir. Il ne fera jamais rien dans la vie. Peut-être même qu'il nous perdra tous avec son sale caractère.

Zélia s'assit à côté de son homme sur un tabouret. Elle lui avait donné la dernière cuillère, essuyant du tranchant ses lèvres. Il se mit à éructer et, vivement, elle porta la serviette à sa bouche pour qu'il ne tachât pas sa chemise. Elle en avait assez de le changer deux fois, voire trois fois par jour, surtout lorsqu'il se souillait. « Tu y prends du plaisir, lui disait-elle. Les seuls cadeaux que j'ai obtenus de toi. De gros cadeaux. Quelle misère d'homme ! »

Mais ce soir-là, Zélia resta une longue heure auprès de son homme, à l'observer avec tristesse. Elle se demandait quand il allait enfin partir, jugeant qu'il n'y avait aucune raison de s'éterniser sur la terre dans cet état.

— Hector n'a pas réussi à avoir la duchesse. Elle est trop fière. Alors il a fait comme toi, pour se venger.

Elle éclata de rire. Un rire grave et soutenu, comme une plainte aiguë. Victorin entrouvrit les yeux, essaya de tourner son regard vers elle. Mais comme elle s'était placée de côté, il renonça en poussant un soupir, un si long soupir que, chaque fois, on croyait qu'il expirait.

— Tu imagines ce qu'il a fait, Hector ? Oui, c'est cela, Victorin. Il est allé déplacer les bornes pour gagner quelques arpents. Dans cette guerre qui n'en finit pas et qui nous épuise, nous, les Marinzacq.

Elle se leva, fit le tour de la pièce, ouvrit le lit, caressa le drap du plat de la main. Elle avait horreur des plis et s'attachait à amidonner les draps pour qu'ils fussent raides à souhait.

— Te souviens-tu, au moins, quand nous avons commencé à faire chambre à part ?

Elle posa sa question d'une voix forte. Car elle savait qu'il comprenait chaque parole, que rien ne lui échappait, mais que ses idées étaient tellement embrouillées qu'il n'y avait jamais de réponse, ni d'acquiescement ni de déni, rien. On pouvait donc s'en donner à cœur joie, lui asséner sans cesse, jour après jour, tout ce qu'on n'avait osé lui dire sa vie durant.

— J'ai quitté ton lit à l'époque où tu couchais avec ta Miss Marrisson. Celle-là, j'aurais bien voulu lui crever les yeux. Mais j'ai manqué de courage. Pourquoi ? Et lorsqu'elle a disparu, tu m'as soupçonnée de l'avoir fichue dans l'étang. Quelle histoire ! C'était une planche pourrie, cette Miss Marrisson. Sache que je n'ai pas cru à ton chagrin. Sache que je n'ai jamais marché dans tes comédies. Tu faisais semblant, tu mimais la douleur, tu versais des larmes de crocodile. Comme les comédiens sur les planches. Tu aurais pu être comédien, tu avais des dispositions. Au début, bien sûr, trop bête, j'ai cru à tes farces sentimentales. Mais du jour où j'ai décidé de faire chambre à part, ce fut terminé. Plus rien de toi ne pouvait m'émouvoir. Et même à cet instant, là, je ne ressens rien. Je n'ai pas de pitié, pas de compassion. J'attends que tout ça finisse, enfin.

Puis Zélia rejoignit la grange. Babrio l'attendait en mangeant dans la resserre qui lui servait de refuge, un carré de trois mètres sur trois, séparé de l'écurie par des cloisons de planches sommairement assemblées.

— Venez m'aider à le coucher, ordonna-t-elle.

— Et Taurence ?

— Il ne viendra pas ce soir.

— Où est-il parti ?

— Retrouver sa duchesse.

— Savez-vous, Zélia, que son frère l'a corrigé, salement même ? C'est honteux. Pourtant j'ai pris sa défense comme j'ai pu. Mais devant tant de sauvagerie, je n'ai rien pu faire…

Elle hocha la tête. C'était une question qu'elle n'avait pas envie d'évoquer devant lui. Une affaire de famille ne se discute pas avec des domestiques. Alors Babrio se décida à monter dans la chambre.

— Ça ne me fait pas de peine, dit-il en le portant jusqu'au lit. Il pèse plus rien. De jour en jour, on le voit diminuer.

Zélia ne répondit pas. Elle prit le drap et la couverture et l'en recouvrit d'un geste indifférent.

Puis elle pria le domestique de s'en aller, d'un geste bref, sans un mot. Elle craignait qu'il ne s'épanchât sur le sort de son mari. Méprisable comédie, fausse compassion, hypocrisie de circonstance. Zélia savait depuis longtemps que Babrio ne portait pas Victorin dans son cœur, pas plus que les autres membres de la famille Marinzacq.

Au pied de l'escalier, le domestique croisa Aurélia. Elle se tenait immobile, adossée au mur de chaux blanc, tête baissée.

— Vous devriez aider votre maman, murmura-t-il. Ce n'est pas à moi de faire ça, vous ne trouvez pas ?

Elle haussa les épaules en posant le regard sur lui, embarrassée.

— Maman ne veut pas. Elle dit que ce n'est pas à moi de m'occuper de père.

Un jour que Zélia lui faisait sa toilette, Aurélia était entrée dans la chambre, sans frapper. « Tu n'as rien à faire ici, ma petite ! s'était écriée la mère en lui jetant au visage une serviette. Ce n'est pas un spectacle pour une enfant de ton âge, petite idiote ! Voir ton vieux père décati… »

Pour qu'elle eût l'autorisation de monter l'embrasser ou de lui servir une soupe, quelquefois,

Victorin devait être apprêté et fleurer le propre. Mais avec les incessantes débâcles du malade, la porte de sa chambre lui était quasi interdite. Elle s'en plaignait. On ne l'écoutait pas, on faisait mine de ne pas l'entendre. Aurélia avait toujours été choyée par son père, aussi n'acceptait-elle pas de ne plus le voir. « Il me réclame au moins ? » demandait-elle souvent. Zélia se mettait à rire. « Ça fait belle lurette qu'on n'a pas entendu le son de sa voix. Sinon, quoi ? Des borborygmes. Une salive de mots incongrus. »

Ce soir-là, les deux frères ennemis s'assirent chacun en bout de table, la mère au milieu, face à Aurélia. On s'observait en chiens de faïence. Sauf Hector qui, lui, pontifiait, comme à son habitude.

— Je réprouve ce qui s'est passé ce soir, dit la sœur.

Elle repoussa son assiette. Elle avait des haut-le-cœur.

— Moi aussi, ajouta Zélia, je le réprouve.

Taurence se tenait tête baissée, comme pour cacher son visage tuméfié. Il avait honte de toutes les larmes versées, honte de n'être pas tout à fait un homme. Il se sentait inutile et stupide, comme un étranger dont on attend le départ. « Si au moins on avait le courage de me dire de partir d'ici », pensait-il.

— Tu es un imbécile, Hector.

L'aîné des Marinzacq fixa sa sœur d'un air hautain.

— Tu ne gagneras rien à te conduire ainsi. Je comprends le refus de Doña Josée. Comment une femme pourrait-elle t'aimer, mon pauvre Hector ? Tu es un sauvage, un rustre, un goujat. Si le choix m'en était laissé, je déciderais de ne plus m'appeler Marinzacq.

— Marie-toi, ricana Hector.

Il trancha son pain d'un vif coup de couteau, avec de la rage dans le geste. C'était cette force-là qu'il aimait montrer, assuré sans doute qu'elle serait toujours de nature à intimider son monde.

— Ainsi, poursuivit-il, tu prendras le nom de ton futur mari.

— J'avais compris, répliqua Aurélia. Mais ça ne suffira pas à effacer ma honte. Dans ma tête, ma pauvre tête, je porterai toujours la détestation des Marinzacq. Une histoire d'enfance, une si triste histoire… Comment s'en défaire ? Comment dire en se levant le matin : mais non, tout ça n'est pas arrivé.

Hector frappa du poing sur la table.

— J'ai corrigé Taurence pour lui passer le goût de la duchesse. On se gausse dans tout le pays de ses visites nocturnes. Elle le fait tourner en bourrique sans rien lui donner. Rien. Et toute cette souillure retombe sur nous. Je ne le permettrai pas.

Taurence se retira aussitôt, puis Aurélia aussi. Ils sortirent sur la terrasse dans la nuit lumineuse. Il y avait un petit vent chaud venant de l'océan. Elle prit son frère contre elle, le serra avec force. Ils avaient tous deux envie de pleurer, en sourdine.

— Je continuerai à la voir, assura Taurence, même si je dois en crever.

— Oui, lui dit-elle, tu continueras à la voir. Puisque tu l'aimes, Mme Florentine. Je veillerai à ce qu'il te laisse tranquille dorénavant.

6

Aux premières chaleurs de mai, les pins se mirent à pleurer à leur aise, en épaisses coulées qui s'en venaient remplir, par lente reptation, les pots suspendus au flanc des troncs charnus. Les carres, comme des bouches d'or ouvertes sur une béance, saignaient à cœur, inépuisables. Les hommes les surveillaient, humaient l'odeur forte de résine, chantaient, riaient en portant l'escouarte, impatients de vider les premiers récipients. Ils le savaient d'expérience, la patience était la première qualité du gemmeur. Un petit coup de palinette sur la coulée pour en accélérer le rythme ne servait pas à grand-chose, sinon à juger la qualité de la récolte.

— Plus il fera chaud, plus ça coulera, *compañeros*, assura Anselmo.

Et son flair, son instinct légendaire, lui laissait présager une longue période de beau temps. Bardinguet n'osait contrarier son chef, lui qui versait aisément dans le pessimisme et voyait des pailles en croix sur tous les chemins.

— On commencera à récolter la résine dans trois jours, vous dis-je. Vous pouvez me faire confiance.

— J'ai hâte que les barriques se remplissent. Les hommes aussi éprouvent cette impatience. Et surtout, nous verrons si Doña Josée tiendra parole.

Les résiniers allaient d'un arbre à l'autre pour veiller sur la coulée laiteuse. Ça allait bon train, partout, même dans les lieux où les pins étaient le plus mal exposés. On chercha aussi à voir les plus vieux, ceux qui avaient été scarifiés sans répit depuis cinquante ans et qui montraient des signes d'épuisement. Ceux-là étaient en train de mourir, certes, à petit feu. Ça attristait Anselmo de les voir, si hauts, si grands, côtoyer le ciel pour un été qui serait peut-être le dernier.

Le petit Ernest, le plus jeune de l'équipe, qu'on était en train de former à l'art de la pique fit remarquer à Bardinguet :

— Je ne savais pas que ça pouvait précipiter leur mort.

— Il arrive un temps ou les carres ne cicatrisent plus.

Et il montra sur l'un d'eux les bourrelets qui ne se rejoignaient pas, laissant le bois à découvert, là où les insectes xylophages allaient se nicher.

— C'est pourquoi nous piquons de plus en plus espacés, pour les préserver du temps. En refaisant les carres à même hauteur, nous les abîmons, tous ces beaux arbres. Et ce faisant, nous travaillons contre nos propres intérêts.

Dans les plantations proches de Saint-Paul, là où ça donnait le mieux, les pots étaient déjà à demi pleins. Anselmo prit sa spatule et contrôla l'onctuosité de la gemme. La tiédeur du sous-bois empêchait le durcissement de la sève. C'était une pâte régulière, peu souillée de débris d'écorce, parce que l'entaille avait été pratiquée correctement sur un raclage propre et net.

— Un pin donne un litre ou deux de résine par an, expliqua Bardinguet.

Il aimait jouer les instructeurs, montrer son savoir dont il était fier. Car rien au monde, en dehors de la forêt des Landes, ne l'intéressait. Il était né pour être et rester résinier, à marcher tout le jour sous le couvert végétal, là où la lumière n'entrait que par effraction. Et au plus fort de l'été, les chaleurs étaient difficiles à supporter, entre la sécheresse des sols et l'air sec et surchauffé à l'odeur de résine, forte et prenante.

— Ça ne paye pas beaucoup, dit le jeune Ernest.

Il portait un béret basque et un carré de tissu rouge noué autour du cou. Ça faisait chic sur une chemise de coton blanc. « La tenue des toreros », disait-il sans qu'on eût besoin de le lui demander. Tant de fierté l'animait, il était intarissable sur les courses de vaches landaises. On l'écoutait, on ne disait rien, de peur de le relancer sur son sujet favori. Petit, efflanqué, musculeux, Ernest Luzuria montait aux pins sans échelle, en prenant le tronc à bras-le-corps. Ce genre d'exploit agaçait Anselmo, qui craignait à tout instant que le jeune garçon ne se rompît le cou dans une mauvaise chute. Certes, l'ascension se faisait sur guère plus de deux ou trois mètres, juste pour placer une pique ou installer un crampon.

Louzou, comme on avait coutume de le nommer, se rassurait à sa manière sur son devenir. Résinier, certes, pour gagner un peu d'argent en attendant des jours meilleurs, mais surtout torero, torero dans l'âme, torero dans ses tripes, torero dans ses rêves. Une diseuse de bonne aventure de Mont-de-Marsan ne lui avait-elle pas prédit un brillant avenir dans les arènes, devant les cornes des coursières ? Du reste, la Donessa croyait en lui. C'est pourquoi elle l'avait engagé pour s'occuper de son troupeau de landaises aux côtés de Lorelin, mais avec une contrepartie : qu'il gemme les pins, même si cet ouvrage ne l'intéressait guère et qu'il trompait cette exécration en jouant les singes.

Doña Fortegui avait été séduite par la flamme qui paraissait habiter le jeune garçon, alors que tout jouait contre lui : ses origines plus que modestes, l'abandon d'une mère et les violences d'un beau-père. Il avait fui ce qui lui restait de famille comme on cherche à échapper à la noyade, par des mouvements désespérés. Son rivage salutaire avait été sa Donessa, comme il disait. « Que vais-je faire d'un chien galeux comme toi, petit Luzuru ? » Le garçon l'avait fixé de ses yeux noirs, la mine frondeuse. « Si tu as le caractère que je soupçonne, alors nous ferons peut-être quelque chose de toi. Sinon, tu repartiras sans un mot, sans une larme, la tête haute, n'est-ce pas ? Toi, tu n'auras pas d'enfance, tu entreras directement dans le monde des hommes… » Et Doña Josée avait écrasé une larme en songeant à sa propre histoire. Un signe de reconnaissance entre chiens galeux. « On ne se dévore pas entre nous », pensa-t-elle en lui promettant le gîte et le couvert. « Et si tu te montres courageux, tu recevras quelques petites pièces de temps en temps », se promit-elle en l'envoyant à Puységur se familiariser avec le troupeau.

Josée Fortegui arriva à bride abattue sur le chemin de Cadour, jusqu'à la clairière où les hommes d'Anselmo avaient installé leur attirail. Ce n'était pas dans les habitudes de la dame de Saragos de venir inspecter le travail de ses gemmeurs. Ils jouissaient d'une extrême confiance. Aussi la virent-ils apparaître avec un regard soupçonneux. On était encore dans l'histoire des Faurel et des Souleyrosse, engagement signé ou pas.

En posant les pieds à terre, elle appela le jeune Luzuru, comme on siffle son chien. En le voyant accourir et lâcher son escouarte qui roula dans la bruyère, Bardinguet se mit à ricaner. Il tenta même de lui crocheter les pattes au passage, mais le garçon était trop leste pour se faire avoir.

— Crétin, *pébron* ! marmonna-t-il.

Ça le contrariait de voir ces petits jeunes obéir à la première injonction, lui qui avait la colère sociale chevillée au corps depuis le 1er mai 1891 où l'armée avait tiré sur les grévistes de Fourmies, tuant neuf personnes…

— À vos ordres, maîtresse, fit-il en ôtant son béret.

La dame de Saragos remonta sur son cheval et fit signe à Luzuru de monter en croupe derrière elle. Il se cramponna à sa ceinture. Cette liberté qu'elle lui accordait lui fit l'effet d'une bouffée de chaleur.

— Regardez ça ! dit Bardinguet. Elle l'a mis dans sa poche, le petit Ernest.

— Elle les aime jeunes, ajouta son voisin.

Anselmo trouva la réflexion de son ouvrier inconvenante et lui intima le silence, d'un geste. Celui-ci baissa la tête. Il n'en pensait pas moins. On racontait des choses sur la dame de Saragos, des médisances, comme toujours, bien que rien n'eût pu étayer le plus infime soupçon. Mais une veuve si jeune et si jolie, de surcroît farouchement seule et repoussant les plus honnêtes propositions, ça ne pouvait qu'inspirer d'insidieuses pensées.

— Ta grande gueule finira par te nuire, fit Anselmo.

À la sortie des pinèdes, Fortegui aborda le sentier de Puységur en laissant sa monture aller au pas et parfois même brouter un peu les bas-côtés. Il arrivait souvent que Doña Josée négligeât de poser des mors à sa jument. Elle aimait bien la laisser prendre ses aises sur la lande défrichée, là où la bonne herbe poussait en abondance avant que les chaleurs de l'été ne la grillent. Il suffisait de tapoter son encolure pour qu'elle poursuive son chemin.

À la porte de l'enclos, le jeune Luzu se laissa glisser le long du cheval pour ouvrir le passage à sa maîtresse. Doña Fortegui attacha Cassandre au portail et ordonna à Timeo et Iban de rassembler le troupeau.

— Tu vas nous choisir cinq bêtes pour la course de dimanche, ordonna Josée à Luzuru.

— Je savais que vous alliez me le demander. C'est un grand honneur.

Elle l'arrêta aussitôt avant qu'il ne se répandît en remerciements. Rien ne lui paraissait plus inutile et superflu que ces petites politesses flatteuses. À la vérité, Doña Fortegui voulait s'éviter de répéter une nouvelle fois que Luzuru était le meilleur espoir des jeunes toreros. Mais fier comme Artaban et en mal de reconnaissance, Ernest ne se lassait jamais d'entendre des louanges. C'était son carburant, sa drogue, sa potion miracle.

— Nous irons de la plus jeune à la plus expérimentée, expliqua Doña Josée.

— Ce sont toutes de bonnes coursières, confirma le jeune torero.

La dame de Saragos suivait le mouvement des bêtes qu'Iban et Timeo ramenaient vers le couloir. Elles étaient sauvages et rétives, cherchant à fuir la direction qu'on voulait leur faire prendre. Celle qui menait la danse, en donnant de la corne vers les chevaux des deux aides, attira l'attention de Luzuru.

— C'est Victoria! s'écria Luzuru. Celle-ci nous assurera un beau final. Quatre ans. Et elle a du crin, cette coursière. Nous la ferons travailler jusqu'à la mettre à genoux... Et moi, je la jouerai là, fit-il en cambrant des reins, imaginant déjà les cornes le frôlant, une fois, deux fois, trois fois. Écart sur écart, ajouta le jeune homme.

— Et les autres, Luzu, tu les as repérées?

Le garçon attendit que les deux aides eussent fait entrer les vaches dans le couloir pour descendre les marquer d'un coup de ciseaux sur la croupe. Ça donnait déjà de vigoureux coups de cornes, mais Ernest était le roi de l'esquive. Il lui suffisait d'observer l'œil noir des landaises pour prévenir leurs réactions.

Quand il eut terminé, Luzu escalada la clôture et s'y posta pour mieux étudier les animaux choisis. Déjà, dans sa tête, il avait fait son choix. La plus jeune, Lisa, avait encore tout à apprendre. La vachette n'était pas assez vicieuse pour offrir un beau spectacle, mais suffisamment sauvage, tout de même, pour servir d'entrée en matière dans l'arène de Moitezan. Pour les suivantes, il hésitait encore entre Monita et Nina et demanda à Doña Fortegui l'autorisation de prendre les deux.

— Pas plus de quatre, lui répondit-elle.

Luzu se sentait le courage d'en affronter cinq, écarts en dedans et en dehors et au saut de l'ange aussi... Ces dernières figures n'étaient pas au point. Il ne fallait pas non plus que les vaches fussent trop hautes au garrot. Il avait appris à sauter par-dessus la bête, de face, lorsqu'elle s'en venait en piquant des cornes dans le sable de l'arène. Ça exigeait une sacrée détente. Certains des toreros se faisaient lier les pieds pour compliquer le saut, pour le rendre plus attractif et mériter les applaudissements de la foule. Luzuru ne se sentait pas encore prêt pour cette figure-là, trop risquée à ses yeux. Car il voulait conserver la possibilité de s'esquiver au dernier moment, au cas où il se présenterait mal face à la bête et éviter d'être piétiné par l'animal, ou pire, encorné.

Une fois marquées, on rendit la liberté aux vaches.

— J'irai les voir avant la course, promit Ernest.

La réflexion de Luzuru surprit Doña Josée.

— Commencerais-tu à avoir peur ? demanda-t-elle.

Le jeune homme parut offusqué.

— Jamais, protesta-t-il.

— Il n'y a aucun mal à avoir peur la veille d'une course.

— Mais je n'ai pas peur. C'est par respect que j'irai leur parler. Je vais les humilier, je leur dois bien ça. J'ai vu dans l'œil noir de Victoria quelque chose de déplaisant.

— Quoi donc ?

— Vous êtes bien curieuse, maîtresse... C'est une affaire entre elle et moi. Je dois lui faire comprendre qu'il n'y a aucune haine dans tout ça. Juste un duel.

— Je pourrais demander à Iban d'émousser ses cornes.

— Jamais de la vie. Si je prends un coup, ça sera juste. Et si j'en sors entier, ce sera tout à mon honneur. La preuve que je deviens un vrai torero. Dans tous les cas, Doña Fortegui, vous êtes la meilleure ganaderia de toutes les landes.

Josée esquissa discrètement un signe de croix pour remercier Dieu par avance d'épargner le petit Luzu. Elle avait rêvé qu'il se faisait piétiner sur le sable de Moitezan devant une foule ivre de vin. Ça rigolait, ça chantait sous le soleil. Et puis la nuit était descendue, brusquement, obscurcissant la scène jusqu'à ce qu'on ne puisse plus distinguer que des ombres.

— Tout se passera bien, une fois encore, la rassura Ernest.

— J'ai prévu trois autres écarteurs au cas où…, prévint Doña Fortegui.

Mais le jeune homme ne sembla guère intéressé par cette annonce. Il n'aimait pas les écarteurs qui tournaient autour de l'animal sans jamais l'affronter. Et rien ne lui paraissait plus ridicule que de voir ces amateurs grimper en catastrophe sur les torils, comme s'ils venaient de réaliser là quelque exploit. Bien au contraire, ça incitait les garnements à descendre dans l'arène et à se mêler à la course, désorientant la bête. Il aimait à ce que les passes fussent professionnelles jusqu'au bout. Un torero doit sentir la corne passer à quelques centimètres de son corps, sinon c'est du gâchis. Ça rend la vache landaise ridicule. Et le spectateur finit par souhaiter que le sang coule sur le sable pour valoriser la joute.

Doña Fortegui s'en revint par le chemin de Cadour. C'était une de ses pistes préférées. Il était aisé de s'y perdre tant la forêt y était oppressante, jusqu'à cacher le bleu du ciel et offrir, sous son couvert végétal, d'infinies profondeurs d'ombres. C'était un entremêlement de laies, de sentes, de sentiers sans direction aucune, à croire que ces passages s'ingéniaient à égarer le visiteur entre le jour et la nuit, un labyrinthe sans queue ni tête, formé à la grâce du hasard, modelé par l'homme des bois et les animaux sauvages. Mais à la longue, la Donessa, comme disait Ernest Luzuru, en avait acquis la logique secrète, si bien qu'elle s'y retrouvait sans frayeur, amusée quelquefois, lorsqu'elle se faisait tout de même piéger par la dissemblance des lieux ou la monotone similitude des embranchements... Son inquiétude était brève. « Se pourrait-il que je me perde vraiment un jour ? » Elle en riait. C'était l'histoire de sa vie, ces égarements passagers et les efforts consentis pour en reprendre la maîtrise par l'observance d'une règle morale.

Elle parvint à Saragos avec une petite heure de retard. Cassandre s'étant mise à boitiller, elle la ménagea en lui évitant les raccourcis scabreux peuplés de pierrailles coupantes, comme il en était beaucoup dans les dénivelés des lettes. Une calèche l'attendait dans son parc, et l'exaspération la gagna tout entière. « Pourquoi revenir à la charge ? se dit-elle. J'ai été suffisamment explicite. » Pas de mariage. Jamais. La liberté au prix de la solitude. Sinon que d'embarras rebattus pour quelques instants de tendresse, si chèrement payés et le plus souvent accordés à des heures où l'on n'a aucun désir de cette sorte. De sa badine, elle se fouetta le bas du pantalon, comme pour motiver sa colère à venir.

Elle entra donc en furie sur sa terrasse. Mais ce n'était pas Hector, comme Doña Fortegui l'avait craint. Elle soupira si fort que l'homme se retourna.

— Michel Léonardi, le conseiller du maire.

Il s'avança, la mine chaleureuse, la poigne moite.

— Le conseiller du roi de Moitezan. Il y a bien un roi à Moitezan, n'est-ce pas ?

— Oh, madame, vous y allez fort. Un maire, un simple maire.

— Si votre visite a pour but de me relancer quant aux accords que j'ai passés avec mes résiniers, vous pouvez repartir de ce pas. Je ne reviendrai pas là-dessus. Tous ceux qui me connaissent savent que je n'ai qu'une parole. Anselmo a même reçu de mes propres mains un accord signé.

Le conseiller de Faurel eut un sourire grimaçant. Il jugeait que ce genre de documents n'avait aucune valeur et qu'on pouvait les dénoncer à tout instant, sans craindre des représailles. Et pour apporter de l'eau à son moulin, il énuméra quelques-uns de ses titres en droit privé et en droit administratif. Un homme de dossier, tatillon et avisé.

— Non, s'opposa Josée Fortegui.

Il recommença son petit speech, se montra flatteur.

— Vous êtes de notre côté, madame. Comment pourrait-il en aller autrement avec vos antécédents familiaux ? Vous venez d'une bonne famille espagnole. Des Conde et des Hidalgo, sans compter les Larzabal de Bilbao.

Doña Josée fut prise de fou rire. Elle qui avait rompu toute attache avec sa famille, elle ne comprenait point que celle-ci s'en revînt par la petite porte pour une histoire de gemmeurs et de maîtres résiniers, de distillateurs et de collecteurs de pacotille.

— Vous vous y prenez bien mal, monsieur le conseiller du roi de Moitezan. Serais-je la fille d'un pape que ça ne changerait rien. Je suis une femme libre. Sans principe, ennemi de toutes les castes et autres syndicats d'intérêts particuliers.

Le bonhomme n'avait pas la déconvenue facile, surtout que son maître Faurel lui avait bien recommandé de ne pas s'en revenir bredouille. Il insista, tant et tant, avec de la morgue dans la voix, que la situation ne fit qu'empirer. Et Léonardi se reprocha bien vite de ne savoir s'y prendre avec cette jolie veuve. Et ce sentiment d'échec devant les femmes le rendait exécrablement agressif. Doña Josée découvrit à ce moment une face nouvelle du conseiller de Faurel, une face qu'il avait cachée lors de l'entrevue à la mairie de Moitezan où il était apparu plutôt avenant.

— Vous venez m'agresser chez moi, me donner des leçons de conduite, me dicter des ordres, et pourquoi pas des menaces aussi? Agiriez-vous de même si je n'étais pas une femme? se défendit Josée Fortegui.

Léonardi baissa la tête, puis la redressa bien vite.

— Ce que je vais vous dire, madame, ne sera pas de votre goût. Je crains même que vous ne m'en teniez définitivement rigueur. Ce sera comme une déclaration de guerre. Mais m'y voici forcé.

Josée tenait sa cravache entre les mains, la poignée dans l'une et la claquette dans l'autre, fléchissant la tige, exaspérée.

— Nous allons être contraints de chasser votre protégé, reprit-il d'une petite voix hésitante.

— Quel protégé?

— Le capitaine, M. Roy Norkliff. Il occupe illégalement les Tronquets. Vous le savez aussi bien que moi. Cet individu a illégalement bâti une cabane sur la plage. Jusqu'alors, nous laissions faire à la mairie de Moitezan, sachant l'amitié que vous portiez à cet homme. Mais votre manque de coopération nous oblige à expulser le loup de mer.

Josée Fortegui se mit à tourner autour de Léonardi.

— Intimidation minable, piètre argument pour m'amadouer. Oh, monsieur Léonardi, comme vous vous y prenez mal ! Je ne crois pas que vous oseriez vous attaquer à mon ami le capitaine. Et ce ne sont pas ces dix mètres carrés de sable aux Tronquets qui vous préoccupent, vous et votre roi.

— Détrompez-vous, madame Fortegui, nous avons des projets sur ce secteur. Une station de bains de mer.

— En cet endroit ? s'étonna-t-elle. La dune est fragile et soumise à l'érosion des fortes tempêtes. Il est des lieux plus aisés, comme La Gambeau, où les dunes sont hautes et peu entamées par l'océan.

M. Léonardi fit mine de repartir, puis s'en retourna à mi-chemin.

— Si vous révisiez votre position, nous pourrions fermer les yeux sur l'occupation illégale de Norkliff...

— Sa cabane est des plus sommaires. Un homme de cette trempe ne mérite pas un tel sort. Et croire que je puisse vous laisser faire cettc ignominie est une naïve vision des choses, s'entêta Doña Josée. Ce serait la guerre, en effet.

— Une guerre inégale, répondit-il. Nous avons la loi pour nous et vous, chère madame Fortegui, vous n'avez rien. Nous chasserons cet homme auquel vous tenez tant.

Elle détourna le visage pour cacher à ses yeux la colère et la rage qui la possédaient.

— Roy m'est précieux. Vous le savez, n'est-ce pas ? Il compte pour moi, il compte tellement... Personne ne pourrait comprendre.

Le conseiller eut un sourire vague. « Ils en savent bien plus que je ne le soupçonne, se dit-elle. En s'attaquant à Norkliff, ils touchent un de mes points faibles. Et pourtant, je ne trahirai pas ma parole. »

D'un geste, Josée Fortegui lui fit signe de partir. L'homme s'éloigna jusqu'au bord de la terrasse.

— Quelle réponse dois-je donner à M. Faurel ?

— Dites-lui d'aller se faire voir ailleurs, fit Josée Fortegui.

À la vérité, Doña Fortegui prenait la menace très au sérieux. Félix Faurel avait la réputation d'être un homme inflexible. Et ce ne valait point la peine de biaiser, de le contourner, de le flatter ou même de jouer la séduction, lorsque son pouvoir se trouvait mis en jeu. La dame de Saragos n'ignorait rien des difficultés que cet ultimatum annonçait.

« Une sale affaire de plus », se dit-elle en goûtant un vin rosé sur la terrasse de sa maison, tandis que les rayons du soleil embrasaient les profondeurs de sa pinède, comme un incendie que l'on venait d'allumer. Elle se sentait seule, abandonnée à une force qu'elle ne savait comment maîtriser, elle qui n'avait connu, sa vie durant, que des situations conflictuelles. Aussi celle-ci lui paraissait-elle être la goutte d'eau qui fait déborder le vase.

Elle contint ses larmes en sirotant son rosé d'Irouléguy, sec et fruité en bouche, qui était à ses yeux la récompense d'une journée difficile. Il lui rappelait un long séjour à Saint-Jean-Pied-de-Port avec Pestor, une époque heureuse de son existence, après qu'elle s'était affranchie de ses liens avec sa famille. Voler de ses propres ailes est une décision grave et délicate, il faut du tempérament, de la fougue et, aussi, une certaine dose d'inconscience.

« Ce n'est pas un Faurel qui me fera baisser les bras », se dit-elle après avoir éclusé sa bouteille. Et aussitôt, la Donessa remonta sur son cheval, partit vers les Tronquets. Elle trouva le vieux capitaine sur son pas-de-porte, la casquette vissée sur le front. Il dégustait un vieux cigare birman cheroot, dur comme une pièce de bois. Ça faisait des semaines qu'il tirait dessus sans en venir à bout. Mais Roy Norkliff n'était pas pressé. Il voulait le faire durer, celui-ci, des jours et des jours, ne serait-ce que pour rêver, dans ses effluves tamarinés, à Moulmein, cet immense port de commerce où il s'était attardé plus que de raison, terrassé par des fièvres malignes, dont il disait volontiers que le cheroot l'avait sauvé.

— Qu'ils viennent donc mettre tout à bas, fronda le capitaine. J'ai connu d'autres tempêtes et je m'en suis sorti. Celle-ci ne sera pas pire qu'une autre. S'ils détruisent ma cabane, j'en reconstruirai une autre.

Il se mit à pivoter sur lui-même, comme une girouette, et montra les dunes, à droite et à gauche, là où la pinède parvenait jusque sur le front de mer avec ses arbres torturés par les vents et les coups de chien. Déjà, scrutant les lieux, il se trouvait quelques emplacements où rebâtir, confortablement à ses yeux, sa cahute.

— À la condition, poursuivit-il, que tu me prêtes tes deux inséparables ganymèdes. Ils sont habiles et vaillants, mais il s'agit tout de même de les commander. Pour ça, Josée, je ne manque pas de ressources. Les hommes, ça me connaît. Dans les pires moments, ils m'ont toujours suivi...

Doña Fortegui expédia son chapeau de paille dans le sable, comme elle l'eût fait d'un disque.

— Roy, cesse donc de pérorer. Je comprends, la solitude t'assoiffe de paroles. Mais ça m'empêche de réfléchir.

— Je parle tout le temps, avec toi, Doña, ou avec moi... Ce ne sont pas les mêmes conversations, certes. Je suis beaucoup plus exigeant envers ma petite personne.

— Assez, Roy, tu ne mesures pas la gravité des événements. Ce Faurel est une vraie bête féroce. L'argent l'a rendu fou. Il passe ses jours et ses nuits à se demander comment en gagner plus, toujours plus. Et il voudrait me faire fléchir pour baisser les rétributions de ses résiniers. C'est tout. Tu n'es pour rien dans cette affaire. C'est moi qu'il veut atteindre à travers toi.

— Sait-il quelque chose sur nous deux ?

— Il soupçonne que nous sommes très proches. Mais à ce point, je ne pense pas…

Le capitaine se mit à réfléchir, tenta de rallumer son cheroot, tandis que le vent du large s'ingéniait à éteindre son briquet. De dépit, il mordillait le cigare en le faisant rouler sur ses lèvres. D'ordinaire, le goût du tabac mielleux suffisait à son bonheur. C'était une machine à rêve, ce gros birman, comme les embruns qu'il allait respirer sur le pont du *Maritorne* à la pointe du jour. Quelques petites larmes s'en vinrent mouiller ses joues burinées à l'idée qu'il ne repartirait jamais et que, de la mer, il ne verrait plus que les rouleaux d'écume s'échouant sur ses pieds nus.

— Nous ne dirons rien sur nous, Roy. Surtout dans ce pays… Ça ferait un sacré scandale. Tu me le promets, Roy ?

— Je te le promets, Josée.

La dame de Saragos vint se blottir contre lui. Et elle, si forte, si volontaire, si impérieuse dans tous les actes de l'existence, paraissait soudain avoir perdu toute la prestance qui forçait l'admiration dans le pays, ainsi lovée dans les bras du vieux loup de mer, attendri et ému jusqu'aux larmes.

— Notre secret, petite. Notre secret à tous les deux.

— Il y va de l'honneur d'Agustina.

Roy Norkliff se tourna vers l'océan. Le vent du large donnait à plein. Il prit une profonde goulée d'air et se sentit apaisé, comme si celle-ci avait étouffé son émotion.

— S'ils détruisent ta cabane, Roy, dit Doña Josée, tu viendras te réfugier sous mon toit. Même s'il t'en coûte, n'est-ce pas ?

— Jamais, se défendit-il. Trop loin dans les terres. Il me faut la musique du ressac. Je préférerais dormir sous le sable, ou aller me perdre là-bas, menaça-t-il en montrant le large.

— Tu ne ferais pas cette bêtise, Roy ?

Le capitaine éclata de rire.

— Fais-moi la promesse de te tenir tranquille.

— Depuis quand j'obéis à une petite fille comme toi ?

Ils remontèrent sur la terrasse en se tenant par la main. Le vieux était leste et habile dans le sable des dunes. Il grimpait comme un vieux bouc, d'un pas saccadé. Et parvenu sur son plancher en partie ensablé, il se laissa tomber sur un banc de fortune où il passait ses journées. Doña Josée l'observait avec tristesse. Elle était la seule à savoir pourquoi Roy Norkliff ne quitterait jamais ce coin de dune ; il n'y avait pas échoué par hasard ou par la grâce d'une tempête de l'âme ou quelque autre raison douteuse.

Le lendemain, aux aurores, Josée Fortegui débarqua dans les bureaux de Maxime Souleyrosse. On la fit lambiner, ce qui ne la surprit guère. Bien que l'homme se montrât affable, du moins en apparence, il cachait un caractère de grand seigneur et la situation tendue du moment dans les pinèdes ne faisait que l'exalter. On sentait poindre la crise, comme une chaleur lourde prépare l'orage.

Josée croisa les fils Souleyrosse, deux garçons bien faits de leur personne en costume de lin et panama. L'un demeura en retrait, un sourire goguenard sur le visage, tandis que le second, qui se trouvait être l'aîné, s'approcha d'elle d'un pas hésitant. Visiblement, cela lui posait problème de faire le premier pas. « Bon sang ne saurait mentir », pensa Josée, amusée. Il ne serait pas dit qu'elle tendrait la main la première. Elle resta donc dans une posture d'attente. Après tout, c'était le père qu'elle voulait voir et non ses rejetons, tout importants qu'ils fussent dans la petite société de Moitezan où la bonne fortune occupait tellement de place dans les esprits.

— Vous attendez mon père ? demanda l'aîné, Pierre-Gontran.

Pour la petite histoire, il n'aimait que son second prénom, celui que sa mère avait imposé à l'état civil, contre l'avis du père.

— Vous êtes…

— Gontran, répondit-il. Bien sûr, nous nous sommes déjà croisés à Mont-de-Marsan, salle des Barnabites.

Il sembla réfléchir, tant il lui paraissait important de se rappeler ce moment insignifiant.

Doña Josée le laissa chercher quelques secondes. C'était comme une étrange passe d'armes où chacun croit prendre l'avantage à ne point se souvenir. Puis elle finit par se décider.

— La fête de la Madeleine de Mont-de-Marsan.

— Nous avons dansé ensemble. Je dois vous paraître bien inconvenant.

— Assurément pas, fit la dame de Saragos, je ne crois pas vous avoir laissé un souvenir impérissable. Notre prestation n'a duré que quelques minutes. Et un homme tel que vous, Gontran, le flatta-t-elle, n'a qu'à tendre la main pour remplir son carnet de bal.

— La veuve Pestor, conclut le second des fils Souleyrosse. Tu sais bien de qui il s'agit, bon sang !

Puis le jeune homme, prénommé Frédéric, s'approcha de Josée Fortegui, les mains enfoncées dans les poches de sa veste, d'un pas dégingandé :

— Ne faites pas attention, madame Pestor. Il adore se donner de l'importance. Après tout, Moitezan est une petite bourgade, tout le monde se connaît.

— Ce n'est pas une Pestor, releva Gontran Souleyrosse, agacé. Je sais ce que je dis.

Doña Josée ne se donna point la peine de se présenter, puisqu'on jouait avec elle une partie tout à fait détestable. Les deux frères s'observèrent en rigolant, un brin stupides, mais la visiteuse resta sur sa réserve, hautaine, pour le coup. Comme on le lui avait appris dans son milieu, certaines situations ne se surmontent que par le mépris.

Mais il aura suffi que le maître montrât son nez, en culotte de cheval et bottes de cuir, une veste vert anglais au revers de col havane sur le dos, pour que les rejetons disparaissent. M. Souleyrosse les avait congédiés d'un geste, à peine discret. Josée Fortegui fit mine de n'avoir rien vu de cette comédie. Puis le bonhomme, très différent sur ses terres et dans le bureau de Faurel, ne fut guère obséquieux cette fois.

— Que me vaut votre visite ? Nous n'avions pas rendez-vous.

— Non, reconnut Doña Josée, et ma présence ici n'est guère amicale.

— Ah, voici la vipère qui s'apprête à frapper. Je me disais aussi…

— Que vous disiez-vous ?

— Le sang de la Biscaye… Je hais cette race basque. Surtout au-delà de la frontière.

La dame de Saragos le toisa. Un court silence. Un long regard. Elle n'était pas décidée à baisser des yeux la première.

— Je suis peut-être une petite propriétaire et mes pinèdes n'égalent pas les vôtres, mais j'ai droit au respect. On veut m'intimider. Si vous le voulez, monsieur Souleyrosse, ce sera la guerre.

— Allons bon, s'écria Maxime Souleyrosse, les grands mots !

— On est venu menacer mon ami le capitaine. On voudrait le chasser des dunes où il a construit sa modeste cabane. Votre chien de garde sait combien je tiens à la tranquillité de Norkliff.

— Quel chien de garde ?

— Le secrétaire de Faurel.

— Michel ? Il ne ferait pas de mal à une mouche.

— Assez, fit Josée Fortegui. Vous faites partie de ce minable complot contre lui.

— Faurel administre les espaces naturels. Il y a occupation illégale. Tout un chacun doit respecter la loi.

— Et pour les palombières, vos chasseurs déposent-ils des permis de construire ?

M. Souleyrosse croisa les bras, fixant le ciel.

— La loi, c'est nous, en définitive.

Il se mit à ricaner.

— Autant que vous le sachiez tout de suite, je ne céderai pas sur la question de la rétribution de mes résiniers. J'entends mener ma barque seule, en toute liberté. Je paie ce que je veux.

— Dommage, fit Souleyrosse.

Puis il attendit que Doña Fortegui eût quitté les lieux, en silence. Elle remonta sur son cheval et disparut sous le porche d'entrée.

Les fils s'en revinrent, tout excités.

— Papa, dit Frédéric, tu ne peux laisser faire ça. Tu n'as qu'un mot à dire et nous ne ferons qu'une bouchée du vieux Norkliff. Je propose qu'on foute le feu à sa masure, ajouta-t-il.

Souleyrosse se mit à réfléchir.

— C'est l'affaire du maire, pas la nôtre. Même si nous l'approuvons à cent pour cent.

— Depuis quand s'embarrasse-t-on de grands principes ? Nous sommes chez nous, ici, et ce n'est pas cette Espagnole qui va dicter sa loi, reprit Frédéric.

— Elle a des appuis du côté des résiniers. Ces corne-culs seraient capables de la défendre. Crocq n'attend que ça pour entamer sa grève. Et comme ce n'est pas vous, mes chers garçons, qui irez récolter la gemme, il nous faut montrer un peu de souplesse.

— Et ce Crocq, qu'attend-on pour lui briser les reins ? s'écria Frédéric. Le maire avait dit...

— Taisez-vous donc. Il y a des mots à ne pas prononcer.

— Faurel est un faible. À force de fréquenter les radicaux, il s'est amolli. Ça veut jouer tout à la fois, les affaires et la politique. Mais les affaires, la bonne tenue des affaires, ça ne fait pas toujours bon ménage avec la politique. À force de caresser le citoyen dans le sens du poil, on finit par y perdre son âme.

Souleyrosse parut montrer quelque signe d'accablement. Il se sentait prêt à porter de rudes coups, mais ne savait, en dehors de Lagrenon, s'il serait suivi par la confrérie. On avait dépêché Léonardi. Mais d'évidence, le petit secrétaire n'avait guère été persuasif.

— Je peux envoyer les chasseurs, suggéra Frédéric. Fontenille adorerait ça, tirer quelques chevrotines dans le taudis du vieux Norkliff.

7

Zélia Marinzacq y songeait jour et nuit, elle en rêvait même de cette rencontre. Pourtant, tout aussi indispensable qu'elle lui parût, il fallait qu'elle se fît violence pour la provoquer. Un acte insensé, en somme. Mais elle savait, en mère protectrice, qu'il n'existait que cette solution pour sauver son Taurence.

Au milieu de l'après-midi, elle se décida enfin à aller à Moitezan. Le domestique voulut lui faire préparer une voiture, mais elle refusa. C'était trop voyant un attelage dans les rues de la cité. Déjà, elle appréhendait les visages derrière les fenêtres, écartant tout juste les rideaux, comme un frémissement de curiosité malsaine. Elle s'était promis de raser les murs, d'emprunter les petites ruelles, là où l'ombre des hauts murs la protégerait.

Toute de noir vêtue, comme chaque fois qu'elle se rendait à Moitezan – on disait qu'elle portait déjà le deuil de son mari –, Zélia prit le sentier des pacages, évitant la grande route où elle eût pu faire des rencontres ; là, sur ces sentes de traverse, elle ne croiserait que les troupeaux de vaches et de moutons derrière leurs enclos.

Comme elle portait un chapeau de paille noir vernissé avec une voilette qui cachait une partie de son visage, le même couvre-chef qu'elle arborait à la messe de dix heures, elle se trouva un peu ridicule. D'évidence, ce n'était pas approprié, mais peut-être avait-elle pensé mettre ainsi un peu de distance avec son interlocutrice. Du reste, elle ne la connaissait pour ainsi dire pas, sinon de réputation, et ce lui suffisait pour lui glacer le sang.

« Que ne sommes-nous pas obligés de faire pour nos enfants? pensa-t-elle. Jusqu'à s'humilier devant cette... »

Et elle sentit ses jambes fléchir à l'idée de ce moment, mais elle continuait courageusement d'avancer, en regardant droit devant elle dans la violence de la lumière.

Elle traversa la place résolument, en faisant claquer ses talons sur le pavé. Il y avait un léger déhanchement dans sa marche rapide, comme si sa robe était trop étroite, ce qui n'était manifestement pas le cas, mais elle ne savait se hâter autrement qu'en trottinant, à pas courts et vifs. Sans doute craignait-elle qu'on ne l'interpelle derrière l'une de ces fenêtres et cette démarche l'en protégeait à ses yeux. Elle n'aurait pas eu d'explication plausible pour justifier sa présence à Moitezan à quatre heures de l'après-midi, en plein soleil.

Par chance, elle parvint à la ruelle sans encombre, chercha la porte cochère qu'elle frappa sèchement du poing. Une fois, deux fois, trois fois. Avec insistance. Elle entendit quelqu'un se déplacer à l'intérieur de la demeure. Elle soupira, soulagée. Le pire eût été qu'elle ne fût point chez elle à cette heure. Comment alors aurait-elle trouvé le courage de revenir à la charge ?

— Madame Caillavet ? demanda-t-elle. C'est bien vous, madame Caillavet, Florentine Caillavet ? s'assura-t-elle d'un ton pincé.

Elle fixait la porte en pensant à son fils et en ressentit un vif pincement au cœur. « C'est là qu'il trépigne d'impatience, se dit-elle, le pauvre enfant. C'est là qu'on le laisse s'impatienter, malheureux dans sa chair, parfois même sans qu'il puisse franchir la porte, rejeté piteusement. » Elle soupira si fort que Mme Caillavet hésitait à ouvrir.

— Qui êtes-vous ?

— Une personne bien intentionnée, répondit Zélia.

— Voici qui ne me rassure pas plus que ça.

Florentine imaginait déjà quelque épouse flouée. On l'avait menacée sur la place du marché, devant tout le monde, en la traînant plus bas que terre. Mais ce genre de réaction ne l'intimidait guère, au reste, sachant par expérience qu'une mise en cause publique demeure le plus souvent sans conséquence. Il n'est que la visiteuse sournoise, comme de ce milieu d'après-midi qui présente un risque : un couteau caché dans un sac, un petit pistolet… Florentine demanda des explications avant d'ouvrir. Zélia comprit qu'on ne la laisserait pas entrer avant qu'elle ne déclinât son nom. Elle le fit d'une voix chuchotée, tellement il lui en coûtait. « Une famille si honorablement connue à Moitezan, pensa-t-elle, que c'est outrage de l'annoncer ici, avec ce ton coupable. Mais coupable de quoi, au juste ? Tu t'émeus pour rien, ma pauvre Zélia, toi qui as porté les cornes ta vie durant, qu'on a montrée du doigt sur les champs de foire et les marchés. Le déshonneur, ça continue. Après le père, le fils... »

— La maman du petit Taurence ? Vous êtes madame Marinzacq ? Que me voulez-vous ?

— Vous devriez le savoir, fit Zélia d'un ton pincé.

— Non, je ne vois pas. Nous n'avons pas l'habitude de converser ensemble. D'ordinaire...

— Il faut bien un début à tout.

Florentine éclata de rire.

— D'ordinaire, vous passez près de moi sans m'adresser la parole. Avec un regard méprisant même, n'est-ce pas ?

— Je vous en prie, supplia Zélia, ouvrez-moi.

Le ton se fit tellement plaintif que Mme Caillavet consentit enfin à tourner sa clé dans la serrure. « Pourvu que je n'aie pas à le regretter, se dit-elle. Bonne fille, tout de même, trop bonne. Une bienveillance qui me perdra... »

Florentine aimait à se croire généreuse avec les gens et à se présenter comme telle ; son esprit torturé se plaisait à échafauder des stratégies douteuses pour s'offrir toujours le meilleur rôle. Elle triomphait sans difficulté d'elle-même parce qu'elle ne se connaissait aucune limite avec les hommes. Elle les séduisait et les éconduisait aussi légèrement, sans états d'âme. Dans son for intérieur, Florentine ne pouvait pas imaginer que ce jeu était aussi destructeur que cruel, puisqu'elle n'en avait jamais connu aucun qui lui résistât, dans un sens comme dans l'autre, lorsqu'elle les prenait dans son filet ou qu'elle les rejetait à la mer. La ligne de partage se situait à la marge des passions. Quand le sentiment était trop fort, elle prenait peur et s'en défaisait pour échapper à sa force d'attraction, puis courait à une autre romance. Peut-être celle-ci lui laisserait-elle le champ libre ? pensait-elle. Comment pouvait-on s'illusionner à ce point sur les étapes du désir ? Elles sont aussi invariables que la gravitation du soleil de l'aube au crépuscule.

Zélia se glissa promptement dans le couloir. Elle avait hâte que la porte se refermât sur elle. Il y avait une étrange odeur d'encens qui flottait, une odeur de patchouli. La reine dépravée aimait à s'entourer d'artifices ensorceleurs.

— C'est avec ça que vous les enfumez, vos amants ? fit Zélia avec un haut-le-cœur de dégoût.

Florentine la dévisagea avec dédain. La conversation s'engageait plutôt mal. Elle arma son fume-cigarette. « Mauvais genre, pensa Zélia Marinzacq, tout pour plaire aux hommes. » Elle l'observa avec pitié, détailla sa tenue d'un regard critique. « Ça traîne du matin au soir en déshabillé, le cheveu apprêté, la poudre de riz et le rouge à lèvres appliqués en couches successives. Et tous ces dessous affriolants qu'on devine, une dentelle par-ci, un ruban par-là, et ces aguicheurs voilages qui ne couvrent le corps que pour mieux souligner la légèreté des formes. Certes, se disait Zélia, notre Florentine est plutôt bien de sa personne. Tout ce que nous devinons rend les bonshommes fous. » Elle se mit à hocher la tête.

— Je suis venue vous parler de mon petit Taurence.

Mme Caillavet fit mine de réfléchir pour se donner une contenance.

— Oui, un joli garçon. Si jeune. Il vient souvent me rendre visite. À des heures indues.

— Une honnête femme n'ouvrirait pas sa porte à ces heures indues, comme vous dites.

— Je suis une honnête femme.

Zélia baissa la tête. Elle retenait sa colère, sa souffrance.

— J'aurais tellement voulu qu'il tombe amoureux d'une petite jeune fille. Et non de vous, madame, qui êtes une professionnelle.

— Mon Dieu ! s'écria Florentine. Quelle insolence ! Vous venez m'insulter dans ma maison. Je reçois qui je veux, madame Marinzacq. Et tous les hommes qui s'intéressent à moi ne sont pas des amants. Il en est qui apprécie ma conversation. Certains viennent me parler de leur vie conjugale.

— Vous seriez alors une sorte de conseillère en bonnes mœurs ? fit Zélia. Bien entendu, vous les découragez. Vous leur dites, à ces malheureux, de s'en aller retrouver leurs épouses. Je vois ça d'ici. Qu'ils se sont trompés de porte, que la vôtre n'est pas celle qu'ils croient. Comme c'est touchant.

Florentine déposait ses cendres délicatement dans une coupelle d'argent d'un geste gracieux, tout en veillant à ce que son déshabillé demeurât bien croisé sur sa poitrine.

— Mon Taurence est amoureux de vous. Il est, hélas, si entiché que je crains pour son avenir. Auriez-vous la gentillesse de lui expliquer que vous n'êtes pas la femme qui lui convient ?

Soudain, le visage de Mme Caillavet montra quelque inquiétude. Et Zélia prit cette mimique pour argent comptant. « Se pourrait-il qu'elle me prenne un peu en pitié ? se demanda-t-elle. Tout ne serait donc pas perdu… »

— Dois-je vous dire, madame Marinzacq, que je n'ai rien fait pour attirer votre fils ? C'est un gentil garçon pour lequel je n'éprouve aucun sentiment particulier. Je ne lui ai jamais laissé accroire que nous pourrions nourrir l'un et l'autre une passion, malgré nos dix ans d'écart, n'est-ce pas ? Vous me croyez ?

— Je ne sais pas ce que je dois croire, avoua Zélia. Mais ce que je sais, c'est qu'il ne peut se passer de vous. Il vous rend visite trois à quatre fois par semaine.

— C'est un fait. Il insiste pour que je lui ouvre ma porte. Alors, il vient s'asseoir là, où vous vous tenez, madame. Et nous parlons. Et il me déclare sa flamme. Je décourage ses élans, forcément. Je lui conseille de fréquenter une demoiselle de son âge, avec laquelle, sans nul doute, il pourrait entretenir un pur amour. Rien que je pourrais lui offrir.

— Vous êtes bien bonne, bien intentionnée, mais il entretient quelques illusions sur vous. Il voudrait que vous l'aimiez un peu.

— Non, se défendit Florentine. Je n'ai pas d'amour à lui donner et je ne lui ai jamais caché.

— Pourtant, vous faites commerce de cet amour et, avec d'autres hommes, vous en êtes dispendieuse.

Florentine abandonna son fume-cigarette, toussota et prit un air tragique dont elle avait le secret lorsqu'on venait à évoquer devant elle les affaires de reins et de cœur.

— Il se trouve que je plais aux hommes, qu'ils prisent fort ma compagnie, et que je n'ai, pour être franche avec vous, madame, que l'embarras du choix. Votre Taurence ne m'intéresse pas. Car je crois comprendre où vous voulez en venir. Mon Dieu, quelle mère vous faites ! C'est assommant de tristesse, une histoire pareille. Vous voudriez que je cède à votre Taurence, que je lui accorde mes faveurs.

— Vous le délivreriez de cette passion qu'il entretient avec des idées fantasques. Car il vous voit telle que vous n'êtes pas. Il vous croit pure et innocente, avec quelques années de plus, une certaine expérience des hommes. Oui, c'est un garçon timide que les jeunes filles effraient. Sans doute ferait-il en votre compagnie son apprentissage du langage amoureux : les mots, les gestes, les…

Florentine lui fit signe de se taire. Zélia coupa court.

— Vous m'avez comprise… Entre femmes… J'ai eu mon compte d'infidélités. Mon mari, lui aussi, courait des dames comme vous, pour trouver ce que je ne pouvais lui offrir.

— Vous en avez souffert. Et vous en souffrez encore…

— Maintenant, de ce côté-ci, madame Caillavet, je tiens ma revanche. La vie est bien faite, en vérité. Nous ne tarderons pas à clore le chapitre.

— Vous avez la rancune tenace, madame Marinzacq. Il vous faudra pardonner pour connaître la paix intérieure. Car les affaires de cœur sont négligeables, elles ne méritent pas la haine qu'elles nous font parfois éprouver.

— Non, défendit Zélia, moi, je ne pardonnerai pas. C'est la haine qui m'a tenue vivante toutes ces années. Et je clouerai son cercueil, à cet homme, la gaieté au cœur, comprenez-vous ?

— Mon Dieu, vous me faites peur, madame. Avez-vous un peu de religion ?

— Comme tout le monde. Un brin d'espérance, sans excès. Je prie parfois à l'église, mais je doute que cet exercice puisse servir à quelque chose. Gagner son paradis ? A-t-on besoin de croire pour mériter le paradis ? Peut-être ce que nous vivons sur terre suffit ? J'aurais plutôt de l'avance. Ma vie n'a été qu'un infernal enchevêtrement de soucis et de drames…

Florentine craignait à ce moment que sa visiteuse n'entreprît de lui raconter son existence par le détail. Rien n'était plus déprimant, à ses yeux, que les confessions des autres, le déballage des aléas de la vie. Car elle fuyait l'ombre du malheur comme la peste, cherchant désespérément la compagnie de ces êtres sans histoire d'une banalité apaisante.

— Je ne peux rien pour votre Taurence. Je ne lui accorderai pas ce qu'il me demande. Je n'ai jamais été ambiguë sur cette passion qu'il me voue.

— Sauvez-le, donnez-vous à lui. Ça ne vous coûtera rien. Vous avez l'habitude de soulager les hommes. Lui ou un autre, qu'est-ce que cela peut bien vous faire ? Je puis même envisager de vous rétribuer…

Elle dégrafa la fermeture de son petit sac de paille noire vernissée, glissa sa main à l'intérieur. Mais Florentine arrêta son geste.

— N'en faites rien surtout ! Je ne veux rien de vous. Peut-être emploierai-je des arguments plus radicaux pour décourager votre fils. Ils le blesseront, sans doute…

— Je vous en supplie, insista Zélia, donnez-lui ce qu'il vous demande. Peut-être se trouvera-t-il libéré des sentiments que vous lui inspirez. Le rejeter ne ferait que le désespérer et qui sait, au bout du compte, comment tout cela risque de finir.

Machinalement, Mme Marinzacq caressait du bout des doigts la petite liasse de billets au fond de son sac qu'elle avait préparée. C'était une coquette somme, extravagante même.

— Alors c'est non ?

Florentine fit « non » d'un mouvement de tête, lèvres pincées, visage fermé. Sans appel.

— Vous me désespérez, dit Zélia. Mais peut-être réfléchirez-vous à ma proposition.

Florentine raccompagna sa visiteuse jusqu'à la porte. Au moment de sortir, Zélia se retourna et scruta le salon avec son luxe de draperies aux fenêtres, son orgie de coussins revêtus de brocart. Elle imagina son Taurence, assis sur la petite banquette, face à cette belle lionne ravageuse. « Je comprends tout, se murmura-t-elle. Tout ce qu'il peut ressentir, ce ravissement à éprouver un désir violent et insatisfait, avec ce rêve en tête qu'un jour peut-être… à force de patience et d'entêtement… » Mais une fois la porte refermée, Zélia sentit le poids des larmes sous ses paupières. « On le jette dehors de la sorte, mon petit Taurence. Sans ménagement. Mon Dieu, que de questions dans sa tête. Pourquoi les autres et pas lui ? »

Plus Victorin déclinait, plus Zélia se sentait revigorée. Elle avait toujours espéré lui survivre, comme une sorte de revanche sur l'histoire de leur vie, marquée par les trahisons de l'infidélité, les humiliations et les rancœurs amassées au fil du temps. Toute son espérance avait tendu à avoir le dernier mot.

Ces derniers temps, elle montait dans sa chambre trois à quatre fois par jour. Elle se disait, chaque fois, en hésitant devant la porte de sa chambre : « Peut-être vais-je le trouver mort ? Et tout serait plus simple. Je ne voudrais pas recueillir son dernier souffle. Mon Dieu, comment ferais-je ? Supporter une dernière fois son regard qui me dirait : "Ah, coquine, te voilà heureuse de me voir partir..." » Victorin ne quittait plus le lit, se débattait lorsqu'on venait lui apporter un peu de soupe, avalait péniblement deux ou trois cuillerées et s'affaissait sur lui-même, se recroquevillait comme on s'abandonne à la grâce divine.

— Tu auras une longue agonie, mon pauvre Victorin, dit-elle assez fort pour qu'il entendît. Ce n'est pas de chance. D'autres partent d'un coup, comme ça. Mais toi, Dieu en a décidé autrement.

Elle posa sa main sur son visage, puis avec un mouchoir essuya les suées. Comme ses lèvres remuaient, elle ne s'approcha pas pour écouter ce qu'il tentait de lui dire. Ça ne l'intéressait pas. Les reproches, les insultes, les jurons, rien ne lui avait été épargné depuis ces derniers mois, et cela s'était amplifié à partir du moment où le patriarche de la Petite Marquise n'avait plus quitté la chambre.

— Tu en veux à la terre entière, mon pauvre Victorin, mais elle s'en fiche, la terre, et tous tes vieux amis, tes maîtresses, tout le monde s'en fiche. Peut-être feront-ils le déplacement pour te suivre au cimetière. C'est tout ce que tu peux espérer d'eux. Quelques prières hypocrites. Comme toujours. Mais tu n'auras pas la mienne. Si tu dois aller au Ciel, ce sera par tes propres moyens.

Zélia se mit à sourire en fixant la lumière du dehors entre les volets clos. Puis elle redescendit dans sa cuisine. Et lorsque Babrio traversa la cour, elle lui fit signe de venir.

— Ça ne va pas durer longtemps.

Le domestique jeta un regard à l'étage, qu'il désigna d'un geste du doigt. Zélia confirma d'un hochement de tête.

— Je lui trouve le nez pincé, les joues creuses et, déjà, dans les yeux, cette couleur vitreuse des…

Sa voix s'étrangla au moment de prononcer le mot.

— Ce sera pour quand ? demanda Babrio.

— Nous ne ferons pas venir le curé, répondit-elle. Ce n'est pas la peine. Victorin a toujours détesté les curés. Il a passé son existence à en bouffer. Vous me comprenez ?

— Oui. Et Hector, qu'en pense-t-il ?

— Hector ? Vous le connaissez aussi bien que moi. On fait des fils, on les élève, on leur donne une honnête éducation. Et un jour, en découvrant qu'ils ont grandi, on ne les reconnaît plus.

— Comme vous voudrez. Pourtant, releva Babrio, Taurence aimait bien son père…

Zélia s'amusait que son domestique en parlât déjà au passé, du vieux maître. Pourtant rien n'était plus vrai que cette façon de voir les choses. Avec la mort qui avance à grands pas, tout est dit et écrit, sans retour.

— Aurélia a compris aussi que c'était fini.

— Où est-elle ?

— À Mont-de-Marsan, chez sa tante Astride. Elle a toujours aimé sa tante Astride, le petit confort de son appartement de la rue Lacalaye, les fanfreluches, les beaux atours. Elle l'emmène dans les magasins. Ça l'étourdit, cette petite. Elle trouve que la vie ici n'est pas à sa dimension. Astride lui fait entrevoir une existence dont elle a toujours rêvé. Quant à la concrétiser, je ne sais pas, moi, si elle y parviendra. Il faudrait qu'elle décroche la timbale, qu'elle épouse l'oiseau rare.

Babrio détourna la tête pour dissimuler un sourire. Il appréciait fort la maîtresse de maison, son franc-parler, sa lucidité, sa terrible lucidité, qui s'était forgée au contact de Victorin, un homme sans concession, sans amour ni pitié, que pour sa propre personne. Le domestique aurait tout aussi bien pu lui dire qu'il ne le regretterait pas non plus, le vieux Marinzacq. Mais c'était une liberté qu'il ne s'autorisait pas, à cause d'Hector. Car le vieux Marinzacq ressusciterait à coup sûr en Hector, son double, son alter ego. Et cette disparition, décidément, ne changerait rien à l'esprit des Marinzacq. Il continuerait à régner sur la pinède, avec ses rudesses, ses injustices, ses violences, ses haines quotidiennes.

— Et maintenant, demanda Babrio, qu'attendez-vous de moi ?

Zélia s'était assise en bout de table, face à l'entrée et à la porte ouverte sur une lumière vive qui pénétrait dans la demeure à gros bouillons. Elle contemplait la beauté du jour avec un sourire vague sur le visage, dans le bruissement des insectes et le cliquetis cadencé de la pendule. C'était ce silence qu'elle aimait le plus à ce moment du jour où le soleil était à son zénith, ce silence apaisant par lequel elle entrevoyait sa solitude de future veuve. Elle lui fit signe d'approcher. Il s'avança au milieu du salon, hésitant comme chaque fois qu'on l'invitait dans la maison des Marinzacq, tant il en avait été chassé, rudement, par le vieux, à cause de ses chausses crottées. « Un domestique doit rester à la porte et attendre les ordres », lui disait Victorin en faisant claquer sa badine sur le coin de la table.

— Avancez, n'ayez pas peur. Vous êtes chez vous ici.

— Oh, non, madame.

Elle l'incita encore à braver sa crainte. Et il se porta à sa hauteur, d'un air emprunté, en fixant le mur blanc en face de lui.

— Vous qui êtes adroit de vos mains, dit Zélia d'une voix blanche, vous fabriquerez une boîte pour le mettre dedans quand le moment sera venu. Ça ne tardera pas. Deux ou trois jours, peut-être. Ainsi, tout sera prêt. Et puis après tout, Babrio, ça ne le fera pas mourir plus vite, n'est-ce pas ?

Elle se mit à ricaner devant l'absurdité de son propos.

— Nous avons de belles planches de sapin rouge…

— Si vous voulez.

— Des planches saines et épaisses.

— Parfait. Vous irez prendre les mesures.

— Je ne sais pas si…

— Comment cela ?

— Il pourrait trouver à redire.

— Ce serait un comble. Alors que nous lui offrons une sépulture digne de lui…

— Bien, maîtresse. Il sera fait selon votre volonté. Mais je ne le mesurerai pas. J'ai l'œil, vous savez.

— Nous ne sommes pas à dix centimètres près.

— Bien, maîtresse. J'y travaillerai dès cette nuit.

— Il n'y a pas urgence. Mais tout de même, ne nous laissons pas prendre au dépourvu.

Zélia surveillait les réactions de son domestique avec une curiosité malsaine. « M'est avis, se disait-elle, qu'il doit me trouver un peu garce, sacrément même, mais ça ne me fait ni chaud ni froid. » Elle se laissa aller à un sourire attendri ; ce qu'elle avait demandé à Babrio était tout de même singulier. Faire un cercueil pour le maître alors qu'il existait de nombreux bons menuisiers à moins de dix lieues à la ronde, quelle ironie ! Mais il lui plaisait que Babrio préparât la dernière demeure de l'homme qui l'avait traité avec mépris et arrogance.

— Je ne sais pas si je dois le faire, maîtresse.

— Quoi donc ?

— Cette caisse que vous me demandez. C'est délicat.

— Au contraire, répliqua Mme Marinzacq, vous devriez vous sentir fier, considérer cette demande comme un insigne honneur…

Le bonhomme torturait son couvre-chef entre ses grosses mains. Il se tortillait d'une jambe sur l'autre, comme pris soudain d'une forte envie de pisser.

— Je le ferai ce travail, malgré toute la peine que ça me demandera.

Il s'essuya le front avec son béret. Ce n'était pas la dureté de l'ouvrage qui le faisait suer à grosses gouttes, mais le supplice d'un regard de femme posé sur lui, scrutateur et incisif. Celui-ci était plus soutenu qu'un œil d'aigle, noir et insistant.

— Vous ne pouvez pas me refuser ce service, Babrio, reprit-elle avec un sourire amusé. Je sais que vous me jugez dure et cruelle, mais vous ne pouvez imaginer ce que j'ai enduré avec cet homme-là. Et le voir disparaître me laisse indifférente.

Babrio baissa la tête. « Non, pensait-il, ce n'est pas de l'indifférence que l'épouse Marinzacq ressent, mais de la haine, rien que de la haine. » Une haine recuite au fil du temps dans le chaudron conjugal. Il reposa son béret sur sa tête et se dit que Dieu l'avait préservé du mariage, car il ne connaissait que cela, autour de lui, des épouses amères et pleines de ressentiments, des femmes ruminant leur infortune jusque sur les tombes. De là-dessous, on ne les verrait plus reparaître, les maris. Par charité, on pourrait même commencer à les regretter un peu, pour se mettre en règle avec la Vierge Marie.

— Ce n'est pas moi qui irai porter des fleurs à Victorin.

Elle éclata de rire en touchant du bout des doigts la petite croix d'argent qu'elle portait autour du cou.

— De toute façon, Victorin, reprit-elle, n'a jamais aimé les fleurs. L'avez-vous vu quelquefois flanquer un coup de bâton dans un bouquet de tinte-bious ? Ces fleurs-là, précisément, insultaient sa suffisance. C'étaient d'autres sortes de fleurs qu'il allait butiner, qu'il effeuillait sans tendresse, qu'il troussait comme une bête en rut. C'était une bête en rut, un taureau, un cheval, mon homme. Toujours en effervescence. Et sans délicatesse. Tout lui faisait ventre : les grosses, les petites, les laideronnes de tous âges, même de petites gamines. Il ne savait pas se retenir. Il me disait : « Tu n'es pas normale, Zélia. Tout le monde aime ça, même les curés, les nonnes, les… »

Babrio se dirigea vers la sortie. Il en avait assez entendu. « Bien sûr, je la ferai cette satanée caisse pour y fourrer le pauvre Victorin, se disait-il. Puisque sa veuve le désire. Dans la boîte avant même de rendre l'âme. Mais que ça presse tant de le voir disparaître de sa chambre où il agonise, ce n'est point honorable. »

Et lui qui ne se signait jamais le fit cinq ou six fois de suite en traversant la cour. Certes, Babrio n'avait jamais porté le maître dans son cœur, mais il ne le haïssait pas pour autant. Tout juste le plaignait-il de finir ainsi, en tirant sa couenne, comme on disait, lorsque la mort tardait à venir.

Chaque fin de semaine, Aurélia s'en revenait au bercail, sans enthousiasme. La vie trépidante de Mont-de-Marsan, du moins plus animée qu'à la Petite Marquise, avec ses foires, ses festivités de rues ou dans les arènes du Plumaçon, ses flâneries sur le quai de la Douze, lui laissait entrevoir des opportunités plus passionnantes que celles qu'on lui destinait par fatalité. La jeune Marinzacq se laissait prendre au jeu, jusqu'à croire qu'un jour elle parviendrait à s'affranchir de sa pesante famille, de l'autorité du frère aîné qui ne comprenait rien aux nobles aspirations d'une jeune fille. Mais elle sentait comme une lourde menace, lancinante et obsédante ; son destin ne s'écrirait nulle part ailleurs qu'à Moitezan, elle était née pour s'y marier avec un garçon du coin et s'installer sous le grand toit familial. Puis le couple ainsi formé deviendrait les domestiques d'Hector, car son grand frère n'avait jamais imaginé la vie autrement que sous l'angle de la prospérité des pinèdes.

La tante Astride avait aisément deviné les rêves de sa petite nièce et, tout en se gardant bien de les encourager, elle les accompagnait tout en finesse, lui disant de temps à autre qu'une jeune fille intelligente comme elle devrait essayer de tracer son sillon seule.

Astride était familière de ce nouveau passe-temps né avec les grands magasins : le chalandage, ancêtre du shopping. Aurélia l'accompagnait souvent Au Bon Marché dans le quartier du Cercle militaire. On y vendait les derniers articles à la mode : des robes colorées, des chapeaux extravagants, des bottines provocantes qu'elle ne pouvait se payer que grâce à la générosité de sa tante. Mais cette dernière hésitait à trop dépenser pour elle, craignant que Zélia ne le lui reproche. Il lui semblait l'entendre déjà s'exclamer : « Tu me la pourris, ma fille ! Que voudrais-tu qu'elle devienne, une cocotte ? Les hommes lui mettront le grappin dessus bien assez vite… »

Toutes ces raisons expliquaient la passion de la jeune fille pour la grande ville. Un lieu d'émancipation, tout de même. En vérité, Aurélia était en train de se métamorphoser. Ces épanouissements n'arrivant jamais seuls ni par hasard, elle devenait une fort jolie fille à la crinière blonde, d'un blond doré aux reflets cuivrés, de ce blond qu'on nomme vénitien. Et personne autour d'elle ne comprenait cette blondeur, d'où elle provenait ? Parmi les gens de Moitezan, ces petits détails qu'on eût aisément expliqués de nos jours par la loterie génétique faisaient abondamment parler. On aimait à penser que l'austère et froide Zélia avait succombé, elle aussi, à un aventurier de passage, quelque vingt ans plus tôt.

Aurélia arriva par le petit train de quatre heures en gare de Moitezan, simplement chargée d'une sacoche de cuir et revêtue d'un cache-poussière en lin beige. Sur le quai, elle attendit la voiture de Babrio, en vain. D'ordinaire, on venait la chercher à la gare. Et cette défection la chagrina après toutes les douceurs prodiguées par sa tante. « Là-bas, à Mont-de-Marsan, je suis traitée comme une princesse, pensa-t-elle, et ici, comme la dernière des domestiques. » Mais elle ne s'en étonna pas longtemps. Depuis plusieurs semaines, et surtout depuis son altercation avec Hector, la maison Marinzacq était en froid avec elle. On jugeait sans doute, mais sans oser le dire à haute et intelligible voix, qu'il était temps pour elle de s'intéresser aux travaux de la Petite Marquise.

Enfin, Aurélia se décida à prendre le raccourci par les prés de Puységur. C'était une chaude journée, sous un ciel bleu azuré, sans une ride de nuage, juste un souffle de vent venant de la mer. Elle se trouva vite en nage et ôta son pardessus qu'elle replia sur son bras, sans prendre garde qu'une partie traînât dans la poussière du chemin. Elle n'avait d'yeux que pour le vol dansant des papillons sur la prairie. Il y en avait tant et tant que ce spectacle éveilla chez elle ce sentiment de liberté qui la possédait chaque fois qu'elle s'en revenait de la ville. Qui plus est, la perspective de retrouver, pour les fêtes de Moitezan, ce dimanche, ses vieilles amies d'école, les petites Verdois, l'enchantait. Elle se savait tellement plus belle qu'Éloïse et Irène, ce lui serait aisé de les surpasser une fois encore. Et il lui suffisait d'observer sa silhouette, une ombre courant le long du sentier, révélant son élégante légèreté, pour s'en persuader. Les Verdoises, comme on les appelait, étaient un brin rondouillardes et empotées, comme ces filles de ferme qu'on cantonnait aux basses œuvres dans des nippes rapiécées. Qu'est-ce donc qui l'avait décidée à les conserver parmi ses proches ? Le contraste qui se dégageait entre celles-ci et elle-même ? Peut-être une complicité d'enfance. Des secrets échangés.

« Un jour, je partirai sans laisser aucune trace derrière moi, pensait-elle. Qu'importe l'heure, qu'importe la saison, la raison, qu'importe tout, puisqu'il n'y aura personne pour me regretter. C'est ce qui donne du courage, tout de même, cette conviction intime de n'intéresser personne. Seul Taurence en aura de la peine. Mais elle sera de courte durée. Car lui aussi rêve de partir. Il m'enviera, me maudira et qui sait ensuite ce qu'il adviendra de ses rêves. »

La mère était aux cuisines, triant le linge, le blanc d'un côté, les couleurs de l'autre. Elle faisait mine de plier les grandes pièces de tissu dans une panière en osier avant de les presser du plat de la main pour qu'elles prennent le moins de place possible. C'était un geste qu'Aurélia lui avait vu faire cent fois, mille fois.

— Je suis seule pour tout faire, dit Zélia sans se retourner.

La petite laissa tomber sa sacoche sur les dalles de grès rouge et poussa un profond soupir.

— Plutôt que d'aller passer ton temps chez Astride, tu devrais m'aider. Il va y avoir du travail bientôt. Remettre la maison en ordre pour les visites..., fit-elle énigmatique.

— Quelles visites ?

La mère ne se retourna pas, ployée sur son ouvrage. Il y avait trop de serviettes de toilette et de torchons usagés, troués, usés jusqu'à la trame, tout juste bons à astiquer les cuivres et les étains.

Soudain, Zélia fit face à sa fille, la considéra avec un détachement effrayant.

— Ce n'est pas la peine de monter voir ton père. Il est à sa fin.

— Comment, à sa fin ?

Zélia haussa les épaules.

— Ça, c'est une drôle de question ! Ton père va nous quitter les pieds devant. Les pieds devant, cette fois, répéta-t-elle. J'ai demandé à Babrio de lui faire un cercueil.

Nous avons de bonnes planches. Ce sera autant d'économisé. Ton père a assez dépensé avec ses femmes...

Aurélia courut dans sa chambre pour s'y enfermer et pleurer à son aise. La mère s'étonna de son chagrin. Comment donc ? Elle ne le savait pas, cette pauvre idiote, que son père était à l'article de la mort ? Elle se mit à soupirer en transportant la panière dans la buanderie. C'était une pièce attenante, légèrement en contrebas du salon et des cuisines, avec un lavoir intérieur, sombre et fraîche, ses placards croulant sous la charge du désordre.

Zélia en avait assez dit pour que sa fille ne prît pas l'initiative de pénétrer dans la chambre paternelle. Pourtant, Aurélia avait envie de revoir son père, de lui dire deux ou trois mots gentils, l'assurer de son affection, comme elle avait l'habitude de le faire, même si elle n'était pas certaine qu'il la comprît. « Pourquoi m'en empêche-t-on ? se demanda-t-elle. Petite vengeance bien tardive... » Et à ce moment, Aurélia se souvint de ce que lui avait dit sa tante Astride, un soir qu'elle était en veine de confidences : « Ta mère n'est pas aussi bonne que tu le crois, ma chère Aurélia. Je le sais... Certes, les enfants ont tendance à idéaliser leurs parents, mais je la connais, ma sœur Zélia, c'est en fin de compte une sacrée garce. Tu mettras beaucoup de temps à le découvrir. C'est ainsi, dans les familles, un long ensablement des consciences, jusqu'à ce que le silence et la haine envahissent les corps. Voilà bien la raison pour laquelle je suis partie, loin, avait-elle ajouté avec un geste de la main, quinze ans plus tôt… Peut-être, un jour, t'expliquerai-je tout ça… » Puis elle s'était ravisée : « Ou jamais… Tout compte fait, il est des choses qu'il faut conserver enfouies en nous. Les expurger risque de faire tellement de dégâts. »

Il avait donc fallu qu'Aurélia passât quelques courtes semaines, hors des murs de la Petite Marquise, chez sa tante de Mont-de-Marsan, pour que son horizon se dégageât. La tante Astride lui inoculait peu à peu le goût de la liberté. Et sans qu'il en parût, par petites touches, elle éveillait en elle ce désir de voir s'éloigner les étouffantes murailles de Moitezan derrière lesquelles elle soupçonnait par instinct qu'elle ne serait jamais heureuse.

« Pourquoi accepterais-je l'interdiction qui m'est faite de voir mon père ? » se demanda-t-elle soudain. Et d'un pas décidé, elle força la porte de sa chambre.

Ce qu'elle vit lui souleva le cœur. On avait déjà préparé sur un dossier de chaise le costume dans lequel Victorin partirait. Il ne lui suffisait plus qu'à rendre son dernier souffle. Celui-ci, du reste, était court et haletant. Aurélia s'approcha de son père et hésita à lui prendre la main. Elle la chercha sous le drap qui puait le camphre et la sueur, la sentit moite et molle. Elle la serra dans la sienne en espérant voir se dessiner sur son visage un petit signe de vie, de connivence. Mais il paraissait déjà si loin, dans ces lointaines contrées où la vie se perd goutte à goutte, qu'elle renonça à lui parler à l'oreille, comme elle avait l'habitude de le faire chaque fois qu'elle revenait de chez sa tante.

Puis Aurélia redescendit dans les cuisines où sa mère préparait les prochains repas. C'était toujours assez simple, du ragoût en quantité suffisante pour qu'il dure trois à quatre jours, des soupes mitonnées, dans le même esprit, avec les légumes nouveaux que le jardin de la Petite Marquise fournissait.

— J'ai vu papa, dit Aurélia. Nous allons donc le perdre. Ça me fait de la peine.

Elle essuya un sursaut de larmes du revers de la main. La mère accueillit cette réaction avec dédain.

— On a l'air tellement pressé de le voir mourir. Ça me choque, maman. Ta manière de voir les choses me paraît d'une inhumanité effrayante.

Zélia chercha une chaise et s'y assit, le dos tourné à sa fille. La mère n'avait pas envie de répondre. Elle se sentait dépourvue d'arguments. C'était une question à laquelle elle avait tellement réfléchi que, maintenant, tout allait se dérouler d'une manière mécanique, dans un enchaînement impeccable, dépourvu d'émotion, de larmoiement et autres sensibleries.

La jeune fille attendit sa réponse en vain. C'était ce qu'elle détestait le plus à la Petite Marquise, cette manière d'être et d'agir sans jamais nommer les choses qui conduisent à l'inéluctable, jusqu'à ce que l'inéluctable arrive comme un torrent dévastateur.

— Crois-tu que je doive renoncer à la fête de ce dimanche ?

La mère se retourna vivement.

— Bien sûr que non. S'il meurt, nous attendrons lundi pour aviser. Il suffira de fermer la chambre à double tour.

— Peut-être vas-tu un peu vite en besogne.

Zélia haussa les épaules.

— Je sais ce que je dis.

— Et Hector, où est-il ?

— Avec les hommes, dans la pinède. Faut surveiller la manœuvre. On parle de grève, de révolte… C'est une sale période pour nos affaires, pronostiqua Zélia.

— Et Taurence ?

— Toujours avec sa putain qui se refuse à lui… Un comble.

Aurélia se prit la tête dans les mains. Cette vulgarité sourdant des murs, des couloirs, des alcôves de la Petite Marquise lui faisait horreur. La vulgarité sur les lèvres de la mère et la violence outrancière du fils aîné.

— Ça ne tourne pas rond chez nous, ajouta Zélia. Hector n'a pas obtenu la main de Josée Fortegui et Taurence est fou amoureux d'une traînée qu'il prend pour une dulcinée…

Et toi, ma petite ? Ne te mets pas aussi dans le pétrin, il ne manquerait plus que ça. Un genre inné dans notre famille, la catastrophe. Combien de temps cela fait-il, au juste, qu'on n'a pas reçu une bonne nouvelle dans notre maison ? J'ai oublié, fit-elle en grattant ses carottes nouvelles du tranchant d'un couteau. Et après, on s'étonne que j'aie ce caractère ! Me comprends-tu un tout petit peu ?

Elle se tourna vers sa fille. Aurélia se tenait deux pas derrière elle, les bras croisés.

— Je n'ai qu'une envie, maman, c'est de partir. Loin, très loin.

La mère se mit à ricaner.

— Pour faire quoi de tes dix doigts ? Encore une chimère. Une de ces chimères, reprit-elle, qu'Astride t'a fourrées dans la tête. À moins que tu ne déniches un merle blanc, un homme qui serait prêt à se mettre à genoux devant toi. Tu es belle, ma petite. Tu as cette chance. Mais ici, dans ce pays des Landes, la beauté ne sert à rien.

Zélia voulut dire qu'au début de son mariage elle aussi était belle et appétissante, mais que l'homme auquel elle s'était donnée n'avait su rien faire d'elle. Bien au contraire. Des roses prometteuses piétinées sans vergogne. Et pour le coup, emportée par ce flux de pessimisme, elle ne voyait plus l'avenir que sous cet angle-là, pour les siens et le reste du monde alentour. Peut-être existait-il un paradis quelque part, où les couples s'aimaient et vivaient paisiblement, mais elle n'osait l'imaginer. Et que la mer fût belle et scintillante sous le feu du ciel, à quelques encablures, la laissait indifférente. Il n'était décidément plus qu'images assombries et crépusculaires dans sa tête.

8

Moitezan s'était parée d'oriflammes rouge et or pour les fêtes de la Gardera. À chaque coin de rue, on avait dressé des tables de fortune et mis des tonnelets en perce auxquels les hommes, endimanchés pour l'occasion aux couleurs de la cité, tiraient des gobelets de vin de barrot pour se mettre dans l'ambiance. On faisait griller la viande sur des braseros en la badigeonnant de temps à autre d'herbes aromatiques macérées dans l'huile. Toutes ces bonnes odeurs, cette convivialité festive attiraient les chants que les uns et les autres s'adressaient comme des répons.

D'heun lous pïins à perte de biste
Se bolent segui lou yeumé…

Tandis qu'on reprenait avec la même ardeur :

Queus peur canta, queus peur canta !

Autour de l'église, les dames, en robe noire pour les plus âgées, celles qui portaient le deuil par devoir, en cotillon fleuri pour les plus jeunes, papotaient sans se décider à rejoindre la fête qui battait alentour. On attendait que le curé eût donné son absolution. « Maintenant, chères paroissiennes, amusez-vous donc, mais en toute innocence… » Le prêtre faisait ses simagrées en circulant d'un groupe à l'autre. Et son approche avait ce pouvoir étrange d'éteindre les palabres. Mais ils reprenaient à son premier éloignement. Ils se turent de nouveau lorsque Florentine Caillavet montra son nez au sortir de l'église. Elle tenait dans sa main une ombrelle qu'elle hésitait à ouvrir en promenant un regard sur l'assistance tellement détaché qu'il prêtait l'illusion de ne pas la voir.

— Mais pourquoi donc le curé Grumier reçoit-il cette pécheresse ? interrogea l'une des femmes en noir.

Sa voisine hésita à répondre. On venait de se confesser. On avait l'âme proprette, lavée de toute mauvaise pensée, disposée enfin à de nouvelles résolutions, c'eût été gâcher ses chances. Mais il est des délices dans l'existence dont une honnête femme ne peut se départir.

— Ne comprenez-vous pas, Bertille ?

La dame en noir se mit à réfléchir, les mains plaquées le long du corps, comme si elle craignait que le vent n'enflât son jupon et ne lui fît un pourtour effrayant.

— Notre curé sait bien ce qu'elle fait. Cette vie de patachon…

— Oui, mais elle sait s'y prendre, la belle garce. En donnant son aumône, généreuse, à ce qu'on dit, elle se rachète une conscience.

Mme Caillavet traversa le parvis tandis que les regards s'accrochaient à elle comme des hampes de ronce. Elle paraissait s'amuser de la situation sous son ombrelle ouverte. Elle portait une robe légère de mousseline avec de fines broderies sur la poitrine, travaillées sur un plastron discret. À peine devinait-on la naissance de sa gorge, bien que ses seins fussent soutenus haut et outrageusement provocants. D'ordinaire, en pareille cérémonie, les dames patronnesses écrasaient, bardaient, comprimaient leurs formes. Alors tant de légèreté et d'aisance soulevaient chez elles une tenace hostilité.

Seuls les hommes avaient déserté le parvis, mécréants par nature, comme de juste. Ils occupaient le devant des bistrots en attendant que le soleil, monté à son zénith, causât cette sorte de vertige accéléré qu'apporte la liesse populaire.

Dans les rues voisines, on entendait quelques éclats de voix, des rires, des *Eunta canta, eunta canta... Bîoue et canta...* Les jeunes gens en habit de fête blanc et rouge et foulard or se poursuivaient allègrement. Puis la musique, enfin, fut de la partie. On l'avait assez réclamée, surtout du côté des résiniers, ceux qui en avaient assez de la solitude des forêts, de l'odeur entêtante de la gemme, et pour qui cette fête était une bouffée de liberté. *D'heun lous piïns à perte de biste, se bolent segui lou yeumé qu'eup carra courre biste, biste*[1]... L'accordéon, la vielle,

1. « Dans les pins à perte de vue, si vous voulez suivre le résinier, il vous faudra courir vite, très vite... »

la cornemuse, la flûte et le tambourin à cordes incitèrent les hommes à chanter, à lever le gobelet et la *zahato* à la régalade.

Dans l'après-midi, la foule fort échauffée courut aux arènes pour taquiner les coursières de la gadanera Fortegui, comme on l'appelait fort respectueusement. Car il était hautement singulier à Moitezan qu'une femme s'occupât d'élevage et sélectionnât de belles vaches landaises pour les produire dans les ferias, à Mont-de-Marsan et à Capbreton. On la disait un peu folle depuis qu'elle était veuve, rétive au mariage et au mâle en général. Si certains s'autorisaient quelques remarques graveleuses, il en était tout autant pour la défendre, cette princesse des pinèdes, courant la campagne sur sa jument.

— Doña, fais nous voir comme elles sont courageuses, tes belles marraines ! criait-on sur les gradins.

Pour l'heure, la banda occupait le sable, où allait bientôt se livrer le premier combat. Sur le toril et dans les premières travées des tendidos, les écarteurs en habit blanc et rouge se tenaient suspendus aux barrières, prêts à se jeter dans l'arène pour venir exciter les vaches. La foule écoutait les flonflons, suivait des yeux le déplacement des musiciens d'un bord à l'autre du cirque ou donnait de la voix tout en frappant des mains.

Parce qu'on s'impatientait et que, sous le soleil de feu, l'impatience se mue souvent en violence incontrôlable, les organisateurs décidèrent d'engager en guise de hors-d'œuvre quelques landaises peu expérimentées. Ça se devinait à les observer, ces jeunes vaches, qu'elles subissaient le baptême du feu. Celles-ci galopaient dans toutes les directions, ne sachant où donner de la corne, et finalement se cognaient contre les barrières, sous les rires de la foule. On les trouvait bien stupides, ces vachettes à peine sorties de leur corral, on les insultait copieusement, comme si déjà leur réputation était faite. Puis elles s'en revenaient au centre de l'arène, grattaient le sable du sabot et repartaient à l'assaut des jeunes gens qui, n'y tenant plus, avaient décidé de les taquiner un peu. Mais il y avait une forte tradition tauromachique à Moitezan, si bien que tous les garçons étaient aguerris à la course, à l'esquive et à l'art de grimper prestement sur les barrières de protection. Quelques coursayres en herbe avaient déjà acquis une certaine célébrité et leurs prénoms étaient scandés en signe d'encouragement et répétés à l'envi. Ça ne faisait que décupler leur audace, ce petit jeu avec le public, et aussi susciter quelques vocations chez nombre de gamins téméraires.

Les notables de Moitezan occupaient les tribunes d'honneur, à l'ombre. Les Souleyrosse, les Faurel, les Capdot, les Lagrenon se tenaient sur le même rang, fièrement. Les hommes en costume de lin clair et panama sur la tête, les femmes en robe mousseline, rivalisant d'élégance, ne paraissaient guère s'intéresser à la course. Bien au contraire, l'excitation de la foule leur rappelait combien cette affaire de Fiesta Gardera était une corvée, un moment de grande solitude.

Seuls les fils Souleyrosse, Gontran et Frédéric, s'étaient approchés au plus près du sable pour ne rien perdre du spectacle. Ils en étaient friands de cette ambiance festive et enjouée. Et ils zieutaient les filles, surtout les petites paysannes, les employées de maison, les ouvrières pas trop délurées. Car c'était de cette sorte d'innocence qu'ils tiraient leur plaisir.

« Chasse à plumes, chasse à poils », disait Frédéric, le plus stupide des fils Souleyrosse. Et son frère le reprenait, chaque fois, – cette manie en devenait lassante à la longue : « À poils ras… »

Ils s'étaient dressés sur la barrière pour mieux voir.

— Allez, messieurs, leur cria un des écarteurs, montrez-nous que vous êtes courageux, descendez dans l'arène…

Mais les frères Souleyrosse firent mine de ne pas l'entendre. Ils n'étaient pas courageux. Ils pensaient tous deux n'avoir rien à prouver ou à se prouver. Il leur avait suffi de naître riches. Un riche ne risque pas sa peau devant une vache landaise, même devant de petites génisses sans expérience.

À quelques pas, dans la travée, Gontran avait repéré la petite Aurélia Marinzacq. Ces derniers temps, elle avait changé. Elle s'était affinée, une vraie jeune fille, fort attirante.

— N'y pense pas, tu devrais demander l'autorisation à Hector. Il n'est pas facile, Hector. C'est un sauvage, ce type.

Gontran ne répondit pas. Il ne la quittait plus des yeux et se sentait tout émoustillé par son port de tête élégant. Frédéric se mit à son tour à l'observer et fut, tout compte fait, du même avis.

— Comment se fait-il que je ne l'ai pas remarquée jusqu'ici ? Serais-je négligent à ce point ?

Les Verdoises se tenaient auprès d'Aurélia à papoter. L'attention de Frédéric se porta sur elles. « Insignifiantes, se dit-il, des filles de ferme, de celles qu'on renverse dans le foin et qu'on baise sans y penser, machinalement. Ça me suffirait bien. »

— La fille Marinzacq, c'est trop compliqué, ajouta Frédéric. Faudrait faire des promesses, rassurer, jouer le joli cœur, quelle corvée !

— Au contraire, la posséder n'en serait que plus excitant.

Alors Frédéric descendit de son perchoir et quitta l'arène par le passage des ganaderos pour chercher de quoi boire, un petit vin blanc de Tursan, bien frais et fruité. Il se disait. « Si je veux être en forme ce soir, je dois boire et me mettre en train. Les filles, nous verrons plus tard. »

Gontran avait compris que son frère voulait se soûler, comme à son habitude. Et il éprouva de la colère. « Un Souleyrosse ne se donne pas en spectacle, alors que ça chauffe du côté des résiniers et que ce salaud de Crocq les remonte comme une pendule. La guerre, toujours la guerre. Rien ne se peut accomplir du matin au soir sans guerre. Tantôt larvée, tantôt déclarée. »

Il s'agrippa au toril pour observer les coursières de Doña Fortegui. Puis il chercha dans la deuxième et troisième travée la Donessa, comme on l'appelait dans le pays. « Je dois dire qu'elle est une des rares femmes de Moitezan à tenir tête au paternel. Un sacré cran, tout de même, se dit-il. Chapeau bas. » Et il se demanda pourquoi elle refusait ainsi la compagnie des hommes. Mais c'était une question trop compliquée pour sa petite tête d'enfant gâté.

Doña Fortegui était restée aux côtés d'Ernest Luzuru. Elle voulait se rendre compte par elle-même dans quelles dispositions se trouvait le jeune torero. Celui-ci lui paraissait nerveux, ce qui n'est jamais bon à l'instant d'entrer dans l'arène. Elle voulut lui poser quelques questions, et peut-être aussi le rassurer, du moins jauger son état d'esprit, mais il la repoussa en disant que c'était une affaire qui ne concernait que lui.

— Luzu, insista-t-elle, je comprendrais aisément que tu déclares forfait. J'ai Fabriani en réserve. Il ne sera pas aussi brillant que toi, mais qu'importe, nous assurerons quand même. Et le public sera satisfait, n'aie crainte. Tu es si jeune, je ne voudrais pas que tu t'exposes inutilement. Pour affronter Victoria, il faut être au mieux de sa forme.

— Que voulez-vous dire, Doña, que je ne suis pas prêt ? Mais je le suis. Je puis vous le garantir.

Ernest se dandina d'un pied sur l'autre, puis tournoya sur lui-même, se mit à sautiller, à mimer une esquive, tout en pointant du doigt une vache imaginaire. Il fit mine de rester immobile jusqu'à ce qu'elle se ruât sur lui, puis il creusa ses reins d'un fort déhanchement.

— Ça passe, Doña Fortegui ! Pour moi, ça passera toujours. Regardez, la pointe de la corne m'a effleuré, à moins de cinq centimètres, montra-t-il du plat de la main. C'est un fin calcul.

Josée l'observait avec inquiétude. Si l'œil était noir, furieusement noir, déterminé, la carcasse, elle, tremblait un peu.

— Il ne faut pas être trop sûr de soi. Ne pas aller au-delà de tes possibilités, même si on te traite de cobarde, lui conseilla Doña Fortegui. Personne ne te demande de prendre des risques inutiles.

Il croisa ses bras sur sa poitrine.

— Juste de l'écart, ajouta-elle. Pas de saut de l'ange. Juré ?

Luzu hocha la tête avec un sourire agacé. « Une fois dans l'arène, je serai le maître après Dieu », se dit-il en touchant sa croix en pendentif. Il avait déjà prié, au saut du lit, remerciant le Seigneur par avance de lui donner sa chance.

Son ami Guildo lui avait assuré, une fois encore, qu'il serait le plus grand torero des Landes, qu'il ne tarderait pas à entrer dans l'arène de Mont-de-Marsan et de Dax…

Les deux compères, Iban et Timéo, se tenaient à distance, jaloux sans doute d'être considérés par la Donessa pour ce qu'ils étaient, tout compte fait, de simples vachers. Avec eux, elle avait souvent la dent dure, surtout lorsqu'ils se mettaient à exprimer quelque état d'âme. Roy avait dit tout ce qu'il pensait d'eux à Josée : de petits paysans insignifiants qui n'auraient jamais le courage de prendre le large, lâcheté impardonnable pour un Norkliff. Lui et, sur ce point, la dame de Saragos ne pouvait que l'approuver, il ne jugeait son homme que par sa capacité à réaliser ses rêves. Elle leur fit signe d'approcher des coursières. Ça se démenait ferme dans le couloir du toril, donnant de la corne contre les protections de bois.

— Elles sont vigoureuses, fit Timéo.

Il leur effleura l'échine du manche de sa fourche. Pour un peu, le garçon eût voulu les aiguillonner pour les faire enrager. Mais Iban le retint. Ce n'était pas la peine. Elles seraient assez sauvages et rétives au moment d'entrer dans l'arène où tout se jouerait sous le feu du soleil.

— Qu'ont-elles bouffé, ces vachettes ? demanda Anselmo.

Il se tenait aux abords du passage avec ses camarades, Bardinguet, soûl comme un âne,

Guildo, le chapeau de paille enfoncé jusqu'aux oreilles et inquiet comme chaque fois que son petit camarade partait au combat.

— Eh, s'écria Bardinguet, fais gaffe à tes fesses, petit Luzu ! Tu pourrais t'faire encorner pour de bon. C'est pas comme de grimper aux pignadas, cette affaire-là.

Anselmo lui fit signe de se taire. C'étaient des choses à ne pas dire. Puis il se tourna vers Timéo :

— Tu les as passées à la *trementina* ? Ça leur brûle le cul et les mamelles ! Je le vois qu'elles sont tout excitées. M'est avis que tu les as bien préparées, ces petites garces… Et les cornes ? T'aurais pu les épointer un brin, pas vrai ?

Timéo ne répondit pas car la Donessa lui demandait déjà de s'éloigner.

Dans la tribune d'honneur, les épouses Souleyrosse et Faurel commençaient à s'impatienter. Aussi le maire envoya-t-il Léonardi donner le départ de la course landaise. L'homme, préposé à toutes les tâches ingrates, était d'une docilité sans bornes. C'était ce qui faisait son charme, cet étonnant sourire qui accompagnait chacune de ses corvées. Il descendit voir la Donessa, puis s'arma de politesse pour la convaincre d'envoyer sur le sable Lisa et Monita. Elles n'avaient que trois ans et paraissaient bien graciles pour intimider le public. Leur entrée dans l'arène fut saluée par des sifflets et de grands éclats de rire. Aussi les plus jeunes s'enhardirent-ils à les approcher, sans pour autant qu'elles ne se décident à donner l'assaut. Cette situation avait l'art de réveiller la colère chez les aficionados. On attendait un juste face-à-face entre l'homme et la bête, sans pour autant que le sang ne coulât. Des insultes fusèrent contre la ganaderia Fortegui, contre son élevage et la manière dont les vachettes avaient été préparées. Il se trouva même quelques voix pour clamer, haut et fort, que cette course n'était pas digne de Moitezan, qu'elle jetait le ridicule sur la cité.

Tant de véhémentes récriminations excitèrent Doña Josée. Elle se fichait bien qu'on la conspuât, elle qui avait le plus beau troupeau de landaises de la région. C'était une affaire entendue et sa réputation n'aurait point à souffrir de la timidité de Lisa et de Monita. Quelques écarteurs, dont Iban et Timéo, coururent au plus près d'elles pour les piquer à la croupe avec un aiguillon. La manœuvre les fit réagir instantanément et les deux jeunes assaillants, par trop téméraires, roulèrent dans le sable. Elles jouèrent de la corne, tentèrent de piétiner leurs agresseurs, mais sans autre effet qu'une passe désordonnée. Néanmoins, la foule qui désespérait déjà de voir du spectacle se mit à exulter. D'autres jeunes gens allèrent au contact, jusqu'à tenter de saisir les cornes. Mais les petites landaises avaient assez de vivacité et d'agressivité à ce moment pour les repousser. Et on comprit que ces deux vachettes, aussi inexpérimentées qu'elles fussent, avaient du caractère à revendre. Mais à la vue du sang sur le flanc des bêtes, certains aficionados devinèrent qu'on les avait tourmentées à dessein. Ce n'était pas loyal à leurs yeux, ni une manière élégante de traiter l'animal. Elles se devaient d'attaquer elles-mêmes, sans autre artifice. Aussi rejoignirent-elles le bercail sans regret. On en voulait à la ganaderia Fortegui d'avoir livré des bêtes trop jeunes et si mal préparées.

Mais à l'entrée de Nina en scène, âgée de quatre ans celle-ci, bien charpentée, noire de robe et les sabots grattant le sable, on comprit que les passes seraient bien plus élégantes. Luzuru s'y montra à l'aise, jouant avec l'animal, allant chercher les cornes au plus près. Mais le jeu n'était pas aussi brillant qu'on l'aurait souhaité; la bête se montrait lente, ce qui laissait le champ libre au jeune torero. On se mit à l'applaudir, surtout lorsqu'il voulut l'attirer à lui en lui tournant le derrière, comme pour inciter Nina à y planter ses cornes. Par trois fois, il s'exerça à ce jeu, attendant que la vache se ruât sur lui et l'esquivant au dernier instant, comme pour la ridiculiser. La foule battait des mains en criant : « Lu-zu ! Lu-zu ! Lu-zu ! » Les écarteurs se tenaient de part et d'autre, guettant le moment où il leur faudrait intervenir pour détourner unc attaque par trop frontale. Cette présence agaçait le jeune homme, qui disait volontiers qu'il n'avait point besoin d'aide. Surtout avec Nina. Il connaissait la bête. Il l'avait déjà affrontée au lasso, le lui passant dans les cornes pour verser l'animal au sol. Par deux fois, lors de cet étrange dressage, le jeune homme avait été blessé, aux fesses et aux cuisses. Sans gravité.

La Donessa lui avait souvent interdit ces prises, jugeant qu'elles étaient inutilement dangereuses. « J'ai besoin de dominer la bête, disait-il, avant de l'affronter sur le sable… » Car Luzuru croyait que cette domination suffirait à effrayer les coursières. « Ces vaches n'ont aucune mémoire, mon pauvre Ernest, lui répondait Josée. Elles sont sauvages par nature, agressives et impitoyablement batailleuses. La bête à deux pattes que nous sommes, voici son ennemi. Leur tempérament belliqueux les incite à foncer sans retenue, sans égard, sans crainte, sans autre but que de porter un coup décisif. Et une fois à terre, la bête à deux pattes que nous sommes est si vulnérable qu'elle n'a aucune chance. Fasse Dieu de t'épargner un tel destin… »

Insatiable, le public exigeait toujours plus du torero et cette surenchère ne faisait qu'accroître les risques. Doña Fortegui ne pouvait certes pas l'ignorer, mais son sang basque l'emportait sur toute autre considération. Elle était bien trop joueuse dans l'existence pour s'abandonner à des considérations timorées. Et au dernier instant, à la minute même où elle ordonna de faire entrer Victoria dans l'arène, elle ne pensait plus qu'au grand art de la course landaise, s'imaginait des passes savantes, des esquives audacieuses, des écarts en dedans et en dehors. Elle suivit donc les premières exhibitions, sous le feu des applaudissements et des cris de la foule surexcitée, avec dévotion, savourant la beauté du jeu, les mains jointes et le cœur battant la chamade. Elle murmurait du bout des lèvres le nom de son héros, celui sur lequel elle avait fondé tant d'espoirs :

— Montre-leur, mon beau Luzu, montre-leur donc que tu n'as peur de rien, que tu es le meilleur…

Les aficionados s'étaient levés de leurs sièges et scandaient en chœur le nom du torero, en passe de gagner sa notoriété. Si l'on avait ri de lui avec les premières coursières, tout désormais paraissait oublié. On ne voyait plus que son obstination à se frotter ainsi aux cornes de la plus furieuse des vaches landaises du moment. On se disait que ça ferait un sacré tandem dans toutes les arènes du voisinage, Victoria et Luzuru, Luzuru et Victoria, et de beaux spectacles, nobles et généreux, en perspective.

Ernest se trouvait à ce moment si fort sous l'emprise de son succès qu'il manqua de vigilance dans la dernière passe. Soudain, Victoria fit un écart et le torero ne le vit pas, ou trop tard. La pointe de la corne le toucha à la hanche. Il tomba sur la piste, se redressa aussitôt, sachant que, s'il restait à terre, la bête viendrait le piétiner et l'encorner de nouveau en lui portant des coups de bas en haut. Il trébucha. Et avant même que la Donessa n'eût donné l'ordre aux écarteurs d'entrer sur la piste, ceux-ci surgirent de tous côtés, à trois, quatre, cinq, pour détourner la coursière du jeune homme blessé.

Luzuru, pourtant, se sentait assez fort pour continuer, malgré la douleur violente qui le sciait en deux à hauteur de l'aine. Lui, il ne voyait rien, et assurément pas le sang qui marbrait de rouge son pantalon blanc. La tache s'agrandissait inexorablement. Et tout le monde avait compris que le jeune torero, si courageux, si fier, était cruellement blessé et qu'il ne tarderait pas à s'effondrer.

L'un des écarteurs tenta de le retenir, mais Ernest le repoussa avec rage.

— Faut sortir, Luzu !

Il s'empara de lui de nouveau et le tira vers le corral. Le torero traînait la patte et sa tête allait de droite à gauche, comme s'il était déjà à deux doigts de perdre connaissance. La Donessa les suivit jusqu'à la sortie et examina la plaie.

— Conduisez-le chez moi ! cria-t-elle à Timéo et Iban. Avertissez le docteur Lafranquat, qu'il vienne réparer ça au plus vite. Allez ! les exhorta-t-elle.

Les deux vachers se sentaient dépassés par les événements. La vue du sang coulant à profusion les paniquait déjà. Mais ils s'exécutèrent en faisant venir le cabriolet. Ernest Luzuru s'évanouit au moment où on l'installait sur le siège.

Les demoiselles Verdois s'étaient rapidement lassées du spectacle. Elles avaient quitté l'arène bien avant la chute du jeune torero, entraînant dans leur sillage Aurélia Marinzacq. Et pour cause, cette dernière n'avait pas envie de rester seule, bien que la compagnie d'Éloïse et Irène lui coûtât, en définitive. Ainsi, de ruelles en ruelles, elles déambulaient au milieu de la liesse, tantôt attirée par la terrasse d'un café où quelques poivrots se donnaient en spectacle, tantôt suivant la banda de Saint-Sever, avec ses marches bien rythmées à coups de grosse caisse et de grognement d'hélicon.

Du côté de la gare, on avait installé un dancing avec des panneaux en bois multicolores. Les Verdoises auraient aimé entrer mais n'avaient pas de quoi se payer une place. Comme d'habitude, généreuse et prodigue de nature, Aurélia se proposa de leur avancer l'argent, sachant de toute évidence qu'on ne la rembourserait pas. Sans tarder, Éloïse et Irène se trouvèrent des cavaliers pour des polkas endiablées. Et Aurélia se retrouva seule, fort embarrassée de faire tapisserie. Il se trouva naturellement quelques garçons pour la faire danser, mais ceux-ci ne lui plaisaient guère. Ses refus répétés entraînant des réactions hostiles, elle crut préférable de quitter les lieux.

— Aurais-je plus de chance que les autres ? lui demanda Gontran Souleyrosse.

Depuis une demi-heure, il la suivait pas à pas, avec force discrétion, pour ne point risquer de ruiner ses chances. Il avait attendu qu'elle fût seule, désemparée, dévorée par l'ennui pour se décider à entrer en scène.

Mlle Marinzacq fut la première étonnée de son invitation, elle qui se trouvait quelconque, sans personnalité, dépourvue de charme. « Comment pourrais-je intéresser un fils Souleyrosse ? Si ce n'est pour passer un moment agréable… Une danse ou deux, sans doute, se persuada-t-elle, et nous en resterons là. » Elle accepta sans montrer le moindre élan, plutôt avec l'indifférence des jeunes filles qui aiment se faire désirer.

Gontran Souleyrosse la couvrit de compliments sur sa beauté, sur le changement qui s'était opéré en elle.

— Je vous ai remarquée, mademoiselle, depuis longtemps déjà. À Moitezan, il n'y a pas beaucoup de jolies filles comme vous. Et ces derniers temps, où vous cachiez-vous ? Je suis bien curieux, mais ma question est sans arrière-pensée. Simple curiosité.

Aurélia évoqua ses séjours chez sa tante Astride à Mont-de-Marsan. Il voulut en savoir plus, mais elle préféra ménager le mystère sur ses occupations dans la grande maison de la rue Lacalaye.

En vérité, le fils Souleyrosse avait une mauvaise opinion des Marinzacq à cause d'Hector, qui passait pour violent dans la bonne société moitezanne. Aussi Gontran se demandait comment Aurélia avait pu échapper à l'esprit de cette désastreuse famille, dont son père disait qu'elle ne recouvrerait jamais la moindre estime dans le pays.

— Tant de douceur vous viendrait-elle de votre mère ? s'enquit-il.

Elle s'échappa de ses bras qui la serraient de trop près.

— Il n'y a rien de bon chez nous, sauf Taurence, reconnut-elle.

La réflexion lui fit un tel choc qu'il en resta muet de surprise.

— On ne peut tout condamner d'une seule pièce, défendit-il, craignant sans doute que partager ce jugement ne pût lui nuire à l'avenir. L'histoire de nos familles s'est constituée sous des vents et des marées contraires. Personne ne comprend, hormis dans les Landes, la manière dont nous vivons et dont nous pensons.

— Votre famille, Gontran, n'a pas meilleure réputation que la mienne, répondit Aurélia.

Il hocha la tête, amusé que ce linge sale ainsi déballé tout à trac pût constituer le commencement d'une idylle entre eux deux.

— Je crois que nous devrions éviter ces sujets, fit-il.

Ils quittèrent la piste de danse à cause du vacarme qui couvrait leurs voix, prirent ensemble, en se tenant par la main, un grand bol d'air vivifiant. Puis Aurélia partit d'un pas décidé dans la foule qui courait à la parade des petites formations musicales. On les avait fait venir à trente kilomètres à la ronde, chacune brandissant fièrement son étendard. Ils trouvèrent un peu d'ombre sur la place, sous un grand tilleul.

— Qu'espérez-vous de moi, Gontran ?

Il la regarda dans les yeux, en silence. La question le prenait au dépourvu. Surtout, elle l'obligeait à un brin de sincérité, ce dont il se méfiait. On eût pu lui reprocher une promesse, si cette histoire ne le satisfaisait pas.

— Que nous soyons amis.

Elle lui sourit et détourna légèrement la tête.

— En attendant plus…, ajouta-t-il dans une sorte de murmure.

Aurélia posa sa main sur la sienne en signe d'acquiescement.

— Je ne sais pas encore ce que vaut un Souleyrosse. L'avenir nous le dira, dit-elle.

Il répéta la même phrase sur le même ton en remplaçant son nom par celui de sa voisine.

— Nous sommes attirés l'un par l'autre. Tout nous oppose : nos familles, nos histoires, nos préjugés. Et pourtant, pourquoi faudrait-il que nous nous séparions ici, comme si de rien n'était ?

— Je le pense aussi, renchérit Gontran Souleyrosse. Le meilleur de nous se rebelle. Croyez-vous qu'il s'agit d'un peu d'amour ?

— Je n'irais pas si vite. Peut-être, ajouta-t-elle avec un regard malicieux, peut-être pas. Nous verrons bien. Et tenons-nous sur nos gardes.

— Si nous retournions danser ? proposa Gontran.

— Et que penserait votre frère de notre rencontre ? demanda Aurélia.

— Frédéric n'est qu'un imbécile. Lui est un vrai Souleyrosse.

Sachant Florentine Caillavet absente de son domicile, Taurence errait dans les ruelles de Moitezan comme une âme en peine, indifférent à la liesse qui le cernait de toute part. Certains de ses camarades essayaient bien de l'entraîner dans leurs jeux, mais il s'y refusait, le regard noir. Certes, on ne prêtait guère attention à sa mélancolie. On s'était accoutumé à sa mauvaise tête, autant les jours de soleil que les jours de pluie. Et même les belles demoiselles Vaujour ou les petites Sacristine qui s'intéressaient à lui, le trouvant attendrissant à ses heures, n'insistèrent pas. « Laisse donc. C'est un triste, notre Taurence. Nous n'en tirerons rien… », disaient-elles en lui éclatant de rire au nez. Mais le jeune homme ne s'en émouvait guère. Ces assassines réflexions, au contraire, le confortaient dans sa solitude et son repli sur lui-même, ce qui faisait dire à un de ses meilleurs camarades, Julien Lambertini, que le mal en lui était plus profond qu'on ne l'imaginait. « Avec Taurence, on peut craindre le pire… »

Rue de Navarre, il entra dans un estaminet où il avait l'habitude de boire de temps à autre jusqu'à tomber. C'était un endroit des plus hospitaliers, même dans la pire débâcle. Le patron du bistrot, un homme de qualité, le traînait parfois jusqu'à une remise et le couchait sur une litière faite de vieux journaux.

Reprenant ses esprits, deux ou trois heures plus tard, Taurence s'en repartait à la Petite Marquise après une toilette de chat à la fontaine voisine.

À ce moment, il y avait pléthore de viandes soûles dans le bar des Conscrits, car, au milieu de la salle, le patron avait mis un tonnelet en perce. Et ça allait et venait, verre après verre, autour du robinet goûtillant sur le dallage. On faisait « couiner le Thyrse de Bacchus », comme disaient les fins esprits roués aux grandes beuveries. Taurence cueillit un verre qui traînait sur le coin du bar et alla lui aussi puiser à la source.

— Fêtons la nouvelle ! cria-t-il, l'œil torve, à la cantonade.

Un des types lui demanda ce qu'il fêtait. Taurence se campa sur ses pattes chancelantes.

— La mort de mon père.

Un silence se forma dans la gêne.

— Quoi ? s'étonna Antonin, le patron du bar des Conscrits. Victorin est parti ?

— Oui, fit Taurence en vidant son verre cul sec. Il est mort tout à l'heure. Une délivrance. Et là où il est, dans les limbes, ou ailleurs, il n'emmerdera plus personne.

Quelques rires embarrassés se firent entendre, de-ci de-là.

— Tu devrais rentrer chez toi, lui conseilla Antonin.

— Pour quoi faire ? Il reste plus qu'à le mettre dans sa boîte. Babrio en a fait une belle, confortable et tout. De quoi voir venir dans la bonne terre sableuse de notre cimetière.

Puis Taurence se tira un nouveau verre de rouge, laissant le vin pisser un peu sur sa main hésitante. On l'aida à régler le robinet. C'était une horreur, tout de même, de voir partir ce barrot sur le carrelage sans réagir.

— On ne parle pas comme ça. C'est honteux, tout de même, dit Antonin en le poussant vers la rue.

Hector, qui cherchait son frère depuis une heure, parut soulagé de le trouver enfin.

— Je me disais aussi... Encore en train de se soûler.

Il fit signe aux curieux de s'éloigner avec des gestes menaçants.

— Toi, Hector, je te connais pas. Je t'ai rayé de ma vie, maugréa Taurence.

— Il faut montrer un peu de dignité et d'honneur dans cette histoire. Le temps qu'on porte le vieux en terre... Sais-tu où est notre sœur ?

— Avec le fils Souleyrosse, répondit Taurence.

— Lequel ?

— Gontran.

— Qu'est-ce qu'elle fait avec ce type ?

Taurence haussa les épaules.

— En quoi ça te regarde ?

— C'est moi le maître, maintenant. Et j'entends que nos affaires tournent rond.

— Petit chef, n's'pas ? Tu veux nous faire marcher à la baguette. Mais ça se passera pas comme ça, résistance, rude résistance...

Hector le tenait par les épaules, usait de sa force pour le faire avancer, tandis qu'il se débattait avec des gestes désordonnés.

L'aîné des Marinzacq, en vérité, était chagriné par la nouvelle. Rien ne lui déplaisait plus que de savoir Aurélia dans les griffes du fils Souleyrosse. Bonimenteur, coureur de jupons, Casanova de sous-préfecture… Il l'affublait de toutes les tares du monde, de son petit monde bourgeois, lui qui était né avec une cuillère en argent dans la bouche. « Il va la séduire, la corrompre et piétiner son honneur, se disait-il, tout en se jurant au passage d'intervenir au plus vite. Tout ça, c'est la faute de la tante Astride, une bien mauvaise conseillère. » Et emporté par ses noires pensées, il exerçait sa poigne sur le malheureux Taurence, contraint de marcher droit jusqu'à sa voiture, garée près de la gare.

Lorsque Hector et son frère entrèrent dans la chambre, ils virent le lit en désordre, les draps souillés et, à côté, posé sur trois chaises, le cercueil que Babrio avait fabriqué à partir de planches grossières, badigeonnées au brou de noix. Cette décoction dégageait une forte odeur qui empuantissait toute la pièce. Au moins couvrait-elle les miasmes de la mort. Le domestique et Zélia avaient déjà installé le corps dans la boîte, sur un drap de lin « sacrifié », comme elle disait, à cet usage. Victorin fixait le plafond, yeux grands ouverts, bouche béante.

En se penchant sur son père, Taurence éclata en sanglots. Ce spectacle effrayant lui tordait les tripes. Et il sentit, soudain, ses jambes se dérober sous lui. Zélia lui tendit un siège.

« Cet enfant a toujours été exagérément sensible », pensa-t-elle en caressant sa chevelure. Il se laissait cajoler sous l'œil amusé d'Hector, le visage enfoui dans les jupes de sa mère. Il ne regarderait plus jamais son père; cette dernière image qu'il conserverait de lui le hanterait longtemps jusque dans le sommeil.

— On ne va pas passer sa journée à le veiller, dit Hector.

Zélia ne répondit pas. Elle ne voulait pas montrer son indifférence, elle qui avait soigné ce mari, lui avait sacrifié son temps, sa santé. « Tout ça pour un homme qui ne m'a jamais aimée. Son rôle de mari, se disait-elle en l'observant avec détachement, ça se limitait à expédier sa petite affaire, alors que je n'avais le droit de rien dire, peur de ramasser des cochonneries. » Elle regarda son aîné, tout en tenant le petit Taurence contre son ventre, avec le sentiment étrange qu'il avait décrypté le fond de sa pensée. « Celui-là, c'est un sauvage sans cœur, mais il comprend tout, de moi, du monde et de ce que nous représentons sur cette terre. » Elle en éprouva de la fierté.

— C'est toi, maintenant, qui vas commander la Petite Marquise. Je ne sais pas si nous gagnerons au change. Ton père avait au moins un avantage, surtout les derniers temps, à part quelques coups de gueule, il se tenait loin de nous, si loin qu'il ne dirigeait plus rien. Toi, tu ne cesseras de commander, jour et nuit. À bon ou à mauvais escient, qu'importe. C'est le jeu. Il faut un maître. Tout ce que je te demande, c'est d'épargner ton frère.

Hector se tenait immobile, sans que ses traits ne trahissent la moindre émotion. Il n'avait pas à forcer le trait, puisqu'il était devenu ainsi, intraitable, sec, inébranlable.

— Il ne reste plus qu'à fermer ça, fit-il en désignant le cercueil ouvert.

La mère se leva de sa chaise et Taurence se retira dans l'angle de la pièce, le visage tourné vers le mur. Il ne voulait pas qu'on le vît pleurer. Hector haussa les épaules à la vue de la peur qui s'était emparée de son frère.

« La meilleure solution pour lui, pensait-il, serait de quitter le domaine et partir loin, aussi loin qu'il pourra, et surtout sans laisser d'adresse. » Il se surprit à rire à cette pensée. Il n'éprouvait aucune pitié pour son frère.

Zélia rabattit les pans du drap sur le corps de son mari. Elle le fit d'un geste déterminé, sans regret. Puis elle recula en se prenant, soudain, la tête dans les mains.

— Peut-être aurions-nous dû agir autrement ? dit-elle.

— Comment cela ? demanda Hector.

— Sans précipitation. On dira que nous avons voulu en finir au plus vite.

— N'est-ce pas le cas ? s'étonna Hector.

— J'aurais dû prévenir mes frères. J'y songe, maintenant. Jordi aimait bien Victorin.

— Bénézet, lui, s'en fichait bien, dit Hector. Il n'aime que lui, Bénézet. Et comment le lui reprocher ? La vie est ainsi. Dans ce monde, les fortes personnalités ne se soucient guère de ces petits états d'âme.

La mère baissait la tête, n'osant regarder l'intérieur de la bière. Elle se sentait mal à l'aise, prise au dépourvu et tiraillée entre deux sentiments contradictoires.

— Quant à Matelin, poursuivit Hector, nous n'avons jamais entretenu la moindre relation avec lui. Pourquoi commencerions-nous maintenant ? Au contraire, ce serait prendre de bien mauvaises habitudes. Nous devons rester seuls, entre nous. C'est notre destin. Père n'aurait pas trouvé à redire. Ne disait-il pas : « Vous m'enterrerez à la sauvette. Juste le temps de me mettre dans le trou… » ?

— C'est vrai, répondit Zélia. Mais était-il sincère ? Je ne le crois pas. C'était un orgueilleux. Il aurait aimé, en définitive, que des huiles se recueillent sur sa tombe, avec des discours, des fleurs et des larmes…

— Tenons-nous-en à ce qu'il disait, trancha Hector. Tant pis pour lui. Il aura été pris à son propre piège de faux modeste.

L'aîné des Marinzacq se mit à ricaner en allumant une cigarette, une de celles qu'il conservait dans sa poche, roulées d'avance. Le misérable tabac gris, si sec qu'il partait en miettes, tapissait ses fontes. Et parfois il récupérait des brins en retournant le tissu vers l'extérieur pour se faire une chique.

Zélia voulut lui faire comprendre que ce n'était pas correct de fumer dans une chambre mortuaire, mais elle renonça, estimant sans doute que sa remarque n'aurait aucun effet sur lui.

— Qu'on mette le couvercle et qu'on en finisse, dit-il. Ensuite, nous irons accomplir notre besogne quotidienne. Lundi, il sera temps de le porter en terre, vers les sept heures du matin, au son de l'angélus. Sans curé, sans rien. Ce sera parfait.

La mère hocha la tête pour signifier qu'elle était d'accord. Et elle-même posa le couvercle sur la boîte en veillant à ce que la pièce dernière fût bien en place, fort ajustée sur les angles du cercueil. Puis elle descendit appeler Babrio pour qu'il vienne terminer la besogne avec un bon marteau et des clous.

9

Josée Fortegui ne quittait plus Saragos depuis que son jeune torero avait été malmené par Victoria. Ses blessures étaient si profondes et cruelles que le docteur Lafranquat, bien qu'il eût usé de toute sa science pour le tirer de là, avait réservé son pronostic durant dix jours. On avait craint en effet que les plaies ne s'infectent et ne finissent par engendrer une septicémie.

Durant cette convalescence, la Donessa fit d'incessant va-et-vient entre ses dépendances, où elle allait distribuer ses ordres pour la bonne tenue du domaine, et la chambre d'Ernest Luzuru. Par commodité, elle lui avait attribué une grande pièce, voisine de la sienne, aux murs blancs ornés de marines, de dessins tauromachiques et de pastels figurant des scènes de pelotaris. Le jeune homme y occupait un grand lit autour duquel on avait installé une moustiquaire.

Souvent, au milieu de la nuit, Doña Josée s'asseyait auprès de lui, écoutant sa respiration, essuyant la sueur sur son visage et surveillant ses gestes désordonnés dans le délire de la fièvre. Elle avait même aidé le médecin à préparer les pansements, à nettoyer les plaies avec des désinfectants et des antiseptiques.

— Nous ferions de vous une bonne infirmière, disait le docteur Lafranquat, homme fort séduisant d'une quarantaine d'années qui ne se privait pas, au passage, de courtiser la jolie veuve.

Josée Fortegui faisait mine de ne rien comprendre, ce qui le désespérait et l'incitait, tout le moins, à forcer un peu son jeu. Elle s'en amusait. Sans doute aussi était-elle flattée de découvrir qu'elle plaisait toujours, malgré ses années de veuvage et le peu d'expérience qu'elle avait conservé des hommes.

Un soir, il se montra fort entreprenant, au point qu'elle dut quitter la chambre du malade sous un prétexte futile. Elle ne voulait pas le rabrouer, car il lui plaisait bien, cet homme distingué, grand, mince, aux yeux verts, la mine ténébreuse. « Alors, se disait-elle parfois, pourquoi ne point lui céder ? Tu es libre comme l'air, sans attache. Qu'est-ce donc qui te retient ? Ta stupide fierté, ton insatiable orgueil ? » Fortegui se rêvait décidément sans fil à la patte, celui des sentiments que crée l'amour, et aussi de la pitié ordinaire qui nous pousse à aimer par conformité alors qu'on n'en ressent pas la nécessité. « Je perdrais tant de moi-même à me donner… » Et ainsi s'arrangea-t-elle pour faire comprendre au jeune médecin qu'elle n'était pas disponible. Elle sentit sa déception, comme une vague d'eau glacée qui vous vient en plein visage.

Elle s'attacha ensuite à atténuer sa déconvenue par quelques paroles gentilles, perçues comme ambiguës. Car le moindre soupir, le plus petit regard, un geste insignifiant suffisaient à rouvrir la plaie chez cet homme par trop sensible et fier.

Un jour, Lafranquat lui demanda, alors qu'elle faisait un brin de toilette à Ernest, une occupation que sa dame de ménage, Mlle Juliette, eût pu tout aussi bien faire à sa place :

— Qu'est-il pour vous, ce garçon ?

— Ernest ? s'étonna Josée. Mon vacher et mon torero, répondit-elle fièrement, trouvant sans doute que le médecin se montrait bien méprisant envers lui.

On ignorait sans doute encore à Moitezan combien la Donessa était attachée à son domaine de Saragos et à tous ceux qui œuvraient pour sa prospérité.

— Je trouve, poursuivit-il, que vous prenez grand soin de lui. Ce n'est après tout qu'un…

Il baissa la tête. Doña Josée posa sa main sur la sienne. Il lâcha sa trousse qui chuta sur le carrelage. Il se baissa pour la ramasser.

— Un misérable journalier, murmura-t-elle, n'est-ce pas ? C'est bien ce que vous pensez, François ? Je devrais tenir mon rang. Et me dire que ce Luzuru n'a rien à faire dans la chambre voisine de la mienne. Et même dans ma maison, alors qu'il serait aussi bien à l'hospice de Saint-Sever.

— Non, se défendit-il. Ça ne me regarde pas. Mais vous savez la profonde amitié que je vous porte. Et tout ce que vous faites m'importe, m'interroge, m'intrigue...

Josée Fortegui lui fit signe de la suivre dans l'alcôve où étaient entreposés des vieux livres, des collections de journaux basques, parmi lesquels le *Diario de los estranjeros* dont elle était une fidèle lectrice, et des toiles de Arrue et de Perico qu'elle trouvait hideuses.

— Je me sens responsable de ce garçon, fit-elle. C'est moi qui l'ai poussé à entrer dans l'arène pour affronter Victoria. Il aurait dû se contenter de quelques passes avec nos petites coursières, mais il a voulu me montrer son talent et son courage. Quand je songe qu'il aurait pu en mourir... C'est une faute que je ne me serais jamais pardonnée.

— Vous éprouvez quelques sentiments pour lui ?

— Vous croyez cela, François ?

— Je le soupçonne, effet. Ce jeune homme, ce très jeune homme, insista-t-il, ne vous est pas indifférent.

Josée posa un baiser furtif sur le front du médecin. Elle le trouvait si attendrissant à ce moment, en proie à cette menue jalousie, qu'elle ne put résister. Ensuite, elle jugea son attitude puérile et stupide, surtout lorsqu'il tenta de la prendre dans ses bras et qu'elle dut s'effacer aussitôt d'un pas de côté.

Ce fut en vérité le seul événement marquant de ces longues journées et nuits de convalescence. Ernest reprit du poil de la bête au bout de quinze jours. Il sortit de son lit quand la fièvre s'estompa et qu'on jugea tout risque d'infection écarté. Iban et Timéo lui fabriquèrent des béquilles pour qu'il pût se déplacer dans la maison et le jardin. Et comme il s'interrogeait sans cesse sur son devenir de torero, Doña Josée s'employa à le raisonner.

— J'ai bien compris, Donessa, que je ne serai jamais un grand torero, comme Frascuelo. Je suis entré dans l'arène, expliqua-t-il, la peur au ventre. Victoria a senti mon hésitation. Elle en a profité. Je ne lui en veux pas. J'irai lui rendre visite, dès que je le pourrais, d'ailleurs. J'irai la remercier…

— De quoi donc, Ernest ?

— De la leçon qu'elle m'a donnée… Comprenez-vous, Donessa ? J'avais besoin de ce coup de corne.

Il se mit à grimacer en se souvenant de sa douleur lorsque la bête l'avait « piqué », comme il disait, à l'aine au beau milieu de l'après-midi. Il avait affronté Victoria avec le soleil dans les yeux. À cet instant, il s'était senti fort et prêt au combat, mais la coursière l'avait encorné avant même qu'il n'eût pu réagir. À quoi pensait-il à cette seconde ? À ce soleil qui lui faisait de l'œil ? À cette foule qui hurlait son nom ? À Francesca Aral, la jeune fille brune aux yeux noirs qui se refuserait à lui tant qu'il ne serait pas un grand torero ? Il baissa la tête. Il avait honte. « Je n'arriverai jamais à me résoudre, si Dieu le veut, à devenir un garçon ordinaire. Aussi, se dit-il, je reviendrai affronter Victoria. Et je prendrai ma revanche. Ou je mourrai, cette fois. Et tout sera dit, écrit et classé dans l'ordre des choses. »

Durant ces journées de convalescence, Luzuru s'était habitué à la vie luxueuse de sa patronne. « Le bon côté des choses », se disait-il. L'attention et la sollicitude de la maîtresse de Saragos avaient fini par troubler le jeune homme. Elle avait passé de longues heures à son chevet, elle s'était permis de faire sa toilette, de le cajoler comme un enfant. Elle lui avait même glissé au creux de l'oreille des mots pleins de tendresse, des mots auxquels, dans sa courte vie, il n'avait jamais eu droit. Et venant de la Donessa, c'était plus qu'il n'aurait jamais pu espérer.

Aux heures critiques, Josée Fortegui avait tellement craint pour sa vie qu'elle s'était autorisé le droit de lui apporter ce réconfort, de lui insuffler la force de rester sur le versant de la vie. Puis, lorsque la peur s'était estompée, Doña Josée avait repris ses distances avec Ernest, naturellement. Il en fut chagriné. Car il avait secrètement espéré qu'elle demeurerait proche de lui, de cet « amour de petit homme », comme elle disait, au moment des grandes fièvres.

— Je ne suis plus votre « amour de petit homme » ? Je sais que vous m'appeliez ainsi quand j'étais au plus mal.

— Non, maintenant, tu es un grand garçon, Ernest. Tu quitteras bientôt cette chambre et tu retrouveras ta place dans le quartier des vachers en me promettant de ne plus jamais affronter Victoria.

À sa moue dubitative, Josée Fortegui devina que son protégé ne resterait pas sur cet échec. Et elle en ressentit une vive tristesse.

— Que vous importe que je meure, fit-il pour s'attirer le brin d'affection que sa maîtresse lui refusait désormais.

— Tu es grand et fort, courageux et surtout intelligent, mon petit Luzu. Tu dois comprendre que je ne pourrai plus rien pour toi. Si tu as envie de retourner dans l'arène, comment pourrais-je t'en empêcher ? Mais je m'en inquiéterai, forcément.

Il tenta de passer un bras autour de sa taille. Mais elle s'esquiva comme elle l'avait fait avec le docteur Lafranquat.

— Je croyais que vous m'aimiez un peu.

— Bien sûr que j'ai de l'affection pour toi.

— J'attends bien plus de vous, maîtresse.

— Ne fais pas l'enfant, Ernest. Je ne suis ni ta mère ni ta maîtresse, ni rien de plus que la dame de Saragos, comme ils disent tous dans le pays.

— Être seule, toujours seule, comment pouvez-vous ? Seriez-vous inconsolable ?

Il désigna le portrait de Pestor sur la *manka*, un imposant buffet basque à deux portes où elle rangeait les papiers du domaine.

— Ça ne te regarde pas, Ernest. Tu ne dois pas te montrer aussi familier avec moi.

— Oh, patronne, vous me faites de la peine.

Elle voulut sourire à l'idée que ce jeune coq pût être amoureux d'elle, mais son sourire se figea lorsqu'elle comprit enfin qu'il avait voulu accomplir un exploit en affrontant Victoria rien que pour lui plaire. Elle ne sut lui répondre, sinon en se retirant dans son cabinet de travail.

« J'aurais dû le rabrouer, se reprocha-t-elle, lui faire comprendre une bonne fois pour toutes qu'il m'a manqué de respect. Mais d'où me vient cette faiblesse avec les hommes, cette incapacité à poser des barrières qui fait naître chez eux de folles espérances ? »

Josée Fortegui s'observa dans son miroir. « Belle et séduisante encore, jugea-t-elle, malgré une froide et hautaine posture. Ma seule défense devant les hommes. Je veux leur en imposer. Sinon, je me perdrais aisément, comme ce fut presque le cas avec le docteur. Celui-ci, pensa-t-elle, il aura été à deux doigts d'entrer dans ma chambre. »

Jean Crocq avait prévenu ses camarades au cours de l'une de ses fameuses harangues sur la place de la gare où les résiniers – du moins, les plus combatifs – se réunissaient le dimanche : « Si nous réussissons à démobiliser l'équipe de Pablo, les gars, on aura décroché la timbale… » Ce n'était un secret pour personne, les hommes de Pablo et de Riccardo, les Espagnols, comme on les appelait communément, formaient la plus belle équipe du secteur, les mieux soudés de toutes les Landes, les plus acharnés au travail.

Ce jour de juin, par un beau dimanche de soleil, alors que tous avaient l'envie d'aller se promener sur les plages et de manger du poisson grillé sous les pins avec leur petite famille, les propos de Crocq parurent survoler l'assistance sans susciter la moindre réaction. Pourtant on se sentait bien assis sur la place, les uns contre les autres, animés d'un sentiment de toute-puissance.

— Sans nous, mes camarades, répétait Crocq, le petit homme trapu toujours vêtu de coutil noir, la moustache conquérante, le sourire en berne, comme si le sérieux et l'austère faisaient partie de sa ligne de conduite, les propriétaires n'auraient que leurs yeux pour pleurer. La gemme pourrait couler à son aise, il n'y aurait personne pour la recueillir. L'amassa de la résine, c'est nous. Rien que nous. Voilà notre force. Et nous ne savons pas nous en servir. Je répète ça sur tous les tons depuis des années, mes camarades, et je me refuse à croire qu'il ne sera pas un jour, un grand jour, où vous vous dresserez tous pour montrer notre force aux propriétaires, aux profiteurs, aux affameurs ! Notre force ! criait-il en levant un poing serré à s'en blanchir les phalanges.

Le secrétaire du syndicat avait beau scruter la foule réunie devant lui sur le sable de la place, il ne voyait que peu de poings dressés. Ça le désespérait, ce prêche dans le désert. D'autant que cette petite centaine d'hommes était les siens, sa garde rapprochée, les fidèles d'entre les fidèles. Ceux-là avaient été de tous les combats avec les scieurs de Lit-et-Mixe payés deux francs cinquante pour dix heures de travail. Ils avaient participé aux réunions de Pixos pour la création de la coopérative syndicale et, à Mont-de-Marsan, ils avaient fait la claque pour la venue de Marcel Cachin.

Le prêcheur répéta à l'envi quelques-uns de ses morceaux choisis pour secouer l'apathie qui gagnait l'assistance. Mais cette messe avec ses homélies vengeresses contre Souleyrosse, Capdot ou Faurel, c'était du réchauffé. Et les gemmeurs se mirent à deviser entre eux, comme si la cérémonie était achevée et que chacun s'apprêtait à rentrer bien sagement dans son foyer.

Quelques voix entonnèrent *L'Internationale*, mais le second couplet, celui qui évoquait le fer qu'il faut battre tant qu'il est chaud, se perdit en chemin.

Trois jours plus tard, l'un des *compañeros* de Pablo Gassias demanda à voir Crocq. Celui-ci vivait dans une maison à Bapoueyre, à deux pas des scieries de Faurel. Le secrétaire du syndicat hésita à lui ouvrir sa porte, car son adjoint, Malinier, s'était absenté pour aller acheter du tabac à Moitezan. Ce dernier lui servait d'homme à tout faire, tour à tour secrétaire, cuisinier, garde du corps. Il était l'homme de l'ombre, la doublure du chef syndical. Il l'aidait à rédiger ses discours, à préparer ses interventions, tapait ses communiqués sur une petite machine à écrire Adler dont il se servait avec dextérité.

— Je n'ouvre pas, cria-t-il à travers la porte. Faut passer par mon adjoint.

Ces derniers temps, Crocq était l'objet de menaces de mort. Ses ennemis lui promettaient de finir à la digue des Tronquets avec un poids de fonte aux pieds. C'était sans doute de l'intimidation, mais Jean Crocq prenait ces propos très au sérieux. Et du reste, son Malinier ne le lâchait pas d'une semelle.

Abel Picardin insista en tambourinant à la porte. Crocq demanda quelques explications à son visiteur, qui était-il et ce qu'il venait faire ici. L'adjoint de Pablo se montra assez convaincant pour que le chef du syndicat des résiniers lui ouvrît.

— De quoi as-tu peur, camarade ? s'étonna Abel.

— De rien, mais je ne reçois personne à cette heure.

— Ça serait pas parce qu'on en voudrait à ta peau, par hasard ? questionna Picardin en ôtant son chapeau de paille au bord effrangé.

Crocq le dévisagea d'un regard froid. Cet homme, du reste, ne savait pas sourire. Il était ainsi fait, le visage lisse, les traits figés, les lèvres minces sur des dents jaunes. L'antipathie naturelle qu'il inspirait eût dû le desservir, mais paradoxalement, c'était par cette sévère figure qu'il avait conquis la confiance des ouvriers, et la détestation des patrons et des propriétaires terriens sur tout le territoire des Landes.

— Es-tu l'un de nos camarades ou un sbire de Faurel ?

— Est-ce que j'ai la tête d'un de ces chiens galeux ?

Le chef du syndicat l'observa plus attentivement. Il sentait une flamme dans son regard qui, décidément, ne trompait pas.

— Un de nos gars ? Tu es un de nos gars ? Tout ce que je veux savoir, c'est si tu es sincère. Tu ne joues pas double jeu ?

À sa manière de réagir, son port de tête, et par un petit mouvement entendu du menton, Crocq comprit qu'il n'avait rien à craindre.

— Tu peux rentrer. Mais il faut que tu aies des choses importantes à me dire, prévint-il, sinon, camarade, mon cher camarade, tu me ferais perdre un temps précieux. Je suis tout entier dévoué à la cause, jour et nuit.

Il posa une main sur son épaule, puis la serra sous ses doigts, comme pour montrer sa force, sa brutalité d'homme intraitable. Une vieille habitude dans le petit cercle des intimes. Un chef se devait d'être un bloc de granit.

— Je suis un des équipiers de Pablo. Je me nomme Abel Picardin.

Crocq fit mine de réfléchir, de creuser dans sa mémoire, car il avait besoin de dire, une manie de chef, qu'il connaissait son visiteur, qu'il avait des renseignements sur lui, même s'il ignorait tout de lui, comme de la plupart de ceux qui l'approchaient et dont il se fichait comme d'une guigne.

— Pablo me déçoit beaucoup, avança Crocq. Tu me comprends ? Il n'est pas exactement des nôtres. C'est un camarade qui a le cul entre deux chaises. Je ne dis pas qu'il n'a pas conscience d'être exploité, mais ce qui le gâte, c'est sa fidélité à son patron. Un bon camarade doit avoir la haine de classe chevillée au corps. Tu n'es pas de mon avis, Abel ?

Picardin hocha la tête.

— Chez les Marinzacq, ça ne paye pas mieux qu'ailleurs.

— Oui, justement..., s'emballa Picardin, mais Crocq l'interrompit pour achever sa démonstration :

— Et avec la mort du vieux, ça n'ira pas mieux. La relève est assurée. Hector se montrera encore plus féroce que son père. C'est l'époque qui veut ça. Le siècle a commencé avec la haine du prolétaire. Mais sois assuré, Abel, qu'il finira avec la mort des patrons. Et après eux, ce sera la collectivisation des terres. La naissance d'une ère nouvelle, radieuse, heureuse, pour tous les misérables.

Durant ces belles envolées, dont Crocq était coutumier, son visage vibrait sous le fouet de la passion.

— Justement, répéta Picardin, je suis venu te dire que nos hommes sont d'accord pour se mettre en grève.

— Pablo aussi ? Il aurait changé à ce point ?

— Pablo, non, répondit Abel. Mais les hommes, oui. Toute l'équipe est prête à arrêter l'amasse. C'est le moment le plus favorable, les larmes de la pinède coulent à flots.

— Bravo ! s'écria Crocq en serrant les mains d'Abel. C'est une grande nouvelle.

Il s'arrêta soudain, suspendu à une confirmation franche et précise.

— Tu es sûr de toi ? Bien sûr ? insista-t-il. C'est grave, ça. Ça va leur rabattre le caquet aux Souleyrosse et aux Faurel, mon camarade. L'équipe de Pablo en grève, la meilleure du patelin. Tu peux dire que ça fera l'effet d'un coup de canon. Et moi, foutredieu, ça me donnera un sacré coup de pied au cul, je vais les faire payer. Oui, payer. Au moins, un franc de plus la barrique, voire un franc cinquante, si la chance nous sourit. Sinon, leur putain de gemme, elle ira pourrir au pied des pins.

Et il se frappa les cuisses, prit son visiteur par les épaules et l'enveloppa de ses bras maigrelets.

— Je vais aller parler aux gars. Même si Pablo si oppose, nous lui ferons fermer son bec. Et ensuite, faudra faire le tour des pins et casser les pots, un à un, arracher les crochets. Faudra que la résine pisse dans la terre, des jours et des jours. Ça, te dis-je, Picardin, c'est de nature à terroriser le propriétaire. Nous perdrons des jours d'amasse, certes, mais eux, les salauds, ils perdront bien plus que nous, tu peux me croire. Et ça tardera pas à les faire réagir. Tel que je connais Marinzacq…

Crocq se mit à jubiler, à pousser de petits cris. Ça lui sortait du ventre, des tripes, cette rage qui s'épanchait enfin.

— Et du côté des Souleyrosse ? demanda Abel.

— On est fin prêts. D'ici deux jours, tout le monde sera en grève, nom de Dieu. Tout le pays.

De bon matin, avant même que le soleil eût pénétré dans les pins et inondé les profondeurs végétales, Hector était là, allant d'un tronc à l'autre, excité, fouettant de sa badine tout ce qui entravait son passage. Lorsqu'un genêt l'empêchait d'avancer, il dégrafait l'étui de sa machette accroché à son ceinturon et, extirpant l'engin avec rage, frappait à l'oblique, un coup à droite, un coup à gauche, pour écharper l'arbuste.

Pablo avait renoncé à le suivre. Il était désespéré par ce qu'il avait vu, des centaines et des centaines de pots brisés sur les troncs, dont les éclats de terre cuite gisaient au pied des arbres sur les aiguilles et les pignes de pin.

— Il me faut les coupables, exigea Hector, sans se retourner. Je les veux, pieds et poings liés. Je les enchaînerai dans ma cave, sans boire ni manger, jusqu'à ce qu'ils crèvent, les salopards.

Il fit volte-face et comprit que ses paroles se perdaient dans le vide.

— Où es-tu, Pablo? Je veux que tu me suives, un pas derrière moi, comme un chien docile. Sinon, je te ferai fouetter, toi aussi.

En entendant cette injonction colérique, Pablo courut dans les genêts, se prit dans les hampes de ronce et faillit chuter. Hector le rattrapa par le col de sa chemise, si brutalement que le tissu se rompit sur une belle longueur.

— Dis-moi que tu es pour rien dans cette sale affaire.

Le chef d'équipe se mit à hocher la tête, faisant tomber de grosses gouttes de sueur. C'était la peur qui lui donnait ces suées, la peur que ses hommes fussent impliqués. Riccardo, Selmo, Picardin… Il doutait de Picardin. Combien de fois l'avait-il surpris à faire des messes basses avec ses hommes ? C'était un sournois, ce putain de parpaillot.

— Regarde, Pablo ? Ce n'est pas une honte, ça ?

Il lui montra la gemme coulant à profusion jusqu'au sol.

— Juste au moment où ça donne. Et les pots brisés, emplis de résine, prêts à l'amasse… Du sabotage. On veut ma perte. Mais je ne serai pas le seul à en pâtir. Vous n'aurez pas un sou. Rien, nada tant que je ne serai pas rentré dans mes frais. Et je ferai fermer le Roucoulès. Vos familles seront jetées sur les routes, condamnées à mendier leur pain. Ce sera ma vengeance, fit-il en donnant du poing contre l'écorce d'un pin centenaire, rageusement, jusqu'à se mettre en sang.

Tous les *catchots*[1] de Darrigues et de Plat-Bonne avaient subi le même sort. Et s'il s'en trouvait encore une douzaine d'intacts de-ci de-là, ils le devaient à l'empressement des saccageurs. Sans doute l'affaire avait-elle été menée de nuit, à la lueur de la pleine lune, par des ouvriers qui connaissaient bien les lieux. Désormais, Hector ne doutait plus; deux ou trois des hommes de Pablo avaient participé au massacre, ne serait-ce que pour guider les saboteurs.

— Qui a pu faire ça? s'interrogea Pablo en faisant tourniquer son béret sur sa tête.

— Si tu as des soupçons sur des types de ton équipe, tu devras m'apporter leurs têtes sur un plateau. À moins, que toi aussi, tu ne fasses partie du lot…

Pablo se défendit avec force, jurant qu'il avait toujours été fidèle à ses engagements, qu'il avait même réussi à convaincre ses hommes de ne pas aller écouter le chef du syndicat. Mais Marinzacq avait besoin de la parole d'honneur de Gassias.

— Jure-le moi que tu n'y es pour rien, jure-le-moi.

Il lui fit signe de se mettre à genoux devant lui. Pablo s'exécuta, docilement. Tout ça lui

1. Pots suspendus aux troncs des pins pour recueillir la résine.

paraissait d'une telle injustice qu'il se fût coupé en quatre pour prouver sa bonne foi.

— Répète après moi, Pablo, la main sur le cœur : « Si je mens, je meurs sur-le-champ. »

L'homme obtempéra, tête baissée. Hector sembla rassuré et lui tapota l'épaule. Cependant, Pablo ne pouvait se départir d'un malaise qui le possédait depuis le début de l'affaire. Un doute. Son adjoint Picardin pourrait bien être mouillé dans le complot. Un désespoir de plus. Et pour en avoir le cœur net, il se proposa de réunir toute son équipe afin de tirer les choses au clair. Hector abonda dans son sens. Pourtant, le nouveau maître de la Petite Marquise ne se faisait guère d'illusions. Il savait combien l'atmosphère était lourde dans le pays landais depuis que Crocq prêchait la guerre sociale. « Ils n'auront pas osé s'attaquer aux pinèdes de Souleyrosse, pensa-t-il. C'est pourquoi ils sont venus chez moi. Je ne pèse pas le même poids qu'un Faurel ou qu'un Capdot. Peut-être se gaussera-t-on de mes infortunes. Maintenant que le vieux père Marinzacq a passé l'arme à gauche, on va me chier dessus, rien que pour vérifier si je suis à la hauteur de mes nouvelles responsabilités. »

À grandes enjambées, il rejoignit sa monture dans la clairière de Plat-Bonne. L'endroit était désert, il en fut surpris. « Où sont les hommes de Pablo ? s'interrogea-t-il. J'aurais préféré qu'ils soient là pour compatir à mon malheur. »

— Non, rien, marmonna-t-il. Ça prouve qu'ils n'ont pas la conscience tranquille.

À peine Marinzacq eut-il quitté Plat-Bonne que tous les ouvriers de Pablo sortirent du bois, comme par enchantement. Ils faisaient grise mine.

— Qui a vu Crocq ? demanda Selmo.

Riccardo sonda chaque visage. Il se faisait fort de lire dans les pensées. Mais il n'eut point à exercer longtemps son art de la divination.

— Moi, dit Abel Picardin. Je suis allé le voir à Maureilhan.

— Pour quoi faire ? questionna Riccardo.

— La grève va toucher tout le pays, dit-il. Nous obtiendrons un franc, voire un franc et demi de mieux.

— C'est lui qui t'a demandé de briser les *catchots* ? s'écria Pablo qui venait juste d'arriver dans la clairière, essoufflé par l'effort.

— Non, se défendit Abel. Nous n'avons parlé que de la grève. La casse, ça ne vient pas de lui, assura Picardin.

— De qui alors ? demanda Pablo.

Picardin croisa les bras, le regard perdu dans les cimes des pins, incendiés à cette heure du jour par la violente lumière de l'été.

— Mon pauvre Abel, tu es bien naïf, fit Pablo. Que pèses-tu dans cette histoire ? Rien du tout. Tu es un vermisseau. Crocq ne t'a pas dit toute la vérité. Je crois même que tu as été roulé dans la farine. Ça n'a pas dû être bien difficile, tu es tellement stupide. Ne vous avais-je pas dit, les gars, que nous ne devions pas mettre le doigt dans cet engrenage ?

— Il n'empêche, défendit Selmo, nous devrions profiter de la situation pour demander un franc de plus. Qu'en pensez-vous, les gars ?

Et, à main levée, les équipiers de Pablo Gassias votèrent la grève. C'est alors qu'il comprit que, chez les résiniers, la guerre sociale avait éclaté, non seulement dans les forêts de Marinzacq, mais partout ailleurs, jusqu'à Mont-de-Marsan.

Léonardi était arrivé aux Tronquets dès la levée du jour pour s'assurer que les tentes étaient en place et que le vent de la nuit n'en avait pas bousculé l'ordonnancement. Il fit un rapide tour, compta les chaises de rotin blanc, arpenta la tribune avec son calicot tendu aux armes de Moitezan. Puis il s'avança au bord de la falaise, là où les machines avaient foré dans le sable des puits géants d'une profondeur impressionnante. Cinq mètres, disait-on, avant de trouver le dur. Il alla de l'un à l'autre, dix en tout, alignés sur une soixantaine de mètres. L'un d'eux avait été empli de béton. Seule l'armature en ferraille pointait en l'air, menaçante. Le secrétaire observa le mouvement des vagues sur la grève, alors que le vent se levait. Il dut poser la main sur sa tête pour retenir son chapeau.

Le cocher de Faurel était resté dans la calèche, immobile comme un mannequin de cire, avec ses moustaches en pointes et sa figure émaciée, taillée à la serpe. Il lui fit signe de s'approcher de la tente, mais le bonhomme ne comprenait rien. « Esprit reptilien des gens de peu », pensa Léonardi en ricanant.

— Oh, Bougrat, viens donc voir !

Il fit des gestes dans sa direction et le type finit par comprendre qu'on le demandait.

— Pourquoi ? dit-il. Je suis cocher, moi, rien que ça.

— Vérifie donc les amarrages du chapiteau.

Le type se mit à tâter la tension des cordages, plutôt négligemment.

— Fais ça sérieusement, Bougrat. Je te préviens, si ça se déglingue, tu seras tenu responsable.

Alors le cocher retendit les amarres en y mettant un peu d'entrain. Le vent avait prise sous les bâches blanches et faisait cliqueter les armatures, comme sur le pont d'un voilier.

— À quoi que ça sert tout ça ? demanda le cocher.

— Tu ne t'intéresses à rien, imbécile.

— On m'a appris à point poser trop de questions.

— Ici, animal, on va construire l'Établissement des bains.

D'un geste, le secrétaire esquissa l'ampleur du futur vaisseau de pierre, de brique et de bois. Puis il énuméra pour lui-même, une manière de vérifier s'il avait bien retenu la leçon lorsque les huiles viendraient l'interroger, le nombre des chambres, des cabines, la dimension de la terrasse, la forme de la salle des fêtes et de quelques autres équipements de commodités. À vrai dire, le cocher n'écoutait pas. Il suivait des yeux, sur le chemin côtier, l'approche d'un attelage garni de femmes.

— Les cantinières, annonça Léonardi. Chouette, elles sont à l'heure. Un bon point.

Et il se réjouissait tellement de la tournure des événements qu'il s'autorisa à allumer un cigare en se plaçant dos au vent. Les femmes descendirent du charreton en papotant et rigolant à leur aise. Puis elles rapportèrent le chargement : des panières et des malles en osier, emplies de bouteilles et de verres. Léonardi leur fit signe de les installer dans la tente carrée du service.

— C'est là que vous devrez vous tenir, ordonna-t-il. Et ne vous montrez, comme on vous l'a déjà indiqué, que pour abreuver ces messieurs !

Quelques serveuses voulurent enfiler leurs tabliers blancs bordés de dentelle, mais Léonardi le leur interdit avec agacement.

— Au dernier moment, vous dis-je. Sinon ils seront salopés avant que la fête commence.

Une heure plus tard, les voitures à cheval se succédèrent sur le plateau herbu, déversant les invités, élus et notables. Les hommes occupèrent le premier rang de chaises sous le chapiteau, les femmes en robe à fleurs prirent place derrière. Le secrétaire s'employa à jouer les placiers avec zèle, fébrile à l'idée de commettre un impair. Quelquefois, il extirpait de sa poche un petit pense-bête.

Puis on vit arriver à cheval un détachement de gendarmerie en uniforme de parade. Les serveuses ne purent contenir leur curiosité, s'éparpillant sur la lande, mais Léonardi y mit bon ordre. Car il tremblait de trouille à l'idée que cette jolie fête solennelle prît quelque air négligé. Surtout au moment où Faurel entrerait en scène avec le ministre.

Enfin, l'automobile du maire, la seule autorisée, avança en pétaradant jusqu'à l'entrée des installations. Les gendarmes rendirent les honneurs dans le vent qui faisait claquer l'étendard de leur compagnie. Les Souleyrosse, les Capdot, les Lagrenon et quelques autres notables se pressèrent pour accéder aux meilleures places. On vit même des dames jouer des coudes pour s'en approcher.

— Où est le ministre ? demanda Aurélienne Lagrenon.

Léonardi lui montra un fringant quinquagénaire, le cheveu rare, la moustache fleurie et les lorgnons posés sur l'arête du nez. Il paraissait s'ennuyer aux côtés de Faurel qui lui parlait avec force gestes. Fernand Dubief semblait perdu sur cette crête de dune au milieu du parterre de gens.

— Je vous présente monsieur le ministre du Commerce et de l'Industrie, répétait Félix Faurel d'une voix enjouée, jubilant à l'idée d'avoir rallié à sa cause un tel personnage, si rare par ces temps de guerre scolaire avec les congrégations.

Dubief serrait les mains des personnes qu'on lui présentait sans y accorder la moindre attention. Cette froide distance agaçait Souleyrosse. « Il faudra bien qu'il nous entende, le ministre, se disait-il. La grève des résiniers, les inventaires, le sucrage des vins et l'exercice des bouilleurs de cru… » Les doléances, Souleyrosse en avait plein sa besace, tandis que Faurel paraissait sur un nuage, comme s'il avait déjà oublié toutes les questions qu'on lui avait soumises.

— C'est un grand honneur, dit le maire, que vous soyez descendu de Paris pour poser la première pierre de l'Établissement de bains de Moitezan. Tous nos sociétaires sont là, nos administrateurs, nos financeurs, tous, s'excitait Faurel en gesticulant.

Le ministre hochait la tête en les observant un à un, puis on finit par lui laisser la parole. Il salua le courage d'entreprendre propre au génie français. On alla se recueillir autour du chantier, tandis que Léonardi partit dans ses longues explications sur le nombre des chambres, des cabines, et du bienfait des bains chauds et des ablutions.

Dubief se tourna vers Faurel, le prit par le bras. Ils firent quelques pas ensemble, histoire de semer le troupeau qui les suivait, docile et empressé.

— Tout ça va donner de l'éclat à l'économie locale, dit le ministre. Et remplir les poches de vos administrateurs.

— Vous nous aiderez, monsieur le ministre ? demanda Faurel. Parce que nous souffrons en ce moment avec la grève des résiniers. Il serait temps de remettre ces révolutionnaires à leur place.

Il désigna le petit peloton de gendarmerie pour signifier qu'on attendait un peu d'ordre de cette République radicale. Dubief n'accompagna point son geste du regard. Il avait compris ce qu'on attendait de lui. Il répondit que sa visite ne concernait que l'Établissement des bains et que, pour le reste, on en discuterait tranquillement dans le bureau du maire.

La cérémonie terminée, chacun reprit ses équipages. Le ministre, comme on pouvait s'en douter, passa en coup de vent à la mairie et repartit à Paris par le premier train de Bordeaux.

Devant les critiques de ses affidés, Faurel répliqua que la grève ne concernait pas le gouvernement. Il avait assez à faire avec les inventaires et la fronde des curés.

— Si ça s'envenime, reconnut-il, nous devrons demander l'intervention de la force publique. Pour l'heure, mes amis, il nous faut briser cette engeance.

— Et comment ? demanda Souleyrosse.

Léonardi se leva, comme mû par un ressort, pour fermer la porte du cabinet de travail. Il était plus qu'obéissant et devançait obséquieusement les désirs supposés de son maître.

— Laissons entrer la dame, tout de même, s'inquiéta Souleyrosse en apercevant Josée Fortegui dans l'entrebâillement de la porte.

Faurel éclata de rire.

— On tient particulièrement à votre présence, fit le maire en accueillant la jeune femme.

Elle avait assisté à la petite cérémonie aux Tronquets, discrètement.

— Nous aurions des questions à vous poser, madame Fortegui, fit Capdot fort remonté contre elle.

Le propriétaire de La Riboulée la tenait entièrement responsable des difficultés présentes dans les pinèdes.

— Je n'ai rien à vous dire, se défendit-elle.

— Il n'y a que chez vous que les ouvriers ne sont pas en grève, releva Capdot.

— Faites un effort, répliqua Doña Josée. Ouvrez votre cœur et votre portefeuille.

— N'y comptez pas, se défendit Capdot.

— Vous connaissez la nouvelle? s'enquit Souleyrosse. Tous les pots de résine ont été brisés chez Marinzacq. Hector souhaiterait que nous le soutenions. Et pas seulement par une déclaration de principe. Il veut que nous nous mobilisions pour retrouver les fautifs.

— Ils savent ce qu'ils font, ces salauds, en frappant le plus vulnérable d'entre nous, jugea Capdot. Chez moi, nous les attendons avec des fusils. Quelques plombs leur donneraient de quoi réfléchir.

Pendant ce temps, le maire se baladait derrière son bureau, arpentant la pièce, s'arrêtant un instant devant la table où était étalé le plan du fameux Établissement des bains de Moitezan. Il songeait à l'aide financière que le ministre lui avait promise. Celle-ci lui permettrait de bâtir un mur de soutien face à la mer, un rempart indispensable contre le ravinement des dunes. Une manne inespérée.

Maintenant, les propriétaires qui avaient envahi son bureau se sentaient de trop, bien que le maire les eût exhortés à venir. Mais ce n'était pas ce qu'il attendait de ses collègues, il espérait partager un moment de pure jouissance. Bientôt s'édifieraient les fameux bains de Moitezan, le rêve de toute une vie, son rêve. Cette histoire de grève lui pourrissait sa victoire, et sans doute se jugeait-il assez puissant sur ses terres d'élection pour l'écarter provisoirement des conversations.

— À propos des Marinzacq, êtes-vous allés aux obsèques de Victorin ?

— J'ai envoyé un de mes fils, Frédéric, répondit Souleyrosse.

— Moi, déplora Capdot, j'ai complètement oublié. Aucune importance. Je n'aimais pas Victorin. C'était un homme insignifiant. Et je crains que sa descendance ne le soit aussi. Nous l'avons aidé, au début, lorsqu'il s'est mis à planter la forêt de Plat-Bonne. Je n'ai jamais reçu le moindre remerciement.

— Quant à moi, j'étais à Bordeaux, place de la Bourse, pour le projet des bains de Moitezan. J'ai envoyé Léonardi.

Puis le maire se tourna vers son secrétaire, rencogné dans l'angle mort de la pièce.

— Comment était-ce ?

— Il n'y avait pas dix personnes autour de sa dépouille. Pas même un curé, rien. L'affaire a été réglée en cinq minutes.

— Si je comprends bien, nous avons été fort inspirés de ne point nous y rendre en délégation, fit observer Faurel. Avec ce genre de personnage, on a toujours des surprises.

— La population n'a pas oublié l'affaire Marrisson, avança Lagrenon.

Le maire fit signe au patron des scieries de Moitezan et de Bapoueyre d'interrompre là cette scabreuse évocation.

— Qu'on me pardonne si je me montre insistant, mais la grève, tout de même ? La grève ? Crocq sème la zizanie partout où il passe…

Josée Fortegui se tenait à l'écart, les jambes soigneusement croisées, le port de tête élégant. Faurel en pinçait pour elle, depuis longtemps, depuis que Pestor avait disparu en mer, mais il avait vite compris que l'argent, les appuis, les relations ne suffisent pas à combler les désirs d'une femme. Sa cause paraissait désespérée. Mais son faible pour elle se perpétuait néanmoins, alors qu'il eût pu à la longue se transformer en haine.

— Entamons des négociations avec le syndicat, proposa Josée Fortegui. Et si nous nous y prenons bien, messieurs, la grève sera vite levée.

— Nous ne voulons rien donner, s'entêtait Capdot.

Le maire s'assit derrière son bureau, posa ses mains à plat sur le cuir. Il paraissait dévasté par l'ennui. La grève dans ses pinèdes de Moitezan, il s'en moquait, lui ; il avait assez de fonds pour tenir toute une saison et les voir crever, ces ouvriers, la gueule ouverte.

— Alors on fait l'autruche, la tête dans le sable, suggéra Faurel.

Souleyrosse n'était pas d'accord. Il avait gros à perdre dans l'affaire. Ces derniers temps, il avait acquis de nouvelles forêts et comptait les exploiter pour réinvestir les bénéfices. Il aurait pu puiser dans ses réserves, mais un Souleyrosse ne fait jamais de pas en arrière.

— Moi, dit-il soudain, à la surprise générale, je suis prêt à discuter.

— Discuter quoi ? demanda Capdot. On ne va tout de même pas pratiquer les tarifs de notre voisine pour acheter la paix sociale ! Oui, madame, s'enflamma-t-il, vous avez acheté votre paix sur notre dos, vous n'êtes pas des nôtres. Vous avez agi contre nous, brisé l'entente… Rien n'aurait dû se décider sans notre accord. Les propriétaires doivent rester unis. Sinon ce fameux Crocq aura notre peau.

— Toujours la même litanie, marmonna Doña Josée. J'ai devancé la crise chez moi, défendit-elle, en donnant quelques gages.

Souleyrosse approuva d'un hochement de tête.

— Je veux bien faire un effort aussi et payer la barrique quarante francs. Et même y adjoindre quelques menus avantages en nature.

Capdot se frappa les cuisses de colère.

— C'est à mourir de rire ! Ils refuseront. Bien sûr qu'ils refuseront cette rétribution en nature.

— On verra bien, répondit Souleyrosse en croisant les bras sur sa poitrine. Il suffirait d'ouvrir une brèche dans le front syndical.

Léonardi s'approcha du maire et lui glissa quelques mots à l'oreille.

— Comme si ça ne suffisait pas, il nous faut aussi nous occuper des inventaires, expliqua Faurel en poussant un grand soupir de lassitude.

— Avions-nous besoin de rallumer les guerres religieuses avec la séparation de l'Église et de l'État ? dit Souleyrosse.

Faurel hocha la tête. C'était une question qui lui tenait à cœur cette affaire des congrégations. Une question empoisonnante, lancinante, récurrente. Jusqu'alors il s'était interdit d'en parler, sauf en cercle clos. Un maire partisan de l'Église en terre laïque où les préceptes républicains sont si vivement affirmés est contraint au silence. Il avait su louvoyer jusqu'à présent pour conserver son vernis radical et, de fait, il ne s'en était pas trop mal tiré.

— Oui, marmonna Faurel en caressant la chaîne dorée sur son plastron, avec, tout près de la montre, une petite croix, cachée dans son gousset, pourquoi l'État républicain veut-il ôter à l'Église tous ses biens ? On ne sera pas plus civilisés pour autant, même si, parfois, je l'admets humblement, le pouvoir intemporel a été trop puissant dans les consciences. Mais tomber dans l'excès inverse ne produira que des mécréants sans foi ni loi. L'homme peut-il vivre sans spiritualité ? Si la crainte de Dieu ne pèse plus sur les consciences, c'est la porte ouverte à tous les crimes et à toutes les bassesses.

— Mais enfin, cher monsieur Faurel, défendit Doña Fortegui, l'incroyant aussi possède une morale. Car l'homme étranger à la crainte d'un dieu omniscient, du Jugement dernier, de l'enfer ne considère pas que tout lui est permis sur la terre, tous les crimes, les vicissitudes, les fautes, les vilenies… L'impartiale justice, l'intègre raison et toutes autres considérations morales concernant l'honnêteté et la droiture forment des êtres aptes à appréhender le monde sans la main d'un dieu sacrificateur.

Lagrenon se leva le premier et les autres le suivirent. Josée Fortegui se retrouva seule avec Faurel.

— Vous devriez venir me voir plus souvent, lui dit-il.

Il lui tenait la main, ne la lâchait plus, et elle n'osait pas la lui retirer. Ce jeu dura une minute.

Il espérait sans doute que la dame de Saragos lui livrât une réponse sur un plateau.

— Ne touchez pas à Roy Norkliff, fit-elle.

— Qu'est-il pour vous, ce pouilleux ? Est-ce vrai ce que l'on raconte ?

— Que raconte-t-on ?

— Qu'il aurait été votre amant…

— Ridicule.

— Quoi alors ? On ne protège pas un homme de si peu d'importance sans une raison impérieuse.

10

La famille Souleyrosse possédait une petite maison de bord de mer, à quelques pas de la plage, au milieu des pins. C'était un lieu sauvage, peu fréquenté, accessible seulement par un chemin privé qui traversait une centaine d'hectares de pinède.

— Où me conduisez-vous, Gontran ? J'aurais dû semer des petits cailloux derrière moi, car je n'en reviendrai jamais seule.

Le jeune homme menait son tilbury en douceur, évitant les endroits cahoteux, là où les pluies avaient raviné le sable. L'attelage dut s'arrêter par deux fois, des pins s'étant abattus en travers du chemin. Le fils Souleyrosse n'eut point besoin de sortir sa hache et sa scie du coffre. Chaque fois, il dénicha un passage suffisamment praticable pour contourner l'obstacle. Bien qu'il n'en montrât rien, histoire d'impressionner la jeune fille, Gontran connaissait parfaitement les pinèdes de Labègue, un territoire laissé en déshérence pour les chasses familiales.

— C'est fort loin où vous m'emmenez perdre, Gontran ? s'inquiéta Aurélia. Je doute que nous rentrions ce soir même à Moitezan. Vous auriez pu me prévenir… Ce n'est pas correct. J'ai le sentiment étrange de m'être fait piéger.

— Croyez-vous encore, ma chère Aurélia, que je sois si mal intentionné ?

— Je le crois.

— Vous qui rêviez d'aventure et de grands espaces, reconnaissez au moins que je vous ai gâtée.

Aurélia renonça à maintenir sa chevelure sous son chapeau de paille. Une branche l'eût expédié à l'arrière du landau. Et sa robe elle-même, en fin voilage, reçut quelques accrocs, lorsque le tilbury frôla les pins. Il lui eût suffi de se rapprocher de Souleyrosse pour échapper à ces désagréments, mais la jeune fille avait pesé le pour et le contre et, tout compte fait, mieux valait risquer le contact des agressives ramures des pins que celui des bras protecteurs de son voisin. Pourtant, quelque chose en elle la poussait à offrir sa confiance à ce jeune homme qui disait vouloir l'aimer, mais sa tante Astride, une connaisseuse en la matière – deux mariages, l'un réussi et l'autre pas –, l'avait prévenue des risques d'une séduction trop hâtive. « Ne te presse jamais, ma petite. Laisse donc venir, lui avait-elle recommandé. Et s'il se montre insistant, comme le sont les hommes pressés d'accomplir leurs affaires, tiens-le à distance. Sans excès, mais fermement. »

— Là où nous allons, sur la plus belle plage de l'Atlantique, annonça Gontran Souleyrosse, vous n'aurez point besoin de cette robe. Nous nous y baignons nus, ou presque.

— C'est vous qui le dites, jeune Souleyrosse, mais je n'ai pas l'intention de me dévêtir devant vous. J'espère seulement que les branches, qui nous agressent et nous fouettent comme des tourmentés, me laisseront un peu de tissu sur la peau.

Le jeune homme éclata de rire, puis fit ralentir son équipage. Les deux chevaux étaient si fougueux, à vrai dire, qu'il avait les plus grandes difficultés à les maîtriser. Un Souleyrosse, il est vrai, se fait d'ordinaire conduire par son cocher.

Avant d'attaquer les ultimes arpents les séparant de la mer, envahis de genêts et de bruyères, où les pins, torturés par les éléments, se faisaient plus chétifs, Gontran stoppa sa voiture et descendit chercher une gourde d'eau. Il la tendit à Aurélia, puis se désaltéra à son tour. La chaleur était si lourde sous le soleil de plomb et les ramures si amaigries que celles-ci n'apportaient que peu d'ombre. Ils se mouillèrent le visage, bien que la jeune fille se montrât récalcitrante. Elle se débattit à peine quand il lui caressa les lèvres du bout des doigts. Il vanta de nouveau sa beauté, ce qu'il faisait en sa compagnie une fois par heure, au moins, comme s'il ressentait le besoin de la rassurer sur la nature de ses sentiments. Car Gontran avait compris qu'elle était d'une méfiance maladive à son égard, qu'elle soupçonnait une hypocrisie dans son jeu. Il lui suffisait de prononcer le nom des Souleyrosse pour que son crédit d'honnêteté tombât d'un coup.

— Je vous aime, Aurélia. Combien de fois faudra-t-il que je vous le dise ?

Elle se rassit sur la banquette, dans le silence alentour, lourd du bruissement des insectes et de la stridulation des cigales. Il lui dit qu'ici on pouvait entendre la mer. Ils tendirent l'oreille, mais ne perçurent rien d'autre que le chant des pinèdes. Pas même un souffle de vent. L'odeur des pins embaumait l'espace, exacerbée par la chaleur.

— Vous dites n'importe quoi, Gontran. On n'entend pas l'océan. Serait-il si loin de nous encore ?

— On ne l'entend pas parce que les vagues sont molles aujourd'hui. Ce sera un temps pour se baigner, ma chère. Lorsque la mer est forte, ici, à Labègue, on ne peut pas s'y risquer. À moins d'être bon nageur. Ce que je ne suis pas, pour tout vous dire. Et vous ?

— Non, fit-elle avec agacement.

Il lui tendit la gourde de nouveau.

Et cette fois, Aurélia se laissa arroser le visage complaisamment. Lui-même s'en versa une giclée sur la tête et se mit à s'ébrouer comme un chien. Gontran apporta de l'eau à ses chevaux, juste de quoi leur rafraîchir le museau.

Puis l'attelage aborda le rivage par le travers en suivant la petite crête de dune. La maison des Souleyrosse était nichée sous les pins, une bâtisse en bois gris, patinée par les pluies océanes. Au-devant de la demeure de modestes proportions, une terrasse s'étendait face à la mer avec ses rambardes de vieux pin crevassé.

— C'est ainsi que je l'imaginais, dit Aurélia.

Gontran ouvrit la porte et les fenêtres. Il voulait atténuer l'odeur de renfermé avant qu'elle n'entrât.

— Allez donc vous reposer un peu tandis que je m'occupe des chevaux. Il y a de quoi les nourrir dans la remise.

Elle tira jusque sur la terrasse un fauteuil à bascule et se mit à contempler l'océan, ses frises argentées, ses vagues courant sur la grève. Un petit vent rendait l'atmosphère respirable. Et elle remonta un peu le bas de sa robe sur ses jambes pour les exposer au soleil. Puis elle décida de retirer ses bottines pour sentir sous ses pieds le grain du sable épandu sur le plancher.

Plus tard, le jeune homme courut jusqu'aux premières vagues et nagea au large. Lorsqu'il revint, Aurélia détourna le regard de sa nudité. Elle jugea sa réaction bien ridicule, mais se promit à ce moment de ne pas partager avec lui ce plaisir. « Ça nous mènerait trop loin », pensa-t-elle. Et voyant qu'il l'avait choquée, Gontran se rhabilla. Il s'installa aussi dans un fauteuil à bascule, tout près d'elle. Les mots mirent longtemps à venir. Ils ne se voyaient plus, l'un l'autre, que comme des étrangers.

— Auriez-vous le regret de m'avoir suivi ? lui demanda-t-il.

— Je ne sais pas encore.

— Que craignez-vous de moi ?

Elle garda le silence. Il lui prit la main et la baisa avec douceur. Mais elle ne répondit pas à son élan et il se retint de la prendre dans ses bras. Pourtant, n'était-ce pas déjà arrivé ? Une forte étreinte même, des baisers, des caresses… Il ne l'avait pas sentie rétive, plutôt disposée à se laisser emporter. Et désormais, tout ce territoire conquis semblait avoir été perdu, comme si les jours et les nuits d'absence avaient gommé les prémices de leur aventure.

— Ici, dit-elle, je suis à votre merci. C'est ce que vous avez voulu, Gontran. Et peut-être l'ai-je voulu aussi…

— J'attendrai le temps qu'il faudra. Si cette chance m'est offerte…

— Vous voudriez que je vous aime ? Que je me donne à vous ? Mais après, vous m'oublierez. Vous vous direz : « Qu'importe, c'est une fille comme les autres… »

Gontran protesta. La réputation des Souleyrosse lui collait à la peau et il n'y pouvait rien. Il faudrait que l'initiative vienne d'elle, désormais, sinon elle le suspecterait de vouloir griller les étapes. « Pitié pour moi, pitié pour toutes les filles que j'ai eues, se dit-il, car le destin me punit bien en retour. »

Il se berçait mollement dans son rocking-chair, le visage exposé au soleil, les yeux clos. Chaque fois que Gontran venait à Labègue, dans le cabanon familial, il lui semblait s'affranchir du reste du monde, comme s'il était sur une île déserte, loin de la civilisation, se nourrissant de quelques poissons capturés à la fin du jour et grillés sur un feu de bois. Il lui arrivait de faire retraite, de la sorte, rarement plus d'une semaine. Au-delà, il perdait la notion du temps et cette sensation l'angoissait. Gontran eut envie de raconter à Aurélia quelques-uns de ses séjours à Labègue, mais il ne le fit pas, par une discrétion qui l'honorait, et pourtant il lui eût paru plus sympathique. Après tout, la petite Marinzacq ne lui avait rien dit d'elle, rien de ses voyages chez la tante Astride et de toutes les histoires qu'elle lui avait contées sur les hommes, l'amour, les passions et les chagrins.

À la tombée du jour, Aurélia accepta de le suivre sur la grève. Les vagues s'en venaient jusqu'à leurs pieds mourir mollement. Elle releva sagement le pan de sa robe pour se mouiller les jambes. Gontran voulut l'entraîner vers les rouleaux, tout habillée, mais elle s'enfuit. Il la coursa sur la plage, pieds nus. Puis il la saisit dans ses bras et ils tombèrent dans le sable, enlacés.

— Je vous veux, Aurélia. Je suis prêt à tout vous donner. Ma vie, fit-il, lui-même surpris par son emballement.

Mais c'était un cri du cœur, l'expression d'une volonté soudaine à laquelle jusqu'alors il n'avait guère réfléchi.

— Nous nous marierons, ajouta-t-il. C'est ma volonté.

— Qu'en pensera monsieur père ? demanda-t-elle.

— Et madame mère et le Saint-Esprit, rit-il. Je me fiche de ce que penseront les Souleyrosse. Je vous veux. Je vous aime. Et je suis prêt à partager ma vie avec vous.

La jeune fille se laissa prendre et, bien que Gontran fût doux et attentionné, elle n'éprouva rien de ce dont les petites Verdois lui avaient parlé. « Ne serait-on point fait pour nous accorder ? se demanda-t-elle. Se pourrait-il qu'une Marinzacq fût insensible à un Souleyrosse ? » Cette simple pensée la déchira intimement. Et sur le coup, elle en voulut à Hector de lui avoir peint en noir, durant toute son adolescence, l'image de l'amour infini. « Tu ne succomberas qu'à une illusion, disait-il. Garde-toi des hommes et de leurs chansons », répétait-il. Voulait-il faire d'elle une vieille fille pour l'enchaîner à la Petite Marquise ? Elle se rebella contre cette horrible pensée, cette noire sensation qui la dévastait.

Et sur ce chapitre, la mère n'avait guère été mieux intentionnée. Il lui avait suffi d'invoquer l'ombre paternelle pour ajouter sa voix à celle d'Hector. « Les hommes, ces chiens bâtards, qui ne pensent qu'à leurs petites affaires… Ça nous laisse ensuite dans la douleur pour aller courir à droite et à gauche… ». Ainsi, Zélia, tout à sa haine, avait persuadé Hector que, décidément, il n'y avait rien de bon dans l'amour, puis Taurence que les femmes qui n'ont en tête que cette « vilaine chose » ne valent rien… Et quand Aurélia fut en âge de comprendre et qu'elle afficha sa coquetterie et ses désirs d'indépendance, la mère n'attendit pas une seconde de plus pour lui servir son couplet : « Si tu te donnes, ma petite, tout est perdu pour toi… »

Maintenant, Aurélia rentrait à la Petit Marquise en rasant les murs. Elle évita la cuisine et les pièces attenantes, leur préférant le passage du jardin et l'escalier extérieur pour rejoindre l'étage. Elle courut à sa chambre et s'y enferma, frappant des mains de jubilation. « Ouf, se disait-elle, j'ai échappé à l'interrogatoire. D'où tu viens ? Qu'as-tu fait ? Qui as-tu vu ? » Une fois dans sa chambre, on ne risquait pas de venir la déranger. C'était comme un pays neutre, cet endroit, un pays où les lois et les règles ne dépendaient pas des Marinzacq. Et depuis la maladie de Victorin, on se dispensait de la revue de détails, matin et soir, à la grande table de la salle à manger. Aurélia se souvenait encore de ses angoisses de petite fille, lorsque le vieux en faisait le tour, sa badine à la main, et qu'il fouettait pour un oui pour un non les mains et les fesses. De tous les membres de la famille, c'était Hector qui avait le plus dégusté. Le plus souvent pour des motifs futiles… Aussi en devenant le chef s'était-il emparé de toutes les tares de Victorin, comme une revanche du destin.

Derrière ses volets, Aurélia tenta d'interpeller son frère par des « pssttt », « pssttt » appuyés. Il se tenait près des lilas dont les grappes, passé la floraison, formaient des toupillons gris. Sa cigarette au bout des doigts, il goûtait en silence la fin du jour, ses larges traînées rouges par-dessus la frise noire de la pinède. À force d'insister, Aurélia finit par attirer son attention. Elle entrouvrit ses volets plus largement pour qu'il vît distinctement son geste d'invite. Il monta aussitôt dans sa chambre, en passant par les pièces communes.

— J'avais cru, et bêtement espéré, dit-elle à Taurence, que la mort du père serait pour moi une délivrance.

Il se tenait le dos à la porte, fixant la lumière orangée qui s'infiltrait par l'entrebâillement des volets. Avec l'air fraîchissant de quelques degrés, l'on ne regrettait pas sa fatigue de la journée. On l'avait embauché au foin pour couper les lisières à la faux. C'était un travail harassant lorsque la lame tranchait les petits genêts et les ajoncs aux côtes dures. Il y fallait revenir sans cesse, jusqu'à ce que la coupe fût nette, car le chef veillait à ce que le labeur fût bien fait. Il avait piqué dans la cave une bouteille de vin de soif dont il avait empli sa gourde. Ça devait lui donner des forces. Mais à la vérité, cette boisson l'avait à moitié endormi au pied d'un chêne.

Ainsi se trouvait-il encore dans cet état de semi-abrutissement qui ne le quittait plus.

Aurélia vint le secouer un peu parce qu'elle n'était pas sûre qu'il eût entendu sa réflexion.

— Je ne comprends rien à ce que tu me dis, fit Taurence. J'avais toujours cru que tu aimais papa, que tu le vénérais. Allons, s'écria-t-il avec agacement, tu es la seule, ici, à t'être préoccupée de lui pendant toute la période où il ne quittait pas sa chambre ! Nous autres, Hector et moi, nous l'avons laissé crever. Nous ressentions un haut-le-cœur chaque fois que nous devions aller à son chevet. Je me suis méprisé pour ma lâcheté. Et le jour de l'enterrement, tu as versé des larmes. Moi, je suis resté sec et indifférent. Comme si j'avais toujours renié son sang qui circule dans mes veines.

— Une délivrance, je l'ai cru… Mais ça ne l'a pas été, déplora-t-elle. Que d'illusion ! Sa mort ne nous a délivrés de rien, toi et moi, insista-t-elle.

— Tu avais espéré que la mort du père effacerait d'un coup tout ce qu'il a fait de nous ? Mais c'est profondément incrusté, là, dans nos caboches, fit Taurence en se frappant le front du poing.

— Il continue à nous détruire. Faut-il que les forces qui le possédaient aient été bien malfaisantes…, ajouta Aurélia.

Le frère l'observa d'un regard lunaire, de ses yeux ronds de chouette, désespérément vides. Elle voulut le secouer pour obtenir de lui une réaction. Mais il recula d'un pas pour échapper à son emprise.

— Je n'attends rien de toi, non plus, reprit-il. Tu découvres des choses aujourd'hui et tu voudrais que je m'indigne, alors que j'ai toujours essayé de te les faire comprendre. Et mère aussi est de la même race. Sa pitié envers moi n'est qu'une façade. Elle est dangereuse. Savais-tu qu'elle a proposé à Florentine de la payer pour coucher avec moi ?

Il poussa un gémissement en se réfugiant dans l'angle de la pièce, entre la fenêtre et l'armoire. Tout petit homme à la recherche d'un trou de souris pour se soustraire au monde et à la vérité.

— Mais c'est horrible ! Et cette dame a accepté ?

— Bien sûr que non. Si bien que maintenant, fit-il, il m'est interdit de l'aimer. Elle ne veut plus me recevoir. Elle m'a dit qu'elle n'était pas une prostituée, qu'elle avait toujours vécu librement ses relations avec les hommes, sans rien monnayer, et qu'à ses yeux l'amour est sacré.

Aurélia s'était assise sur son lit, la tête dans les mains, suffoquant de rage.

— Nos parents ont fait des enfants pour les détruire, murmura-t-elle. Le réalises-tu ?

Taurence s'effondra sur le sol, coincé entre l'armoire et la fenêtre, là où la lumière du soir ne venait plus. Il se sentait protégé. Il ne voulait pas que sa sœur pût voir son visage baigné de larmes. Il avait honte de lui, de cet amour impossible, des rires de Florentine, de son évincement. « Je ne pourrai jamais aimer personne. C'est elle que je voulais. Et on a tout fait pour me l'interdire, tout ça ingénument, avec de bons sentiments, mais les bons sentiments peuvent être aussi destructeurs que la violence. »

La sœur hocha la tête en songeant qu'elle aussi avait reçu son compte. Et que peut-être, à cause de ses tristes leçons de morale d'une méchanceté sans nom, son aversion des hommes et de l'amour, la mère avait instillé un poison, insidieusement, à la petite fille qu'elle était alors.

— C'est le propre des Marinzacq de tout saccager : la pureté, l'innocence, l'ingénuité… Tout ça ne pouvant, mon pauvre Taurence, que nous nuire, n'est-ce pas, nous rendre faibles ? On a tué cette part de sensibilité en nous pour que nous devenions, toi et moi, des Marinzacq irréprochables, inflexibles et rigides, réfractaires à tout désir et à toute passion. Et comme le père fut le vice personnifié, il fallait que ses enfants deviennent de pures créatures sans désir ni passion, histoire de réparer l'injure.

Aurélia et Taurence restèrent un long moment immobiles dans la nuit qui envahissait la chambre. Au-dehors, les bruits de l'écurie leur parvenaient, les éclats de voix de Babrio et les insultes d'Hector, le hennissement des chevaux qu'on menait à l'abreuvoir. Puis l'aîné des Marinzacq se mit à appeler son frère d'une voix forte :

— Mais où se cache-t-il celui-là ? Juste au moment où nous avons besoin de lui…

— Crève donc, crève, toi aussi ! jura Taurence les mains plaquées sur ses oreilles.

Aurélia alla fermer la fenêtre pour qu'on n'entendît plus les appels d'Hector.

— Je dois partir, une bonne fois pour toutes, promit Taurence.

— J'entends cette chanson depuis des années, déplora Aurélia.

— Il me faudrait un peu de courage pour aller jusqu'à Bordeaux, sur le port, et m'y faire engager sur un cargo en partance vers de lointains horizons.

— Oseras-tu, petit frère ?

Il ne répondit pas. Il craignait que sa sœur n'eût raison. Encore et toujours.

— Et pourquoi la mer ? Tu pourrais aller vivre dans le Médoc où l'on a besoin de mains pour entretenir les vignes.

— Oui, dit-il. Mais la mer, c'est ce qui m'attire le plus. Lorsqu'on embarque, c'est pour de longs mois, une année peut-être… On ne risque pas de faire machine arrière.

— Tu n'es pas sûr de ce que tu veux, Taurence. Tu as des désirs mais aucune volonté pour les accomplir. Par exemple, Florentine… Si tu étais fort en face d'elle, déterminé, peut-être te céderait-elle.

— Tais-toi donc ! Tu ne sais pas de quoi tu parles. Avec elle, les dés sont pipés. Et maman a porté le coup de grâce.

— J'ai entendu, fit Aurélia. C'est une chose humiliante. Je ne pensais pas que nous descendrions si bas dans notre famille.

— Et dire qu'elle a fait ça pour mon bien. Du moins, c'est ce qu'elle dit… Elle prétend m'aimer, cette mère, mais je ne la crois pas. Je ne sais pas si elle a la moindre considération pour elle-même.

Aurélia préféra ne pas répondre. C'était une question si cruelle et déchirante qu'elle en eut la gorge nouée. Il lui fallait contenir ses larmes. Car Taurence ne les eût point supportées. Cette pitié-là l'eût abattu.

— Moi, je vais partir, reprit-elle au bout d'un long silence.

Les criailleries dans la cour de la ferme avaient cessé. Babrio allait et venait avec les chevaux, de l'écurie aux abreuvoirs. On entendait juste le martèlement des sabots sur les pavés.

— Toi non plus, tu ne quitteras pas la Petite Marquise, pronostiqua Taurence. Tu es prisonnière. Et peu à peu, sans que tu t'en rendes compte, tu deviendras la domestique d'Hector. Ta belle prestance s'évanouira dans l'aigreur et la soumission. Tu es belle, si belle, murmura-t-il.

Puis il s'approcha d'elle pour la prendre dans ses bras, la serrer de toutes ses forces.

— Tu ne leur ressembles pas, petite sœur. Mais bientôt, tu ne seras plus que l'ombre de toi-même. Vaincue, brisée, rompue.

Il se mit à larmoyer de colère. Aurélia se détacha de lui et alla à la fenêtre qu'elle ouvrit à cause de la moiteur qui reprenait ses quartiers.

— Gontran Souleyrosse m'a demandée en mariage, dit-elle.

— Toi, une Marinzacq ? Je ne le crois pas. On nous hait là-bas. On nous déteste chez les Souleyrosse depuis au moins deux générations.

— Il veut m'épouser, répéta-t-elle. Et tu ne vas pas me gâcher ce bonheur, Taurence. Tu ne vas pas dire, toi aussi, qu'il est, comme papa, un coureur de filles sans foi ni loi.

Il comprit alors que sa réaction de défiance avait blessé Aurélia. « Un peu de jalousie, se reprocha-t-il. Cette vilaine pensée t'aura échappé. » Il voulut rattraper sa bévue en cherchant à la rassurer, mais sans conviction. Elle s'en amusa avec toute la tendresse dont elle était capable.

— Je serai assez forte pour m'imposer chez les Souleyrosse.

— Contre Frédéric, surtout, le prévint son frère. Lui, il sera contre toi de toutes ses forces. Mais peut-être que l'amour sera le plus fort.

Elle lui prit les mains et les serra dans les siennes, les porta à ses lèvres.

— Tu es généreux et bon, dit-elle. Sarah Lair t'attend, tu le sais. Les petites Verdois me l'ont dit. Ce sont des cancanières, ces filles, mais elles ne se trompent pas. Puisque tu ne peux rien espérer de Florentine, il te faut accepter la réalité, trouver l'amour ailleurs, là où il te tend les bras.

— Non, se défendit-il. Je ne ressens rien pour Sarah. Je ne parviendrai pas à l'aimer. Où irai-je dénicher cette force, alors que je ne la sens pas en moi ? Ce serait la rendre malheureuse.

Taurence retourna dans son recoin s'asseoir à même le parquet de la chambre, les jambes repliées, les genoux sous le menton, tassé sur lui-même.

— L'aimes-tu, ce Gontran ?

— Oui, répondit-elle.

— Ce n'est pas un amour de circonstance, au moins ?

— Comment cela ?

— L'occasion d'échapper à la Petite Marquise, une sorte de fuite, plus qu'un amour sincère et profond.

— Gontran ne veut pas rester à Moitezan. Après notre mariage, nous partirons à Bordeaux où une place l'attend dans la société d'import-export Robertson de son oncle. Nous voyagerons beaucoup.

— C'est ce qu'il dit ?

— Nous avons tout préparé dans le plus grand secret. Et son père devra croire jusqu'au bout qu'il veut travailler dans les pinèdes. Quand notre affaire sera réglée, il lui dira la vérité.

— L'héritage lui passera sous le nez. Ça se passe ainsi chez les Souleyrosse. La désobéissance est un crime…

— Il s'en fiche, Gontran. C'est un esprit libre. Lui aussi en a assez de Moitezan. Il étouffe dans cette forêt sans horizon, où l'on se noie de solitude et d'ennui.

11

Maxime Souleyrosse n'en croyait pas ses yeux.

— Ils ont osé, les salauds ! s'écria-t-il. Et ce n'est pas la peine de chercher les coupables… ajouta-t-il en se retournant vers sa secrétaire Alice Latonnerre.

La jeune femme resta stoïque en tenant contre sa poitrine un maroquin rouge dans lequel elle consignait par étapes tout ce que le maître de Maureilhan lui indiquait.

— Une centaine de pins, dit Frédéric.

— Oui, reprit le père, ils se sont bien amusés.

Octave Jaunier s'accroupit pour examiner l'un des pins abattus.

— À un mètre de hauteur, pour être bien à main, expliqua-t-il en caressant l'objet du délit. Deux coups de hache, nets, à l'oblique… Un vers le haut et l'autre vers le bas, formant une entaille profonde… Puis ensuite… Voyez la sciure au pied. On a utilisé un passe-partout. Conclusion, nota-t-il à l'adresse de la secrétaire, au moins trois exécutants : un pour les coups de hache et deux autres pour tirer le passe-partout. Il ne leur aura pas fallu plus de cinq minutes par arbre.

— Je ne suis pas d'accord, maître Jaunier, intervint Souleyrosse. Il faut au moins un quart d'heure pour abattre un pin de cette envergure. On voit que vous n'avez pas souvent tenu un passe-partout.

Maxime interrogea les visages autour de lui afin de quérir quelque acquiescement. Dans sa détresse et sa colère, il cherchait encore à trouver quelque satisfaction, un sourire d'estime, un brin de soutien, une approbation.

— Ainsi voudriez-vous me démontrer, dit l'huissier, qu'ils étaient plusieurs ?

— Vu le nombre de pins saccagés, je dirais une vingtaine au moins. Une sacrée équipée. Et tout cela de nuit.

Alice Latonnerre rouvrit son maroquin et nota la conversation en sténographie, tout en déambulant de droite et de gauche. Elle portait une tenue de cavalière, des bottes d'équitation et un deerstalker anglais qui ajoutait à son charme naturel. Et chaque fois qu'elle s'en venait buter contre une racine ou tout autre obstacle, Frédéric se précipitait pour la retenir. Ça faisait des jours et des jours que le jeune homme tentait d'obtenir de la secrétaire de son père quelques faveurs. Mais Alice Latonnerre, à son grand désespoir, faisait mine de ne rien voir.

L'huissier examina avec la même attention une enfilade de pins sectionnés. Et en effet, il distingua différents modes opératoires, il en conclut donc que plusieurs équipes avaient dû sévir et que M. Souleyrosse ne se trompait pas.

À la vérité, les constats de Jaunier agaçaient Maxime, ses réticences surtout, sa manière de couper les cheveux en quatre et, parfois, de contester ses accusations.

— C'est bien nous qui le payons, glissa Frédéric à son père. Ce serait un comble que son constat ne tienne point compte de nos arguments.

Mais Souleyrosse fit signe à son fils de s'écarter. Il avait traversé toute la parcelle d'Evrette dans son costume de ville et en chaussures vernies, ça l'avait mis de mauvaise humeur, bien plus que le massacre de ses pins dont il se fichait, finalement. « Ça donnera du travail à Lagrenon, pensait-il. Le bois se paye un bon prix en ce moment. Et avec la tournure des événements, la grève des résiniers et le reste, ce sera une manière de se faire de la trésorerie. »

— Je dirais, messieurs, fit-il en s'immobilisant soudain, que les auteurs de ce forfait sont de fieffés imbéciles. Ils ont travaillé contre leurs intérêts. Plus de pins, plus de gemme, et plus de gemme, plus d'argent… Le meneur qui a conduit ces criminels à cette extrémité se trompe de combat. Et sur ce point, je trouve, messieurs, ajouta-t-il, quelques raisons de me réjouir. Au fond, nous n'attendions plus que cela, une faute… Une faute grave. Maintenant, c'est à la gendarmerie de faire son travail.

L'huissier écoutait attentivement le discours de Souleyrosse, l'air préoccupé. Puis il se tourna vers la secrétaire et lui dit :

— Vous ne notez point les propos de M. Souleyrosse ?

— Non, dit-elle.

— Et pourquoi donc ?

Alice Latonnerre se tourna vers son patron et attendit qu'il répondît à sa place. Mais il n'en fit rien. Alors l'huissier ajouta, perfide :

— Vous craignez que cet élément ne soit à charge contre M. Souleyrosse ?

— Comment cela ? demanda Frédéric.

— On pourrait en déduire que ce saccage pourrait être l'œuvre du propriétaire pour faire accuser les grévistes.

Maxime Souleyrosse éclata de rire.

— Mettez ce que vous voulez dans votre constat, maître, mais moi, figurez-vous, j'ai la conscience tranquille. Ce serait fort hasardeux de porter une telle accusation contre moi.

— On connaît votre pouvoir, ici... En effet, vos amis... Le maire en tête...

Octave Jaunier s'exprimait par phrases courtes, hachées, avec essoufflement.

— Que puis-je vous répondre ? fit Souleyrosse avec hauteur, assuré de son bon droit, un sourire lointain aux lèvres.

— Peut-être m'en tiendrai-je aux aspects techniques... Mille détails relevés et soigneusement consignés... Ce serait plus judicieux.

— En effet, reconnut Maxime. Ce serait plus judicieux. Pour le reste, c'est de l'extrapolation.

— Oui, fit Jaunier en baissant la tête. Je le reconnais.

— M'avez-vous entendu proférer le nom d'un coupable hypothétique ?

— Vous restez vague, très vague… Prudent même, dirais-je, fit l'huissier.

Frédéric prit son père par la taille et l'incita à repartir avec lui. Le temps de faire quelques pas vers la sente d'Evrette, Jaunier ajouta d'une voix sifflante :

— Notez bien qu'on vous entend quand même…

— Quoi donc ? questionna Souleyrosse en se retournant vivement. Qu'avez-vous dit ?

— Le nom du coupable n'est pas prononcé, certes… mais on voit bien à qui vous pensez…

— Alors, monsieur l'huissier, fit Maxime, allez donc interroger le fameux homme à qui vous pensez !

Dans la clairière, le lieutenant de gendarmerie Louvetier, flanqué de trois de ses hommes, attendait Souleyrosse sur son cheval. C'était un moustachu fier de ses bacchantes à la Clemenceau. En vérité, il les avait bien méritées ; durant son instruction militaire, ses supérieurs avaient exigé qu'il les fît disparaître. À force de batailler contre sa hiérarchie, on lui avait accordé le droit de les porter à sa guise, sans restriction, c'est-à-dire broussailleuses et fournies, jamais taillées et poussant à la diable, noires et arrogantes. Les moustaches de Louvetier étaient devenues légendaires à Mont-de-Marsan. Et finalement, elles lui donnaient de l'autorité, ce dont il ne manquait pas, par ailleurs, avec ou sans bacchantes. On le craignait, on redoutait ses prises de position tranchées. Il avait même défrayé la chronique dans *Le Républicain des Landes*, après la prise d'assaut d'une ferme où un forcené retenait sa femme et ses deux enfants, menaçant de les tuer. Au moment critique, alors que le préfet tergiversait encore sur la procédure à adopter, Louvetier était entré dans la masure, l'arme au poing et, sans vergogne, il avait abattu le bonhomme avant même qu'il n'eût le temps de réagir. Ainsi naissent les légendes. Le Clemenceau de la gendarmerie était aussi connu pour ses féroces attaques contre les vignerons et les mineurs.

Louvetier se laissa glisser contre le flanc de son cheval et arrangea son harnachement pour faire bonne figure. Ce n'était pas tous les jours qu'il rencontrait une telle personnalité. Il salua Souleyrosse, le fils aussi, en claquant les talons de ses bottes. En revanche, il ne prêta guère attention à la secrétaire, un peu en retrait. Le maréchal des logis et les deux brigadiers firent de même, mais plus discrètement, comme s'ils ne voulaient pas voler la vedette à leur chef, si autoritaire et pointilleux sur les questions de hiérarchie. Du reste, Maxime ne rata pas l'occasion de se féliciter que la République lui eût envoyé un lieutenant. Il s'en montra flatté, fort exagérément. Louvetier était assez fin d'esprit pour déceler dans ces courbettes un brin de moquerie.

— En haut lieu, l'on prend l'affaire très au sérieux, monsieur Souleyrosse.

— Le préfet Daumas aussi ? Ne me dites pas que le préfet s'inquiète enfin des troubles sociaux ? Jusqu'alors, il n'y avait que les inventaires qui vous occupaient, n'est-ce pas ? Brocarder les curés, bousculer les barrettes, affoler les braves gens d'Église…

— Monsieur Souleyrosse, défendit le lieutenant Louvetier, le visage empreint de gravité, je suis aux ordres de la République. Mes jugements personnels importent peu.

— Et les huissiers de justice sont fort remontés contre nous, les notables, fit Souleyrosse en se tournant vers son fils. C'est le monde à l'envers. Le ministre Combes est un sauvage. Voici qui divise la France.

Maxime Souleyrosse se plaisait fort à étaler ses opinions, gratuitement. Il ne s'attendait guère à rencontrer de résistance sur son chemin de vieux chrétien et de lecteur assidu du *Peuple Français*, le journal du père Garnier. Il piqua un peu l'officier de gendarmerie, mais ce dernier resta silencieux, tenu par son devoir de réserve.

— Alors, monsieur Souleyrosse, fit-il, que pensez-vous de notre affaire ?

Le propriétaire de Moitezan se tourna vers sa pinède, avec la mine affectée de circonstance, et dit que ce sauvage attentat contre ses pins lui avait brisé le cœur.

— Je me sens découragé. Peut-être vais-je devoir abandonner la production de gemme…

Louvetier répondit qu'un homme de son envergure, aussi important dans le pays, ne pouvait pas se mettre à genoux devant quelques communards.

— Ce sont des agissements criminels. Telle est l'opinion du préfet Daumas. Il nous a demandé d'agir avec diligence. Mais je dois connaître votre avis. Pensez-vous que l'instigateur de ce carnage, insista-t-il, c'est ce fameux Crocq ?

— Puis-je formuler une accusation sans preuve ?

— Certes, non. Mais entre nous ? questionna Louvetier.

— Entre nous, hésita Souleyrosse, comme pour se donner quelque contenance, je crois qu'il est le meneur. Mais je ne vous ai rien dit.

— Bien entendu, fit le lieutenant en branlant la tête.

Puis la main appuyée sur le pommeau de son sabre, il se mit à tourniquer autour de la clairière, comme s'il cherchait quelque direction.

— Nous l'avons ébranlé, notre gendarme, glissa Maxime à son fils.

— Tu n'en as pas dit assez, papa..., murmura Frédéric.

— Bien assez, jugea Maxime, pour mettre Crocq à l'ombre.

Louvetier remonta en selle, illico presto, et fit signe à ses hommes de le suivre. Dans le milieu de l'après-midi, une dizaine de gendarmes se rendirent à Bapoueyre. Ils encerclèrent la maison de Crocq. Tant de moyens paraissaient extravagants pour appréhender un individu contre lequel on n'avait aucune preuve. Mais le lieutenant craignait que le locataire ne prît la fuite avant qu'on ne l'interroge. Ce remue-ménage attira bien vite l'attention des voisins, des familles ouvrières pour la plupart. Femmes et enfants se massèrent devant la maison du chef syndical. Dans la précipitation, les hommes du lieutenant Louvetier firent quelques dégâts en fracturant la porte d'entrée et en brisant deux fenêtres à l'arrière. C'était beaucoup pour un homme qui jouissait de l'estime générale dans le quartier. Aussi, les gens se mirent-ils à gronder contre les gendarmes, siffler, pousser des jurons. L'adjudant Cordier ordonna à ses soldats de disperser cette fronde. Sans plus attendre, et dans une certaine confusion, les gendarmes firent manœuvrer leurs montures au milieu des badauds. Mais dans l'assistance, il se trouvait trois ou quatre gars de la scierie Faurel, plus téméraires que les femmes, roués à ce genre d'exercice, et sans doute décidés à en découdre, comme chaque fois qu'ils se trouvaient face à l'uniforme de la force publique. On avait encore souvenir des grandes grèves de Carmaux où les militaires avaient chargé les mineurs, sabre au clair. Quelques scieurs de l'usine voisine accourus à la rescousse, armés de bâtons, s'en vinrent frapper les naseaux des chevaux, lesquels, se cabrant de peur, expédièrent trois cavaliers cul par-dessus tête.

— Qu'on leur coupe les jarrets ! lança l'un des ouvriers en exhibant sa hachette forestière.

Louvetier demanda à ses hommes de sortir les mousquetons de l'étui de selle. Il subodorait que la simple vue des armes suffirait à chasser la « vermine rouge », comme il disait. Et en effet, les femmes se dispersèrent comme une volée de moineaux. L'homme à la hachette reçut un coup de crosse sur la tête et s'effondra, à moitié estourbi.

Pierre Malinier, qui fut le témoin de la scène, à peu de distance – il s'était réfugié dans l'une des venelles de Bapoueyre –, marmonna en serrant les poings rageusement : « On reconnaît bien là la patte de Louvetier... Toujours prêt à casser du rouge... » À ce moment, il comprit qu'on ne pouvait rien tenter pour épargner Crocq, sinon rester à l'écart, libre de ses gestes, afin de servir la cause...

On transporta Jean Crocq à la gendarmerie de Mont-de-Marsan. Il se montra peu loquace, comme on pouvait s'en douter, sur la question des saccages de pins et de *catchots*. Il reconnut par ailleurs être l'organisateur de la grève des résiniers. Il en profita pour placer son petit discours contre les propriétaires.

— Trouvez-vous normal, monsieur le gendarme, que les résiniers touchent trente francs par barrique lorsque celle-ci en vaut cent vingt ? J'ai proposé que l'amasse soit payée en heure de labeur, comme pour n'importe quel salarié. Mais on refuse de parler de ça. Et pour cause, notre système est inégalitaire, archaïque, aussi vieux et injuste que la corvée sous l'Ancien Régime.

Louvetier n'entendait rien à cette question. Il voulait seulement que Crocq passe aux aveux, puisqu'il le tenait pour responsable des forfaits accomplis dans les pinèdes de Marinzacq et de Souleyrosse.

— De ça, monsieur le gendarme, vous n'avez aucune preuve.

Plus tard dans la soirée, et après les premiers interrogatoires, M. Taubie, secrétaire général de la préfecture, passa dans les bureaux de la gendarmerie. Il lut les rapports d'huissier et estima que la culpabilité de Crocq n'était pas fondée, que sa privation de liberté ne ferait que jeter de l'huile sur le feu.

Dans la semaine, *Le Courrier landais* publia un article inspiré par le récit de Malinier sur l'arrestation de son ami à Bapoueyre. La polémique enfla tant et tant que tous les résiniers se mirent en grève, même là où les relations étaient encore paisibles entre propriétaires et ouvriers. C'était ce que M. Taubie avait craint. « On aurait voulu donner un coup de main à Crocq et à ses acolytes qu'on ne s'y serait pas pris autrement… »

Les juges, dans un souci d'apaisement, décidèrent de libérer le syndicaliste. L'événement fit grand bruit dans les Landes et, dans les chaumières des gemmeurs, on fêta la première victoire.

Suite à cette déconvenue, Souleyrossse, Capdot et Marinzacq, d'un commun accord, assiégèrent le bureau de Faurel. On l'avait trouvé tiède sur la question, voire absent. On aurait souhaité que le maire de Moitezan s'engageât franchement aux côtés des propriétaires. Et à l'instant de franchir la porte du cabinet, Gontran Souleyrosse prit son père à part pour lui faire observer que Josée Fortegui n'était pas des leurs. Et pour cause, Maxime Souleyrosse avait préféré ne pas l'inviter.

Gontran jugea cette décision stupide et affligeante.

— De quoi as-tu peur ? Tu la crains tellement, la Donessa ?

Frédéric se tenait juste derrière son père, un sourire goguenard affiché sur le visage. Depuis que Gontran était amoureux de la fille Marinzacq, il s'autorisait le droit de le critiquer ouvertement, jugeant sans doute, à tort ou à raison, que son frère avait déjà un pied en dehors de la famille. Une place à prendre ? Un défi à relever ? Tant de questions s'agitaient en lui que ça lui fouettait le sang.

— Je ne vois pas ce qu'elle viendrait faire ici, n'est-ce pas, père ? L'Espagnole a tout lâché, tout accordé à ses résiniers. Ses ouvriers ne risquent pas de faire grève. Elle doit rester en dehors du coup. Après tout, ce n'est rien d'autre qu'une Espingouine, faible, indécise, jugea-t-il avec la sévérité qui lui était habituelle en pareille situation.

— Peut-être devrions-nous négocier avec les ouvriers plutôt que de s'engager dans une guerre sociale… Mon petit frère, ajouta Gontran, il faut parfois voir bien plus loin que le bout de son nez.

— Tu es devenu un pied-tendre, un mou. Serait-ce par hasard la belle Aurélia Marinzacq qui t'aurait transformé en mouton ? Ah, le pouvoir des femmes ! Ce n'est pas une légende. Moi, jamais je ne me laisserai influencer de la sorte par une fille. Ce détail a son importance. Voici qui démontre que tu n'as pas la carrure pour diriger nos affaires.

Souleyrosse suivait la prise de bec de ses fils avec une certaine inquiétude. Il y mit un terme brutalement :

— On ne va pas se quereller devant nos voisins.

Et il désigna Capdot et Lagrenon en train de converser avec Faurel près de la cheminée en marbre, dans un style décadent et rococo, qui supportait une pile impressionnante de dossiers. Et il les fit avancer l'un et l'autre, en les tenant de chaque côté par le coude.

— Je ne comprends pas ta discrétion, Faurel, dit Souleyrosse. On a besoin de toi et tu es aux abonnés absents.

Faurel paraissait encore plus minuscule que d'habitude dans son costume de lin blanc cassé. Sa figure était pâle, sans expression, livide.

Capdot, un bonhomme ventripotent, sanguin, à l'accent rocailleux du pays d'Auch dont il était originaire, lui demanda, en posant une main sur l'épaule, s'il n'était pas malade. Mais le maire s'en défendit avec un peu d'agacement.

— Mais non, quelle drôle d'idée ! J'ai beaucoup de travail. Les inventaires, la loi sur la séparation de l'Église et de l'État. Je reçois des heures durant des plaignants : les curés, les évêques, les laïcs, les instituteurs..., énuméra-t-il. Et maintenant, la grève chez nous, enfin chez vous... bref, vous me comprenez. Je suis dépassé. On veut m'enrôler de partout, d'un camp à l'autre. Merde enfin, je ne suis pas à vendre. Je ne suis rien, sinon le maire d'une petite cité qui attend des projets neufs, autrement plus importants que ces vieilles histoires.

Souleyrosse l'écoutait avec froideur. « Qu'est-ce donc qui a changé cet homme, se demandait-il. Une alliance politique en cours ? Une maîtresse envahissante ? »

— Mais tu nous soutiens, n'est-ce pas ? questionna Capdot. Tu soutiens les propriétaires ? Ton régisseur doit être confronté aux mêmes problèmes dans tes pinèdes.

— Vous avez l'armée, la maréchaussée avec vous, se défendit Faurel. Que vous faut-il encore ? Chassez les meneurs, montrez un peu de force. Chacun doit faire le ménage chez soi.

— « Vous » ? le reprit Maxime Souleyrosse. Tu veux dire « nous ». Tu fais partie des propriétaires.

— Oui, bien sûr, admit Faurel.

— Le lieutenant Louvetier a arrêté Crocq. Et le juge de Mont-de-Marsan l'a fait libérer au motif qu'il n'avait aucune charge contre lui. C'est un rouge, un rouge ! s'écria Capdot en agitant les bras. Ça ne suffit pas pour arrêter un type, ça ? Des arbres coupés, du matériel saccagé, des ouvriers embrigadés… Je vais faire la loi, moi, sur mes forêts et à ma façon, à la façon Capdot, répéta-t-il.

À ce moment, et avec quelques minutes de retard, Hector Marinzacq arriva, le pas lourd, la mine crispée.

— Faut chasser les trouble-fête. En remplir un train de marchandises et les expédier au plus loin, pour que cette sale engeance ne revienne pas. Moi, je suis prêt à foutre le feu au quartier du Roucoulès. Ça leur fera les pieds. Qu'en pensez-vous ? Faurel, vous nous soutiendrez ? Sinon, je serais tenté de croire que vous n'en avez pas assez dans le pantalon…

Le maire se tenait debout derrière son bureau, les lèvres livides, l'œil terne. On ne lui avait encore jamais parlé sur ce ton. Il se demandait si la République, tout compte fait, ne filait pas un mauvais coton. « Quand on ne respecte plus ses représentants, c'est qu'il y a péril en la demeure, se dit-il. Et celui-là, le dernier-né des Marinzacq, l'idiot de la famille, il danse déjà sur la tombe de son paternel. Il se prend pour un seigneur. Attendons qu'il fasse preuve d'un quelconque talent avant de le laisser chanter comme un coq. On a voulu épouser la dame de Saragos, histoire de lui voler ses terres et de lui dicter sa loi. Mais la vérité est tout autre. La Donessa a refusé tout net. Quel dommage, celle-là, qu'elle ne soit pas dans mon camp ! Mais hélas, je n'ai jamais eu de chance avec les femmes. Je n'ai jamais possédé que de pâles créatures sans un gramme d'esprit. »

Il se mit à zieuter la petite porte dérobée derrière lui, à gauche de la cheminée. C'était par là, d'ordinaire, qu'il prenait la fuite, lorsque les fâcheux occupaient son bureau. Il les abandonnait sous un prétexte futile et ne réapparaissait plus. M. Faurel se frotta les mains, signe que connaissait bien son ami Souleyrosse.

— Monsieur Marinzacq, dit le maire, nous dirons que je n'ai rien entendu. Ce sera mieux pour nous deux.

— Tout ça, s'écria Capdot, c'est la faute de l'Espingouine ! On va s'occuper d'elle, se rappeler à son bon souvenir. Je vous le promets, mes amis. Et je ne vous en dirai pas plus.

— Non, s'interposa Lagrenon. Ce n'est pas la peine. D'une manière générale, tu parles trop. Beaucoup trop.

— Il n'empêche que l'on doit trouver une solution, intervint Souleyrosse.

Ce dernier s'était préparé à l'idée de négocier avec ses résiniers, histoire de désamorcer le conflit dans ses pinèdes. Mais les propos de Capdot l'avaient refroidi. Il ne voulait pas passer aux yeux de la confrérie des propriétaires forestiers pour un lâche. Et Gontran, qui n'avait pas mesuré les enjeux de la situation, vendit en partie la mèche :

— Nous serions prêts à céder dix francs par barrique, dit-il.

Maxime Souleyrosse se mit à branler la tête de droite à gauche, pour signifier à ses voisins qu'il ne partageait plus cette position.

— Oui, certes, je l'admets, nous avons envisagé cette possibilité. Mais ce qui importe, présentement, c'est que nous restions unis face à nos ouvriers. Si les résiniers sentent une faille dans notre détermination, ils s'y engouffreront, mes amis. Ça deviendra une brèche…

Capdot et Lagrenon applaudirent les propos de leur voisin. Marinzacq gardait les bras croisés. Lui, il attendait des réparations et des condamnations pour les préjudices subis.

— Vous faites la sourde oreille. Qui me dédommagera, qui me remboursera les *catchots*, la résine perdue et tout le reste ?

Et voyant qu'on ne l'écoutait guère, Marinzacq quitta le bureau en claquant la porte. Le maire poussa un soupir de soulagement.

— Victorin était resté civilisé jusqu'au bout. Celui-ci est un vrai sauvage.

Gontran Souleyrosse se cacha pour rire de la scène. Tandis que le maire ne se résignait pas à voir cette rencontre s'achever ainsi sur des déplorations.

— Des grèves, on en a connu d'autres. Il suffit de laisser pourrir les choses.

— Nous perdons de l'argent, fit Lagrenon d'un ton attristé, bien que ce conflit social ne le touchât guère.

— Peut-être devrions-nous changer le fusil d'épaule, fit Faurel.

Il avait retrouvé son sourire malicieux.

— Pourquoi investir dans la pinède, acheter des terres et planter, planter sans fin ? Est-ce bien raisonnable ? Je crains que notre avenir n'ait plus rien à voir avec les rêves démesurés de Napoléon III et avec les plans que son Jean-Baptiste Crouzet a dressés au domaine de Solférino. L'avenir, mes amis, je vous le dis tout net, est dans les bains de mer. Il faut construire des établissements pour les futurs plaisanciers qui vont accourir de toute la France. Il y a de l'argent à gagner, tant d'argent, des fortunes à faire, dirais-je même...

Capdot soupira si fort que chacun comprit que les propos de Faurel l'indisposaient. C'était un homme taillé d'un seul bloc, dont l'esprit était accaparé par la seule chose qu'il connaissait à fond : ses pinèdes. L'inconnu le terrorisait d'une manière générale, et boursicoter ou acquérir des emprunts russes pour équiper le Transsibérien ne le tentait guère. Il lui fallait pouvoir toucher sa bonne fortune, caresser du regard ses arbres, évaluer la valeur du bois et ce que les coupes futures lui rapporteraient.

Le maire l'interrogea, sachant d'avance ce que Capdot lui répondrait.

— On ne sait pas faire. Ça nous dépasse.

Mais Faurel poursuivit sa démonstration.

— Je vous propose de constituer une société des Bains. Chacun de vous investira et recevra des parts, nous en répartirons ensuite les bénéfices.

— Si bénéfices il y a. Vous allez un peu vite, monsieur le maire, dit Frédéric Souleyrosse.

— Nos équipements balnéaires seront très convoités. Et Moitezan se fera rapidement une réputation grâce au sérieux de nos projets. Nous en ferons le Biarritz des Landes.

Faurel n'avait trouvé des associés qu'à Bordeaux, dans le milieu de la Bourse, ce qui le chagrinait un peu. Il désirait que son projet fût ancré dans la bourgeoisie locale, que son affaire, dont il était le maître d'ouvrage, rapportât de l'argent à ces familles qui lui seraient ensuite redevables. Pour l'heure, il frappait aux portes, flanqué de son secrétaire Léonardi, avec ses dossiers et ses plans. Il s'était assuré quelques appuis à Capbreton, à Mont-de-Marsan et même à Dax. On lui disait : « Encore un établissement thermal… Il y en a bien assez dans le pays. » On lui citait Préchacq, Eugénie-les-Bains. « Alors que celui de Laglorieuse vient de fermer, faute de clients… » M. Faurel s'ingéniait alors à démontrer que son établissement serait ludique, qu'il reposerait sur cette nouvelle mode des bains de mer et sur leurs bienfaits sur la santé. « Nos clients ne seront pas des malades à proprement parler, expliquait M. Faurel avec passion, mais des gens en bonne santé venant prendre les eaux dans l'océan et profiter du soleil sur la plage et, le reste du temps, ils feront la fête, ils dégusteront nos plats réputés, nos vins et nos alcools. Le bain de mer leur sera une occupation réparatrice, après tous ces abus. Non, messieurs, nous ne voulons point recevoir des phtisiques, des tuberculeux, des catarrheux, des apoplectiques ou des arthritiques… »

Gontran Souleyrosse fut le seul à montrer quelque enthousiasme.

— Après tout, ça nous changera de la résine et des résineux, et de cette oppressante forêt qui nous rend neurasthéniques, dit-il.

Maxime regarda son fils avec étonnement. C'était bien la première fois qu'il l'entendait formuler une telle opinion.

— Nous en reparlerons, mon fils, fit-il.

Frédéric ricana ouvertement.

— Moi, je me fiche de ça, papa.

Faurel se tenait immobile, derrière son bureau, les mains jointes, le regard au plafond. Il ne voulait point se mêler à ces histoires de famille mais, dans son for intérieur, la réaction du jeune homme le comblait. « En voici au moins un qui a l'air d'avoir du plomb dans la tête », pensa-t-il.

— Tu devrais y réfléchir, père, répéta Gontran.

Souleyrosse hocha la tête ; la question serait étudiée dans le cercle familial, mais non ici, dans le cabinet du maire.

Capdot se sentait déjà de trop.

— Si j'ai bien compris, on se fiche de nos grèves, marmonna-t-il. On laisse ce méchant Crocq nous tondre la laine sur le dos. Je sais ce qu'il me reste à faire.

12

Gontran voulait mettre toutes les chances de son côté. Il connaissait assez sa mère pour subodorer que, si Aurélia lui faisait le meilleur effet, le reste ne serait qu'un jeu d'enfant. Il choisit donc son moment, celui où son père et Frédéric seraient absents. La grève des résiniers les occupait du matin jusqu'au soir, entre les rendez-vous à la préfecture ou à l'office de commerce et la visite des propriétaires forestiers et distillateurs de résine.

Pourtant la jeune fille ne se sentait guère à l'aise à l'idée de se retrouver devant Mme Souleyrosse, une caricature de bourgeoise, disait-on, méprisante et hautaine. Elle suivit Gontran avec les plus vives inquiétudes, persuadée à l'avance que cette entrevue déciderait une bonne fois pour toutes de la fin de leur idylle, car il n'était point pensable que le fils, en définitive, imposât une belle-fille que sa mère n'appréciait pas. Et elle craignait, pour tout dire et non sans raison, qu'une Marinzacq issue de la paysannerie landaise n'eût pas les qualités requises pour entrer dans son monde. La beauté et la grâce ne suffisent pas toujours. Sur ce point, du moins, se sentait-elle armée et confiante.

La demeure des Souleyrosse était cachée non loin du lac qui avait donné le nom à la localité. La forêt en avait rendu le paysage austère, tout comme les routes qui la traversaient, de franches saignées dans la masse écrasante des pins, si majestueux en cet endroit, si denses et hauts qu'il fallait se tordre le coup pour voir un coin de ciel.

De sa calèche, Aurélia laissait pendre au-dehors de la portière sa main pour caresser la fraîcheur de l'air. Les jours précédents avaient été marqués par des orages, des pluies violentes et des coups de vent répétés venant de la mer. La nature ne s'était pas encore remise de cet épisode. La route était jonchée par endroits de branches brisées et de vieilles ramures jetées à terre. Pour les plus imposantes, on avait juste pris soin de les traîner sur les bas-côtés ou de les verser, pêle-mêle, dans les fossés. Désormais, si le soleil s'en était revenu, il ne parvenait pas encore à reprendre ses domaines, à réchauffer le sous-bois et à leur rendre ses belles couleurs tamisées.

— Peut-être devrions-nous attendre un autre jour ? proposa timidement Aurélia.

Gontran, sous son panama élégant, arbora son plus beau sourire pour la rassurer.

— Je t'aime, je t'aime et je t'aime, fit-il en faisant claquer les brides sur la croupe de son cheval.

— Moi aussi, je t'aime. Ça ne change rien à notre amour que nous voyions ou non ta mère.

Le jeune homme tendit la main pour lui caresser la cuisse sous sa robe en organdi bleu pâle.

Comme elle restait immobile, il serra un peu son genou jusqu'à ce qu'elle s'inclinât vers lui pour quérir un baiser. Ainsi s'inventaient-ils, heure après heure, des signaux de cette sorte pour clamer leur passion. C'étaient des gestes affectueux, parfois franchement osés en public, ou des petits mots qu'ils se faisaient passer lorsqu'il y avait trop de monde autour d'eux. Ainsi se rassuraient-ils sur eux-mêmes lorsqu'ils n'étaient pas seuls au monde. Gontran se disait un peu triste qu'Aurélia ne parvienne décidément pas à croire que leur aventure durerait au-delà de l'été. Car elle ne se donnait pas entièrement à lui, elle ne s'abandonnait pas à ses désirs. Il avait de la peine, parfois, à la trouver dans les gestes de l'amour, comme si cette réserve – dont elle ne cessait de le dédouaner en vérité, jurant qu'elle en était entièrement responsable – la protégeait d'une illusion dangereuse.

— Ce sera plus difficile de convaincre Hector que ma mère, ajouta-t-il.

— Que veux-tu dire ?

— Il se peut qu'Hector refuse que je t'épouse. Il ne m'aime pas. Ce n'est que trop visible.

— Il n'aime personne, Hector, en dehors de lui. Mais nous nous passerons de son autorisation. Alors que toi, Gontran, tu ne te passeras pas de celle de ta mère ?

Il ne répondit pas. Il fixait la longue route bordée par la forêt. C'était un pays qu'il n'avait jamais aimé. Un temps quitté pour des études à Bordeaux, à Camille-Jullian, puis si vite repris par Moitezan à son grand désespoir. « Tu ne seras jamais mieux ailleurs... », lui avait dit son père en lui faisant miroiter la gestion de la forêt. Par dépit, le garçon s'était alors adonné à quelques plaisirs désastreux : des soirées à boire et à courtiser de pauvres filles et des fins de semaine à jouer les Robinson de Labègue.

— C'est toi qui m'as donné le courage de partir, dit-il.

Elle le fit répéter. Elle ne comprenait pas ce qu'il voulait dire. C'était une pensée personnelle qu'il ne souhaitait pas expliquer.

— Moi aussi, je veux partir, loin de ma famille, de ce trou où l'ennui nous submerge.

Il fut rassuré de découvrir que, sur ce point, ils s'entendaient à merveille. « Même si le reste n'était pas aussi parfait, qu'importe, se dit-il, je l'aimerais comme elle est. Et peut-être qu'avec le temps toutes ces choses négatives en elle, ses réticences, ses craintes, ses retenues, finiront par disparaître jusqu'à ce que nous devenions un couple heureux. »

Aux limites d'Evrette et de ses vastes pinèdes, le paysage se faisait plus hospitalier, avec ses pacages cernés de haies de genêts, d'arbousiers, d'aubépines et de prunelliers. La fougère aigle y avait fait son lit, là où l'humidité stagnait même aux plus fortes chaleurs. Ensuite se profilait le lac de Maureilhan, dont on apercevait déjà les bords marécageux avec ses aulnes aux racines tentaculaires affleurant l'eau.

À l'instant de franchir le grand portail des Souleyrosse, Aurélia fut saisie de panique. Gontran la prit dans ses bras et jugea sa peur ridicule.

— Si ma mère désapprouve notre mariage, alors je partirai sur-le-champ, dit-il. Je te le promets.

— Tu m'en voudras le reste de notre vie, dit Aurélia. Tu ne me le pardonneras pas. Et cette malheureuse histoire détruira notre amour, jour après jour.

Il la serra contre lui. Un furieux désir de la prendre le submergea, mais elle ne comprit pas qu'il eût cette idée frivole et futile en diable à un moment aussi décisif pour leur avenir. Mais ce qui rendait Gontran fou d'amour, c'était précisément l'angoisse qu'elle lui avait communiquée, la peur irraisonnée de la perdre. Enfin, Aurélia le repoussa, comme elle avait pris l'habitude de le faire désormais, tout en finesse et doigté. Cela lui était aisé de justifier sa tiédeur en disant qu'elle voulait paraître devant sa future belle-mère dans une tenue correcte.

— Tu fais l'amour comme un sauvage, dit-elle en rajustant les plis de son vêtement. Je te connais, mon beau ténébreux.

Chaque fois qu'elle lui opposait une résistance, le jeune homme se sentait floué, comme si son petit honneur d'homme était touché de plein fouet. Aurélia ignorait tout de la psychologie masculine et, à la vérité, elle n'avait point envie de s'y plonger, jugeant sans doute, depuis le début de leur relation, que cette histoire s'éteindrait d'elle-même. Et parfois, dans ses instants de spleen, elle parvenait même à se persuader qu'elle n'était pas faite pour le mariage. C'étaient des idées sourdes qui lui venaient de sa mère et de sa petite enfance. Heureusement, la fréquentation régulière de sa tante Astride avait contribué à battre en brèche ces préjugés.

Gontran se décida enfin à ouvrir le portail que l'on maintenait fermé en permanence. Du siège de la voiture, Aurélia distingua la longue allée bordée de platanes et, tout au bout, en partie dissimulée par l'exubérante végétation, la demeure des Souleyrosse, jaune et blanc.

— Tu ne connais pas notre maison ? demanda Gontran.

— Non, répondit-elle. D'ailleurs, comment le pourrais-je ?

— Tu aurais pu venir ici, autrefois, avec ton père. Victorin nous rendait souvent visite. Il entrait ici comme dans un moulin, en toute liberté. D'ordinaire, il saluait tout le monde chaleureusement et rejoignait mon père dans son cabinet de travail. Ils y passaient des heures et en ressortaient toujours en conversant sur un ton passionné.

Aurélia fut surprise par cette révélation. Elle n'imaginait pas son père chez les Souleyrosse. C'étaient des gens dont il ne parlait jamais.

— Je ne savais pas qu'il fréquentait cette maison. D'ailleurs, je ne sais rien de mon père.

C'était un homme secret. Il était dur et violent avec mes frères. Quant à moi, la tendresse qu'il vouait à la petite fille que j'étais s'est muée avec le temps en une souveraine indifférence.

Le jeune homme confia sa calèche à un domestique en lui recommandant de faire boire le cheval, de le panser et de lui donner sa dose d'avoine.

— Que venait faire mon père ici ? questionna Aurélia.

Souleyrosse hésita à répondre. Mais elle surprit à la commissure de ses lèvres l'amorce d'un sourire qui en disait long. Et elle éprouva à cette seconde le sentiment d'entrer dans un autre monde, comme l'on franchit un miroir et que tous les mystères qu'il reflète, peu à peu, s'estompent.

La demeure des Souleyrosse était de vastes dimensions, un long rectangle avec une terrasse avançant fort en avant et quatre colonnes qui soutenaient l'édifice. Elle avait été bâtie cinquante ans plus tôt dans le style colonial que le grand-père Adrien Souleyrosse-Demartin appréciait. C'était un homme qui avait voyagé dans les îles et qui avait rapporté avec lui des mœurs de grand seigneur, et une ribambelle de domestiques. À sa disparition, le train de vie s'était réduit, et toute la fortune avait été reconvertie dans l'achat de terres, les plantations, les assèchements d'espaces nouveaux. C'était une question qui avait toujours chagriné Gontran que son père se fût résigné à n'être rien d'autre qu'un propriétaire vivant de ses rentes et de ses forêts, plus ou moins intelligemment exploitées.

Dans le salon jaune, où la famille avait l'habitude de se réunir, Gontran demanda à la gouvernante d'annoncer sa venue. Cette solennité n'était pas habituelle, mais l'aîné des Souleyrosse tenait à faire un peu d'épate devant sa fiancée. Mais la mère, Vivienne, n'était pas très loin. On l'avait informée de cette visite et, contre toute attente, elle s'avança vers la jeune fille avec un large sourire. Ce n'était pas exactement l'accueil auquel Aurélia s'attendait. Elle était tellement surprise qu'elle en perdit, pendant quelques minutes, tous ses moyens. Elle demeura muette comme une carpe en observant Mme Souleyrosse, une dame fort élégante dans sa tunique rouge brodée. Ce vêtement était inutilement ample ; la dame qui la portait était grande et longiligne. Elle eût peut-être même gagné en élégance à se montrer dans un vêtement plus ajusté. À côté, dans sa robe en organdi bleu pâle avec ses rubans et ses nœuds compliqués, Aurélia faisait jeune fille arrivant à un bal de débutantes. Mme Souleyrosse lui tendit sa main, mollement, avec un sourire doux. « Une étrange douceur », pensa Aurélia, à qui on avait décrit une gorgone autoritaire, jetant ses ordres, ses piques, à tous vents.

— Je me félicite de votre venue dans notre maison, jeune fille. Je vois que mon fils a un goût certain.

Elle se mit à virevolter autour d'Aurélia d'un pas leste et dansant. Elle déplaçait des effluves de parfum, du chèvrefeuille. Elle paraissait s'amuser de la situation. Car son fils se tenait comme au garde-à-vous, attendant sa sentence.

— Vous formerez un beau couple, dit-elle. C'est rare ici, dans ce pays perdu où il n'est que les larmes de la pinède qui intéressent les hommes. Le mien, fit-elle en faisant danser ses mains pour appuyer ses propos ou ponctuer ses silences, est devenu ennuyeux au possible avec ses grèves. Il ne comprend pas que ces pauvres gens puissent se rebeller contre leurs conditions.

— Crois-tu, maman, que ce soit bien utile de…

— Aurélia me comprend. C'est une Marinzacq. N'oublie pas que tu vas épouser une Marinzacq, se reprit-elle.

Gontran haussa les épaules.

— Ne l'ai-je pas choisie d'abord parce qu'elle ne leur ressemble pas ? Ce n'est pas une Marinzacq.

— Comme toi, tu ne ressembles pas à ton père et, d'une manière générale, aux Souleyrosse. Tu as mon caractère, un mélange de feu et d'eau, changeant mais imprévisible. Et peut-être aussi un brin des Demartin. Les Demartin étaient de grands voyageurs.

Et elle désigna autour d'elle les meubles qui dataient du temps où les Souleyrosse-Demartin avaient décidé de revenir en France et de s'installer près de Bordeaux, au bord de la mer, sur une terre si ennuyeuse qu'elle leur donnerait toujours l'envie de repartir.

Vivienne Souleyrosse prit sa jeune visiteuse par le bras et l'attira vers la terrasse. Aurélia se laissait conduire lentement, sans s'interroger. « Après tout, Gontran a vu juste, pensait-elle, je ne suis pas une Marinzacq. Tante Astride ne cesse de me le répéter. » Et cette pensée la rendit joyeuse.

— Votre fils veut m'épouser parce que je ne suis pas tout à fait la fille de mon père. Un canard gris dans la couvée.

— Surtout pas. Vous êtes lumineuse. Vous respirez la douceur et le bien-être. Ne voyez-vous pas que nous sommes entourés de fous ?

— Alors, si j'ai bien compris, interrogea-t-elle, vous accepteriez que votre fils m'épouse ?

— Bien entendu. L'amour d'abord. Vous vous aimez ? Certes, aujourd'hui bien moins que demain. Mais c'est dans la nature des êtres de cheminer vers leur vérité intérieure. Laissons ceux qui ne pratiquent pas cette religion de l'esprit sur le bord du chemin. Oui, je vous donne ma bénédiction. La cause est entendue. Mais savez-vous que mon mari, Maxime, un honnête homme, plutôt sociable lorsqu'il n'est pas dans sa meute, ne voit pas cette union d'un bon œil ? C'est moi qui vous ai imposée, sans vous connaître plus que ça. Gontran ne tarissait pas d'éloges sur votre personne. Et Gontran est le plus intelligent de mes deux fils...

Elle approcha ses lèvres de l'oreille d'Aurélia.

— Frédéric est un médiocre. Il agit sans réfléchir. Ne regrettez rien, vous avez choisi le meilleur des deux. Je crois avoir deviné que Gontran s'étiole ici, à Maureilhan. Il gâche sa vie. Oui, il a mieux à faire. Et vous l'aiderez à partir, malgré les dénégations de son père. Maxime voudrait que ses fils lui succèdent. Mais pour quoi faire, grand Dieu ? Gérer de la forêt à l'hectare ? Le bois, la résine et rien d'autre. Il n'est pas besoin de grands esprits pour s'atteler à cette besogne.

Pendant que Mme Souleyrosse prenait sous son aile la petite Marinzacq, Gontran se tenait à distance. Il jubilait intérieurement sans en rien montrer. Mais ce n'était pas une surprise, il savait que sa mère le soutiendrait, bien que, dans cette affaire, elle eût fait durer le suspense. « Tu auras mon avis quand je l'aurai vue de près. Moi, je sais lire dans les cœurs. » Et il lui avait fallu trente secondes pour se faire une opinion.

Plus tard, on fit le tour du parc, avec la gouvernante, Mme Esther, sur leurs talons. Les deux labradors suivaient aussi en batifolant dans les massifs d'agapanthes, ce qui obligeait Mme Esther à intervenir avec sa badine.

— Si M. Souleyrosse s'oppose à notre mariage, je ne vois pas comment les choses pourraient bien se passer, déplora Aurélia. Ce serait tellement mieux que notre union fasse l'unanimité. Et Frédéric ? Sera-t-il contre aussi ?

— J'en fais mon affaire. Il est vrai, vous disais-je à l'instant, que mon mari est exécrable au sein de sa confrérie. C'est ainsi, il faut que chacun fasse étalage de sa force virile et qu'elle surpasse de préférence celle du voisin. Le mien n'est pas en reste, mais une fois dans notre maison, face à sa chère petite femme, Maxime est aisé à vivre. Car nous finissons toujours par fuir ce qui nous égare. À moins de s'entêter, ce qui est la marque évidente de la stupidité. Il ne s'entêtera pas. Ni Maxime ni Frédéric.

Puis les dames cherchèrent l'ombre des platanes. C'étaient de beaux arbres, soigneusement taillés, auxquels Mme Souleyrosse tenait beaucoup, au contraire des pins qu'elle détestait et dont la prolifération lui avait gâché l'existence.

— Frédéric n'aime pas les femmes. Il les courtise, les butine et les abandonne à leur sort. C'est un âge étrange que celui où les jeunes hommes renâclent à aimer, comme si la passion amoureuse allait leur amputer l'existence. Chez lui, cet état s'éternise, bien au-delà du raisonnable.

Le pousse-rapière passait de main en main et chacun s'offrait une petite goulée. Il n'était que les gosiers en feu pour arrêter la régalade. Sinon, Vermine, qui plaignait toujours sa part, eût descendu la bouteille cul sec. Mais les autres veillaient en poussant de hauts cris pour que la distribution fût équitable. On voulait bien s'enivrer, mais tous ensemble, à l'unisson. Car on avait fait des paris sur celui qui tiendrait le plus longtemps. Là-dessus, il n'y avait aucun doute. On pouvait compter sur Vermine. Ce grand gaillard, on ne l'avait jamais vu tomber d'ivresse. On se demandait même s'il était fait de la même étoffe que le commun des mortels. « Vrai Gascon et fier de l'être », répétait-il en mâchonnant ses chiques de tabac qu'il croquait dans une tresse. Ça le faisait cracher un jus noir qui lui coulait sur le menton. Pour le reste, Vermine était à l'image de ce surnom qui lui collait à la peau depuis la communale. Il l'avait quittée, du reste, avant d'avoir appris à lire et à écrire. Mais qu'importe, c'était un blaireau de la pire espèce, hâbleur, bagarreur, teigneux, mais surtout grand chasseur devant l'éternel. Il ne sortait jamais sans son gros fusil Boudin, une machine infernale qui expédiait de la chevrotine contre tout ce qui vit et prospère dans les forêts landaises : les cerfs, les chevreuils, les sangliers… C'était un traqueur rusé, opiniâtre, ne lâchant jamais sa proie avant de l'avoir achevée. Et, blessée, la bête était vivement égorgée. Et s'il s'agissait d'un mâle, sa manie était de lui couper les couilles pour éviter que la viande ne fût gâtée par le ferum. Effacer les couilles et le sang, voilà ce qu'il fallait faire après la tuerie de la bête, pour éviter que ça empeste le salvajum.

Les hommes se tenaient en rang d'oignons assis sur une bille de pin. Seul Vermine était resté debout dans son habit de chasseur crasseux, le béret enfoncé jusqu'aux oreilles, la mâchoire mastiquant son goudron avec agacement.

— Allez, les gars, buvez, ordonna Frédéric Souleyrosse.

— Ça nous empâte la gueule, ta liqueur, fit Fourmille.

— On garde le vin pour plus tard, rétorqua Frédéric.

— Mais la viande n'est pas prête de cuire, déplora Fourmille.

— S'il le faut, on la bouffera crue. Comme au vendredi saint, pour emmerder la curetaille, renchérit Palestin, un des affidés de la grande famille des Souleyrosse, tout comme Fourmille, homme de main et mauvais garçon.

— Faudrait p'têt commencer par dépecer le chevreuil, dit Vermine. Ici, y a qu'des fainéants, des bons à rien. J'sais de quoi j'cause.

— Parle pour toi, lui rétorqua Fourmille.

— C'est pas d'moi qu'j'parle, fit Vermine.

— On a compris, mon petit futé, dit Frédéric.

Le jeune Souleyrosse alla vérifier ses réserves. Il lui restait encore deux fioles de pousse-rapière et cinq bouteilles d'armagnac, du gros blanc de Ténarèze, ardent et jeune, et qu'on n'avait pas eu le temps de mettre en fût de chêne pour qu'il blondisse. Mais c'était bien suffisant pour ces gars, sans le moindre pif ni palais, incapable de donner un avis sur un alcool. « Pourvu que ça fasse ventre », disait Vermine.

Le chevreuil fut suspendu sous l'auvent du petit pavillon de chasse où les acolytes de Fourmille se réunissaient régulièrement. En un rien de temps, Vermine ouvrit l'animal, laissa tomber sur ses bottes la tripaille et, avec de précautionneux gestes, il ôta la peau. Et quand ce fut terminé, il arrosa la bête d'eau-de-vie, puis frictionna les viandes à vif avec un torchon qui eût fait pâlir la plus souillon des cuisinières.

— Main'nant d'merd'vous, fit-il en refermant son couteau de chasse.

Frédéric lui apporta de quoi boire, un verre d'armagnac rempli à ras bord qu'il descendit comme s'il se fût agi d'une bolée de flotte.

Les autres gars, trois matelots du cru, Mengin, Ducroix et Fintreni, se mirent à découper les pièces de viande. On ne se montra pas chiche. Ils dégagèrent les épaules, les gigues, le râble. Le reste, on le donnerait aux chiens.

Vermine alla vérifier le feu et en profita pour pisser un coup sur la braise pour voir si elle était assez ardente. Ça l'amusait de l'entendre chuinter.

— Eh, Frédi ? cria-t-il. Tu les as baisées, les petites Verdois ? Ça a l'air de sacrés engins.

Frédéric ne répondit pas. Il considérait ces chasseurs, Vermine et tous ses copains, comme des sous-hommes, de la raclure, tout juste bon à monter de sales coups.

— Moi, je me la ferais bien, la plus petite qu'a l'air si timide, avec ses regards en dessous. Que ça te bigle, foutre, ras la braguette, dit Vermine.

La tournure de la conversation agaçait Fourmille. Lui, les filles, ce n'était pas son occupation favorite. Néanmoins, il allait voir régulièrement Florentine, rue de l'Escarpelette. La jolie veuve qui s'émancipe en jouant à la marelle sur les tombes de ses anciens amants, ça l'excitait. Surtout qu'il l'obligeait à lui raconter ses petites histoires. Par le détail, forcément. Il n'y a que le détail qui l'inspirait. Et ensuite, il lui faisait l'amour, de manière qu'elle ne puisse voir son visage, son regard, ses grimaces et toutes ces petites faiblesses que les hommes révèlent dans la jouissance.

— Tu parles, Vermine, et tu ne fais rien. T'es qu'un causeur. La chose, ça se fait et ça n's'dit pas. À mon avis, les petites Verdois, toutes laideronnes qu'elles sont, ne voudraient pas d'un blaireau de ton espèce. Tu pues le ferum à cent lieues à la ronde. Pour te la faire passer, cette chiennerie d'odeur de bouc et de sanglier, faudrait te castrer, vieux.

Il ajouta le geste à la parole, un coup de couteau dans l'air, comme ça, vif et direct, à hauteur de la braguette.

Les matelots rirent à gorge déployée. Eux aussi, avouèrent-ils, ça leur dirait bien, les Verdois, surtout qu'ils trouvaient qu'elles n'avaient pas froid aux yeux. Mais c'était juste pour causer… Et la blague cessa tout net lorsque Frédéric leur rappela qu'après le banquet on irait faire la fête chez le capitaine. Comme prévu. C'était entendu depuis des jours et des jours. Faire la fête ou lui faire la fête? C'était un petit jeu de mots stupide qui avait cours entre eux.

Enfin, Vermine mit les pièces de chevreuil à griller après les avoir saupoudrées de thym serpolet, de romarin, de genièvre et les avoir abondamment arrosées d'huile d'olive. Il y revenait souvent, Vermine, avec sa cruche, versant et reversant l'huile sur la viande pour qu'elle ne s'assèche pas sous la violence des flammes ainsi attisées. Puis il les arrosait d'armagnac, de temps en temps, tout en prenant la part du chef au passage, un gorgeon…

Frédéric Souleyrosse s'impatientait en voyant que la viande continuait à saigner malgré la chaleur de la braise.

— C'est une bêtise de faire du gibier comme ça. Faut que la venaison faisande. Ensuite, ça cuit tout seul.

— On la bouffera comme elle est, défendit Vermine. Crue ou cuite, je m'en fous. J'ai les crocs, moi, depuis le temps que je me traîne dans ce coin de forêt derrière ce chevreuil. Je l'ai basculé tranquillement, à l'affût. Il a quillé ses oreilles, m'a regardé. Trop tard. M'est avis qu'il a compris que j'allais le descendre d'un coup de chevrotine. Là, dans le poitrail, à six mètres. Il s'est cabré en pleurant comme un enfant. Puis je lui ai sauté dessus pour l'égorger. Je fais toujours ça, moi, avec les chevreuils. J'aime sentir quand la mort les prend avec de petits sursauts.

Les matelots rigolaient. L'un d'eux avait été chercher un morceau de râble pour vérifier la cuisson.

— C'est fade notre affaire, ça manque de piment.

— Tu la fermes, Fintreni, fit Pascalin. As-tu prévu le pétrole et l'étoupe, au moins ? Un soldat part pas à la guerre sans son fusil.

— J'y ai pensé, confirma Fintreni. Avec le vent de mer, ça s'ra un jeu d'enfant, mon gars.

— Faut au moins cinq bons litres de pétrole, ajouta Pascalin.

— C'est des choses qu'on parle pas. On les fait, en silence, sans rien dire, comme si de rien n'était, dit Fourmille.

Il paraissait en colère. Il trouvait qu'il y avait trop de monde sur l'affaire. Trop de bavardages. Frédéric se tenait à distance. Ce n'était pas un courageux, le fils du patron. Pour lancer des ordres, ça, oui, on pouvait compter sur lui. Mais en cas d'embrouille, c'était couru d'avance, ça ne connaîtrait plus personne.

Roy Norkliff se balançait sur son siège en fumant un cheroot. Il regardait la mer et l'horizon, la ligne qui s'estompait dans le bleu de la nuit. Il écoutait les vagues et le vent qui donnait un peu, à force 7. C'était la seule musique qui pouvait le rendre mélancolique, jusqu'au fond de lui-même, jusque dans les zones de son être qu'il eût crues insensibles à jamais. Il pleurait doucement à la nuit, à tous ses camarades, perdus ou égarés qu'il ne reverrait plus. « Ainsi la vie nous quitte, peu à peu, imperceptiblement, pensait-il. On se retourne, il n'y a plus personne. Et on se dit : mais que fais-je encore là, sur ce bout de terre, alors que tout est dépeuplé ? »

À mesure que le vent desséchait ses larmes, il se sentait emporté vers des contrées lointaines. Il ne lui suffisait pas d'y songer intensément, un soir, plus fort que d'ordinaire, pour y retourner, non. Il lui fallait que sa mémoire fût à vif, incontrôlable, comme un cheval emballé. C'était une douleur de se sentir emporté, la respiration haletante et la poitrine enserrée dans un étau. « Tu devras arrêter de fumer bientôt et chasser les émotions, te résigner à n'être qu'un figurant posé à la porte de l'éternité, comme un objet perdu. »

Roy sentit que le vent mollissait et que la chaleur de la nuit était forte, avec ses odeurs de sable et d'eaux mortes. Il se tenait dans la cabine, une carte posée sur ses genoux. À la lueur de la lampe tempête, on distinguait juste l'étranglement des terres. Bahr-Aden. Le second avait marqué la route d'un fil rouge. Et au-delà, Jansson n'avait rien laissé, à cause du rhum qui lui avait occupé l'esprit. Il était allongé le long du bastingage, à même le pont, son corps allant et venant d'un côté et de l'autre, au gré du roulis. Mais Roy savait où il se trouvait, entre Ras Seïlan et Schugra. Et tout ça n'avait guère d'importance, tant qu'on avait vue sur la côte, les dunes blanches, les roches déchiquetées et le sombre dessin des montagnes rabotées par les vents.

— Après Schugra, ordonna le capitaine, en se tournant vers son pilote, faudra...

Mais un choc contre la coque le fit sursauter.

— Qu'est-ce qu'il y a ?

Britson et Delannoy se portèrent à bâbord.

— Des pirates ! cria Delannoy.

— Faut pas qu'ils lancent leurs grappins, dit Roy.

Le second descendit dans la cambuse et revint les bras chargés de mousquetons. Puis sans attendre, Britson et Delannoy ouvrir le feu. Au jugé. Sur des ombres posées sur la mer.

— On réveille Jansson ?

— Non, dit le second, on ferait mieux de le foutre par-dessus bord.

Britson se mit à rire. C'était tout ce qu'il pensait de l'ivrogne, une bouche inutile. La pétarade repartit, un peu désordonnée. Car si l'on distinguait les deux felouques, leurs voiles surtout, comme des ailes de papillon de nuit, on avait les plus grandes difficultés à discerner les occupants. Delannoy expédia un engin incendiaire sur celle qui était venue se coller à la coque du cargo. Les pirates n'avaient d'autre choix que de se suspendre à leurs cordes agrippées au bastingage. Mais Delannoy était un ancien de la Légion. Tuer ne lui posait aucun problème. Il attendit que le premier assaillant fût à portée de fusil pour lui tirer une balle dans la tête. Ça l'amusait plutôt de sentir l'odeur fade du sang.

— Je l'ai eu. M'est avis, capitaine, que ça va les repousser, mon carton. Au suivant, les gars. Allez, venez, les petits.

Roy jeta son cigare sur le plancher, puis l'écrasa du talon.

— Hé, Norkliff, sors de là ! Sinon on va te griller comme un rat.

Il vit distinctement le visage de Fourmille. Il tenait un fusil à hauteur de la ceinture. Et à ce moment, Roy pensa qu'il allait lui tirer une décharge de chevrotine. Ça l'ennuyait de finir ainsi, baignant dans son sang.

— Salaud ! cria Roy. Tas de salauds !

Mais Fourmille hésita, à cause de Vermine qui se trouvait juste à côté lui. Car ce dernier avait posé la main sur le canon pour l'abaisser vers le sol.

— Pas comme ça, ils ont dit.

— Y a pas à réfléchir. Le vieux capitaine et après Crocq. Après, répéta-t-il, on ira régler le compte du rouge.

— On a dit que..., minauda Vermine.

— T'es qu'une mauviette, Vermine. T'as que de la gueule. T'es qu'une raclure d'homme.

Le coup partit, mais Norkliff s'était jeté sur le parquet et, maintenant, il rampait jusqu'au coffre, là où il avait caché son Lefaucheux, un revolver 7 mm à broche. Il retenait sa respiration, car tant qu'il n'avait pas l'arme entre les mains, ça ne servait à rien de respirer. En tirant sa première balle, direct sur Fourmille, là, oui, il pousserait un soupir de soulagement. Ce serait comme sur le cargo dans le golfe d'Aden, la fameuse nuit du 13 décembre 1881, où il avait échappé de justesse à la mort. Jansson avait été égorgé d'un coup de cimeterre. Puis il avait laissé le pirate approcher, juste à bonne distance, et il l'avait abattu net d'un coup au ventre et un second ensuite dans la poitrine. « Quand j'aurai descendu Fourmille, les autres prendront la fuite, pensa-t-il. Vermine ne tentera rien contre moi. Il ne sait tuer que les sangliers. »

— Dégage de là, Norkliff ! cria Pascalin. On veut juste foutre le feu à ta cabane. Et ne plus te revoir.

Roy ne répondit pas. Il arma son fusil, délicatement. Il craignait que le déclic n'attirât l'attention de Fourmille. Car le capitaine ne l'avait pas lâché des yeux. Il suivait son déplacement sur la terrasse. Le type déambulait de droite à gauche, cherchant sa proie, dégageant la table, les chaises, le fauteuil à bascule, tout ce qui entravait ses recherches.

— Montre-toi, Norkliff, que je te fasse la peau.

Vermine se tenait contre la balustrade. Il n'avait pas d'arme, hormis son couteau de chasse avec lequel il était assez adroit. D'un simple mouvement, il eût pu le lui expédier dans le ventre. C'était un rude gaillard. Mais sans un gramme de méchanceté. « Un blaireau, pensa-t-il. Un blaireau décervelé. Celui-là, non, je ne le tuerai pas. Même si j'abats Fourmille, il ne tentera rien contre moi. »

— Allez, Pascalin, qu'est-ce t'attends pour allumer l'étoupe ?

L'odeur du pétrole décida le capitaine. « Ils veulent me brûler vif », se dit-il. Et il leva son arme et tira sur Fourmille. Le premier coup fut sans effet.

— Fais gaffe ! cria Vermine. Il est armé. Putain, v'là qu'il va nous faire la peau. Moi, je dis que c'est pas d'jeu. Eh, Norkliff, on voulait juste rigoler.

Au second coup de feu, Roy atteignit Fourmille. Il le vit s'affaisser sur la terrasse, mettre les genoux à terre. Et le capitaine comprit qu'il pourrait se redresser dans le recoin de la cabane, là où il s'était réfugié, et finir son affaire, comme avec le pirate du golfe d'Aden en 1881.

« Sacré Roy, se dit-il en jubilant, tu n'as pas perdu la main. »

Mais le capitaine hésita.

« Si je l'ai touché, ça suffira comme punition », se dit-il.

— T'as ton compte, Fourmille, déguerpis ! cria-t-il.

Et en effet, Vermine tira son acolyte vers la dune, là où on ne pourrait plus l'atteindre.

— Fichez le camp ! J'ai assez de balles pour vous rectifier tous.

Mais Pascalin et Fintreni avaient déjà mis le feu à la cabane. Et le capitaine dut descendre sur la plage pour échapper aux flammes. Il se laissa rouler dans le sable. Puis il rampa jusqu'à la dune, là où il avait l'habitude de se mettre à l'abri du vent. Puis il attendit, en silence, recroquevillé dans le réduit, alors que l'incendie avait gagné la cahute. Il pensait que les pirates le laisseraient en paix, puisqu'ils avaient obtenu ce qu'ils désiraient. Il soupira profondément, à plusieurs reprises, jusqu'à ce qu'il recouvrât enfin un peu de sérénité.

« J'attendrai le jour, se dit-il, et puis bien au-delà, s'il le faut, jusqu'à ce que Josée vienne me chercher. Mon Dieu, faites que je la revoie, Doña Josée. Que je puisse lui dire ce qui me tient à cœur depuis si longtemps. Lui dire enfin la vérité sur nous deux, avant que la mort me prenne. »

Et il se mit à écouter le roulement du ressac sur l'estran. « Si je n'avais pas cette chose à faire, comme une délivrance, peut-être que je partirais, d'un pas décidé, là-bas, jusqu'au cœur de l'océan. »

13

Le lendemain, Aurélia se réveilla aux aurores. C'était une habitude à la Petite Marquise de se lever tôt, au point du jour, sinon, pour la mère c'eût été une journée gâchée. Mais chez les Souleyrosse, on faisait la grasse matinée. On cultivait l'indolence, le bonheur de vivre et la tranquille bonne humeur des gens heureux. Il n'y avait que les domestiques et les ouvriers qui s'affairaient autour du domaine de Maureilhan.

La jeune fille demanda donc à la cuisinière une tasse de café et elle sortit sur la terrasse pour observer le parc, si bien entretenu, goûter la fraîcheur du matin, contempler les mésanges, les pigeons et le vol des martinets noirs.

— M. Gontran ne tardera pas à se réveiller, lui. Il aime les petits matins ensoleillés. Il n'est que les jours de tempête et de grands vents qui le rendent paresseux.

Germaine, la domestique, avait annoncé cette nouvelle avec un air amusé.

— Je ne sais pas, répondit Aurélia. Je ne suis pas passée par sa chambre. Tant que nous ne sommes pas mariés…, avança-t-elle. Vous me comprenez ?

Pour le coup, la cuisinière parut gênée, elle qui avait la manie d'embarrasser son monde avec ses réflexions insidieuses. Sans doute s'était-elle fait son roman dans sa tête sur les jeunes tourtereaux qui couchent ensemble avant le mariage, et sur la vie dissolue des jeunes filles.

— Vous ne connaissez pas Labègue? Ce serait bien étonnant. M. Gontran y emmène toutes ses amies.

Aurélia prit sa tasse, la main tremblotante, l'avala d'un trait et se brûla si fort qu'elle dut se faire violence pour ne pas recracher le café. La domestique dévisageait sans désemparer la jeune fille, incrédule. Elle n'arrivait pas à croire au mariage de M. Gontran. Elle se demandait s'il ne s'agissait pas encore d'une fausse nouvelle. On était tellement fantasque chez les Souleyrosse, surtout du côté de la reine mère, l'excentrique Vivienne.

— M. Frédéric ne paraîtra pas avant midi. Selon son habitude. C'est un noctambule, ce garçon. Je crois qu'il s'est couché vers deux ou trois heures du matin. Vous l'avez entendu rentrer? (Mais Germaine n'attendit pas la réponse, car elle posait ses questions comme si elle se les adressait à elle-même.) Il fait un sacré raffut d'ordinaire. Ça, oui. on ne peut pas faire autrement que de se dire : « Tiens, voici M. Frédéric. » Les portes claquent… Il siffle, il chante… Des couplets bizarres de chansons de corps de garde… Tout compte fait, mademoiselle, vous avez eu raison de choisir Gontran, c'est le plus intéressant des deux fils de la maison.

Elle prononça ces derniers mots en baissant la voix et en prenant un malin plaisir à mettre Aurélia dans la confidence. Mais durant tout son monologue, Aurélia s'était interdit d'ajouter le moindre mot. Elle se sentait embarrassée du ton familier de la domestique, comme si elle voulait l'enrôler dans son jeu, la pousser à participer à toutes ces médisances.

— Quant à M. Maxime, il est souvent absent. Absent de sa maison, absent pour le personnel, absent quand on l'interroge. Enfin, vous voyez ce que je veux dire… Un homme supérieur enfermé dans sa tour d'ivoire. Pourtant il faudrait rétablir l'ordre dans cette maison. L'argent peut être un inconvénient, lorsqu'il n'est pas utilisé à bon escient, c'est-à-dire d'une manière positive… Vous me comprenez, mademoiselle ?

— Non, répondit Aurélia d'un ton pincé.

Puis elle tendit sa tasse à Germaine.

— Pourriez-vous me servir un autre café ? Moins chaud celui-ci…

— Bien, mademoiselle, fit la domestique en se retirant aussitôt, la mine sévère.

Elle traversa les communs au pas de charge en marmonnant :

— Une pimbêche que nous avons là ! Pourvu que le mariage n'ait pas lieu… Oh, mon Dieu, faites le nécessaire. Ça ne rendra pas M. Gontran heureux, une pimbêche pareille.

Quand Germaine revint sur la terrasse avec un plateau, Aurélia était déjà partie dans le parc. Elle refit le même trajet que la veille. Mais cette fois, elle ne rata pas les écuries. Dans les box, il y avait une douzaine de bais bruns, tous fort bien entretenus, la crinière tressée, les sabots cirés, la robe brossée. Et au vu de l'alignement des selles, la jeune femme comprit que ces chevaux étaient tous montés, mis à part les gris cendre qui tiraient la calèche. Elle avait fait la connaissance de ceux-ci lors du périple de Labègue. C'étaient de fiers frisons, un peu abâtardis, mais résistants à la charge et dociles à l'attelage.

Le palefrenier lui fit visiter les lieux avec gentillesse. Et Aurélia n'eut point à expliquer ce qu'elle faisait sur le domaine des Souleyrosse, l'homme paraissait tout connaître d'elle, comme quoi, Gontran et sa mère, tout du moins sa mère, avaient fait passer le message selon lequel bientôt il y aurait une nouvelle arrivante à Maureilhan. Elle en ressentit un peu de fierté.

— Vous croyez, monsieur Laroca, demanda-t-elle, que je pourrais emprunter un de vos bais ? J'adore les promenades à cheval.

Il la conduisit aussitôt au box de Forsythia. C'était une pouliche de cinq ans, fort bien dressée, que Mme Souleyrosse, expliqua-t-il, montait quelquefois pour faire le tour du lac. En ces endroits, il se trouvait des passages assez scabreux et le cheval n'en ignorait aucun.

— Toutefois, je demanderai à madame l'autorisation, prévint-elle.

— Ce ne sera pas la peine. Mme Souleyrosse serait ravie que vous montiez Forsythia.

— Comment pouvez-vous le savoir, monsieur Laroca ?

Le domestique ne répondit pas. Il se borna juste à lui faire un large sourire de connivence. Sa fierté fut de nouveau flattée par cette réaction, laquelle tranchait en vérité avec les propos de Germaine. Aurélia songea alors qu'il ne lui avait guère fallu plus d'une journée à Maureilhan pour se faire accepter des Souleyrosse, et cela bien qu'elle n'eût pas échangé le moindre mot avec le maître des lieux. Mais elle avait compris que les questions familiales étaient le domaine réservé de celle que Germaine appelait la reine mère.

En retournant vers les cuisines, elle traversa le salon jaune en rasant les tapisseries ornées de flamboyantes allégories païennes. Gontran et sa mère prenaient leur petit déjeuner près de la bibliothèque. C'était un lieu fort bien éclairé par une verrière, habillé de fleurs de lotus aux calices rose tendre, de lys dont les corolles ivoire se dressaient majestueusement dans l'entrelacs des tiges ligneuses. Elle y avait déniché, déjà, quelques raretés, les ouvrages d'Aloysius Bertrand, de Barbey d'Aurevilly ou de Percy Bysshe Shelley… Ainsi se promettait-elle de belles soirées de lecture dans ce lieu idyllique. Un souverain bonheur qu'elle n'avait point connu, hélas, à la Petite Marquise, d'où les livres avaient été bannis par décret paternel.

Invitée à s'asseoir auprès de Gontran, elle reçut ses baisers sous le regard de la mère. Cette initiative lui mit le feu aux joues. Mais Mme Souleyrosse trouva la scène charmante, jurant qu'il n'était plus beau visage que celui de l'amour. Elle soupira comme une grande amoureuse. Elle regrettait peut-être, elle qui approchait de l'automne de sa vie, de n'avoir pas été assez conquérante tant qu'elle avait l'heur de plaire. Mais la dame de Maureilhan était encore fort séduisante. Son aménité naturelle animait son regard d'un feu plein de tendresse et d'un brin de fantaisie, ce qui faisait dire à Germaine, quelquefois, avec ses mots à elle, que sa maîtresse était « excentrique ».

— J'ai demandé à M. Laroca de me préparer un cheval pour faire le tour du lac.

— À la condition que je t'accompagne, dit Gontran. Pour cette fois…

— Allons, mon fils, ne sois pas trop directif, défendit Vivienne. Ne vous laissez pas faire, Aurélia. Avec les hommes, savez-vous, fit-elle en lui prenant la main, il faut immédiatement poser ses jalons. Sinon, vous n'aurez plus le droit de bouger le petit doigt.

— Pour cette fois, insista le jeune homme.

Aurélia admit qu'une telle aventure nécessitait sans doute la connaissance des chemins de rives.

— Forsythia vous y conduira les yeux fermés.

— Nous l'avons sacrément débourrée, cette pouliche, expliqua Gontran.

Mais la maîtresse de maison, qui n'entendait rien à ces histoires de palefrenier, rompit net. Elle jeta un regard furtif vers les cuisines pour s'assurer que sa domestique était à distance.

— Ne vous laissez pas embêter par notre Germaine, chuchota-t-elle. Remettez là à sa place, jeune fille. Car depuis que vous êtes entrée dans notre demeure, elle se pose des questions. Comme chaque fois, du reste, qu'une tête nouvelle apparaît. C'est un genre singulier qui nous distrait, mon mari et moi. Ça nous rappelle, au cas où nous risquerions de l'oublier, combien le monde des petites gens est mesquin et ridicule.

Au moment où Gontran et sa fiancée allaient quitter la pièce, Frédéric arriva dans une robe de chambre si longue qu'elle lui tombait sur les talons. Il vint embrasser sa mère et son frère, puis resta quelques secondes interdit devant Aurélia. Sous le regard insistant de la maîtresse de maison, il se décida enfin à déposer un rapide baiser sur la joue de l'étrangère. Car pour lui, ce mariage était grotesque. Une Marinzacq ne méritait pas d'entrer dans la famille. Ça lui restait sur le cœur. Mais le père lui avait déjà dit d'un ton ferme : « S'il te plaît, reste en dehors de tout ça… »

Il dévora le reste de la brioche, but son café, tout en restant debout près de la table.

— Qu'as-tu fait de ta nuit ? demanda Mme Souleyrosse.

— Si je te le disais, maman, tu ne m'approuverais pas…

Il éclata de rire. Gontran le prit à part et ils quittèrent ensemble le salon.

— Je veux me marier avec Aurélia. Qu'il te plaise ou non…

— Tu fais une belle connerie.

— J'en ai assez. J'ai trouvé la femme qui me convient. Je crois que nous serons heureux.

Frédéric se mit à bâiller, en rajustant sa robe de chambre.

— Cette nuit, dit-il, Fourmille a donné une leçon au vieux Norkliff.

— Comment cela ?

— Il a foutu le feu à sa masure. À mon avis, nous ne sommes pas près de le revoir, le loup de mer.

Gontran se prit la tête dans les mains.

— Tu devrais t'éloigner de ces gens. Ils finiront par nous créer des histoires. Et ça rejaillira sur notre famille. Papa n'est pas assez vigilant avec toi, Frédéric. Tu es resté un vilain petit gamin. Tu ne grandis pas. Rien ne saurait te raisonner. Après notre mariage, nous partirons nous installer à Bordeaux, chez l'oncle Demartin. Il m'a demandé de le seconder à son officine d'import-export.

— C'est très bien, répondit Frédéric. Je vois ça d'un bon œil. Tu as raison. Moi, je serai mieux à même de reprendre nos pinèdes. D'autant que papa va investir dans l'établissement des bains. Il était urgent de faire déguerpir le vieux Norkliff.

Ça faisait mauvais genre, cette masure dans les dunes, à l'endroit même où nous créerons une plage privée pour nos futurs clients. Il y a de l'argent à gagner, de l'argent facile.

— L'argent n'est jamais facile à gagner, rétorqua Gontran.

— Décidément, tu n'es qu'un pied-tendre, asséna Frédéric d'un air méprisant.

— Encourage-moi plutôt à déposer plainte, se rebella Doña Josée, au lieu d'étaler ta mansuétude. Ça ne sert à rien. Cette gentillesse, ce je-m'en-foutisme face à ces barbares ne font qu'aggraver la situation. Jusqu'où iront-ils la prochaine fois ? Tu m'as dit que Fourmille avait tiré sur toi, te rends-tu compte ? Une tentative d'assassinat. Enfin, c'est immonde ! s'emporta-t-elle en arpentant sa terrasse à grandes enjambées et en faisant virevolter sa longue robe à volants.

Roy Norkliff l'accompagnait du regard, singulièrement détaché des événements qu'il venait de vivre.

— Je ne veux pas faire d'histoires, défendit-il. Combien de fois ai-je dû me battre contre les pirates dans le golfe d'Aden et sauver ma vie de justesse ? Chaque fois, je me disais : « Décidément, mon vieux Roy, tu as la baraka. Il est une main, là-haut, qui te protège. » Est-ce celle du bien ou du mal ? Je ne le saurai jamais. Pourtant, voici qui me rendrait encore plus serein. Cette fois, j'ai cru que ma dernière heure était arrivée. Je n'ai rien imploré, ni Dieu ni diable, si tu veux le savoir, Josée.

— Qu'importe. L'essentiel, capitaine, c'est que tu sois là. Mais lorsque je t'ai trouvé niché au creux d'une dune, tu n'en menais pas large. Tu tenais encore ton arme. Et à ce que je crois, tu aurais pu me tirer dessus.

Norkliff se mit à sourire.

— Il aurait fallu que je me sente telle une bête traquée pour faire cette bêtise. Alors que j'étais assuré que les pirates ne reviendraient pas.

— Les pirates, les pirates… Ce sont les hommes de mains de Faurel et de Souleyrosse. Ils veulent que les plages et toute cette partie du littoral soient à eux pour installer leur hôtel des Bains. Et toi, forcément, avec ta petite cabane, tu te trouvais pile au milieu de leur projet. Alors pourquoi se gêner ? On brûle, on assassine. On fait place nette.

Roy Norkliff s'était confortablement calé les reins dans un fauteuil, les pieds posés sur un tabouret. Il contemplait le parc de Josée Fortegui, les petites chèvres qui se dressaient contre le tronc des tilleuls pour atteindre les branches basses et les dévorer. Ce spectacle le distrayait, bien qu'il sentît confusément que cette retraite à Saragos ne lui conviendrait pas longtemps.

— Tu as voulu m'héberger chez toi, comme un chien perdu. Mais je n'aime guère la pitié. Je sais, depuis longtemps, que seule la solitude me sied. On ne fera pas mon bonheur en voulant me préserver de tout. Si les pirates s'en reviennent pour me tuer, alors à la grâce du destin.

Doña Josée se retourna vivement vers le capitaine, le toisa de sa hauteur, bras croisés sur sa poitrine.

— Tu ne comptes pas retourner dans les dunes des Tronquets ?

— Bien sûr que si. Tes ganymèdes m'aideront à rebâtir une autre cabane, plus grande, plus solide. On y mettra le temps qu'il faudra.

— Et en attendant ?

— Tu auras la bonté de m'héberger. Je ne sais comment je te remercierai, fit-il, songeur. J'ai une dette envers toi.

La Donessa éclata de rire.

— Tous les hommes que je connais sont prêts à mettre le genou à terre devant moi. Qu'ai-je donc de si particulier pour encourager ce genre de réaction ? Le petit torero voulait faire de moi un ange protecteur, le docteur Lafranquat sa maîtresse... Et il y a quelque temps, l'aîné des Marinzacq sa femme... Et toi, tu voudrais me couvrir d'or, une fortune que tu ne possèdes pas, vieux capitaine. À la vérité, je n'attends rien des hommes. Rien, affirma-t-elle, comme si, par cette défense, elle espérait se préserver pour les années à venir.

— Moi, se dressa Norkliff, j'ai toujours été à tes côtés, à suivre toutes les péripéties de ton existence, à me faire un sang d'encre, surtout lorsque ton père t'a chassée de la maison de Donostia, sans ménagement, et que tu es venue t'exiler en France. C'est moi qui ai été voir l'oncle pour qu'il te donne l'argent dont tu avais besoin, celui que ton père t'avait si ignominieusement soustrait.

— Tant d'attachement, fit-elle en le prenant dans ses bras. C'est une question que je me pose toujours. Y a-t-il une explication ? Ou est-ce seulement l'amitié que tu éprouvais pour notre famille, pour ma mère Agustina ?

Et le vieil homme fondit en larmes et tenta en vain de dissimuler son émotion.

— Tu as toujours été mon ange gardien. Il faudra bien que nous en parlions, un jour, dit Josée. Aussi longtemps que remontent mes souvenirs, je te vois, tourner autour des Fortegui, dans notre villa de Donostia. Tu venais le soir, dans le jardin Dortolan, toujours élégant, avec un foulard de soie bleu pâle nouée autour du cou. Ma mère te tenait compagnie. Puis elle me demandait d'aller jouer vers la fontaine, pendant que vous poursuiviez vos longues conversations auxquelles je ne comprenais rien. Je me souviens aussi que mes sœurs, surtout Beatriz, ne supportaient pas ta présence. Anna disait de sa voix grave, une voix qu'elle avait déjà toute petite et qui lui est restée toute sa vie : *Qué esta haciendo él aquí*[1] *?* Et maman Agustina lui faisait les gros yeux. « Petite effrontée, disait-elle. On voit de qui tu tiens ton insolence ! » Elle pensait à mon père. Et lui,

1. « Qu'est-ce qu'il fait ici, celui-là ? »

Alexo, il ne m'aimait pas. Du reste, il me l'a bien montré… Certes, maman était une femme autoritaire, aimante avec nous, mais si forte dans sa tête.

— Oui, coupa Roy, je connais bien ta mère. Je connais tout d'elle, les bons et les mauvais côtés sont gravés dans ma mémoire. Et en vérité, ma petite Josée, il y avait bien plus de bien que de mal en elle, quoi qu'ait pu dire Alexo Fortegui. Car après sa disparition, il a traîné ignominieusement sa mémoire dans la boue.

— Que lui reprochait-il ? L'avait-on mariée de force, comme on a voulu le faire avec moi plus tard ? C'était une manie des Fortegui. Les sentiments ne comptaient jamais lorsqu'il y avait des intérêts en jeu, n'est-ce pas ?

— La branche Larzabal de Bilbao possédait beaucoup de biens et plus encore, des titres. C'était une question importante pour les Fortegui. Les honneurs, la fortune, la considération dans les cercles bourgeois de Donostia… Alexo était aux anges. Un homme comblé. Quant à l'amour, son amour pour Agustina, c'est une tout autre affaire. Peut-être vais-je te décevoir, ma petite Josée, mais je crois qu'Alexo ne l'a jamais aimée.

Doña Josée parut en effet affectée par cette révélation. Que sa mère eût à souffrir d'un amour non partagé la rendait triste et malheureuse. Pourtant, en y songeant, elle n'avait jamais lu dans son regard le moindre signe de détresse.

— Agustina était bien trop forte pour se laisser abattre.

— Mais d'où puisait-elle cette force intérieure ?

— L'orgueil, suggéra le capitaine. Elle appartenait à une caste sociale qui ne montre jamais son désarroi. Elle était fière et noble, comme le sont les femmes de ce pays de la Biscaye. Une fierté et une noblesse d'âme dont tu as hérité, ma petite Josée.

Et Roy Norkliff serra Josée contre lui, la voix étranglée par l'émotion.

— Je crois avoir deviné ce que tu ne parviens pas à me dire, fit-elle. Tu as été bien plus qu'un ami pour elle, n'est-ce pas ?

Le capitaine baissa la tête. Doña Josée comprit à sa réaction qu'il voulait se dérober, échapper à une vérité qui le déchirait depuis si longtemps.

— Vous avez été amants, bien sûr. Elle était si proche de toi, capitaine.

— Bien plus que tu ne peux l'imaginer, ma chère petite.

— Comment cela ? Tu veux me faire comprendre que…

— Oui, dit-il en hochant la tête.

— Le diras-tu enfin ? Ce que j'ai toujours pressenti… Pourquoi ne peux-tu pas me le dire ? J'ai tant besoin de l'entendre, moi qui n'ai jamais aimé Alexo. Ce serait une délivrance, au fond. Une sorte de renaissance.

— Oui, tu as raison. Tu as besoin de l'entendre de ma bouche. Pourtant Agustina m'avait fait jurer de garder le silence.

— Là où elle est, elle ne t'en voudra pas. Bien au contraire.

— En effet, reconnut Roy Norkliff.

Le capitaine aspira profondément, puis dit d'une voix cassée par l'émotion :

— Je suis ton père, Josée. Ton père. Un père honni. Mais un père qui n'a jamais été loin de toi, sauf quand il m'a fallu courir les mers, de longs mois, mais chaque fois je suis revenu à Donostia, avec mon secret. Puis lorsque tu t'es installée à Saragos, j'ai décidé d'échouer mon bateau ici, avec mes souvenirs.

— Maintenant, finis les secrets. Tu vas vivre avec moi, dans notre maison.

Le capitaine refusa d'un mouvement de tête.

— Je veux rester près de la mer, entendre le murmure du vent et la lancinante mélodie des vagues. Après tout, nous serons proches l'un de l'autre et il te suffira d'enfourcher ta fière alezane pour venir me voir. Cassandre connaît le chemin. Elle sait tout de notre histoire. Je lui ai dit que tu étais ma fille adorée et qu'elle devait prendre soin de toi.

— Je crois que tu as un grain de folie dans la tête, mon cher papa.

— Oh, non, répliqua-t-il. Cassandre est beaucoup plus intelligente que tu ne l'imagines.

— Bien plus que moi, en tout cas, qui n'ai rien compris, alors que ça sautait aux yeux. Du reste, promit-elle dans une sorte d'exaltation dont elle avait le secret, je vais demander à ce qu'on change mon nom. Désormais, je serai Josée Norkliff. Ça, c'est une sacrée affaire. Ma vie commence enfin ! s'écria-t-elle en se jetant dans les bras du capitaine.

Tôt le matin, même aux périodes de forte chaleur, la brume stagnait sur le lac et puis disparaissait comme par enchantement. Gontran avait insisté pour qu'Aurélia fût témoin de ce spectacle, après que l'incandescence sur la ligne haute de la forêt se fut apaisée et que tout le ciel eut célébré le bonheur d'un jour sans un nuage, dans la limpidité de l'air.

— Tu montes à merveille, dit le jeune homme. Où as-tu appris ? Avec Hector ?

— Même à cru, répondit-elle en fanfaronnant.

— Pourquoi pas en amazone ? Ça ne manque pas de panache chez une femme.

— Tu trouves vulgaire que j'enfourche un cheval comme les hommes ?

Gontran Souleyrosse se défendit de cette pensée, bien qu'elle l'eût effleuré. Il voyait en vérité, dans cette manière de monter, une volonté affirmée des femmes.

— Mis à part que nous sommes obligées de porter des pantalons, comme vous, mon cher, cela est plaisant. Peu à peu, s'amusa Aurélia, nous vous rejoignons sur ce terrain. Mais, allons, ne fais pas cette tête, ça n'enlèvera rien à notre beauté. Bien au contraire, nous élargissons la palette de nos charmes.

Le jeune homme était surpris par la tournure de cette conversation. Il découvrait un aspect insoupçonné de sa future épouse. Peut-être était-ce ce que sa mère avait voulu lui faire comprendre en aparté : « Celle-ci, ne la laisse pas t'échapper. Tu ferais une sacrée erreur, mon petit Gontran. Je te connais, tu papillonnes, tu t'éparpilles, et la vie se délite à mesure que les jours passent. Non, cette fois, reste fermement accroché à elle. Les femmes adorent sentir qu'on les aime, à chaque seconde. Car notre Aurélia est hors du commun, une forte personnalité. Ça nous changera dans la famille… »

Parfois, la jeune fille donnait un coup de talon pour accélérer la cadence. Elle trouvait que la balade autour du lac, sur un passage ouvert et assez aisé, méritait qu'on allât au trot, alors que Gontran tenait sa monture au pas.

— Faisons attention, il y a des marécages ici, prévenait-il, assez difficiles à repérer à cause des joncs et des roseaux qui infestent les bords.

— Forsythia déjouera les traquenards. J'ai une confiance aveugle en cette pouliche, fit-elle en lui tapotant l'encolure. M. Laroca la connaît si bien.

Gontran Souleyrosse éclata de rire.

— Il n'y a qu'avec moi que tu n'as pas confiance.

Elle lui fit répéter sa réflexion, trop sibylline, car elle avait soupçonné dans son ton une petite pointe d'amertume.

— Comment cela ? Je me suis donnée à toi. Nous partageons quelques idées communes sur l'existence. Et peu à peu, nous finirons par nous apprivoiser l'un l'autre.

— Tu as toujours peur d'aimer.

— Je suis en progrès, convint-elle. Comment me rêverais-tu ?

Les deux chevaux étaient côte à côte. Leurs mains gantées se joignirent. Le jeune homme y imprima de la force. Elle y répondit, à sa manière. Il avait besoin de ses lèvres, mais les chevaux s'impatientaient trop pour que leurs bouches pussent se toucher. Elle répéta sa question, mais l'attention de Gontran fut soudain détournée par l'envol d'une escadrille de canards, rasant la soie grise du lac.

— En putain personnelle ? Toute à tes désirs ?

Elle s'amusa de son désarroi.

— Non, se défendit-il. Je ne veux pas que tu me voies ainsi, comme…

Il n'acheva pas sa phrase ; elle eût sans nul doute gâté la journée.

— Comme un jouisseur effréné. Un consommateur de femmes faciles.

Gontran avait voulu dire : « Comme ton père, ce coureur de jupons… » Car l'affaire était de notoriété publique ; Mme Marinzacq avait subi les pires humiliations durant sa vie d'épouse.

— Je le voudrais, affirma-t-elle en rajustant sa casquette. Je le voudrais tant, être ta putain personnelle, te donner du plaisir et te rendre prisonnier de mes facéties. Mais conserverais-je alors l'amour que tu éprouves pour moi ? Entre ce que le désir nous dicte et la raison, il y a un monde.

— Jamais rien ne pourra détruire notre amour, jura Gontran. Deviens donc ma putain personnelle, c'est ce que je désire le plus.

— Alors, j'y mettrai toute mon énergie, assura-t-elle. Comme cette nuit où tu as voulu que je te prenne en bouche ?

— Exactement. Comme cette nuit.

— Tu ne crois pas, comme certains hommes, que ces choses-là, bizarres, sont réservées aux femmes qu'on paye ?

— Non, je ne le crois pas.

— C'est la manière dont nous nous voyons l'un et l'autre dans cette passion qui importe.

— En effet.

— Car je ne pourrais pas faire ça, cette chose, à un homme que je n'aimerais pas.

— Tu n'as point besoin de me rassurer là-dessus.

— Oui, mais il était nécessaire que nous nous le disions pour éviter les malentendus.

Ils repartirent alors que la chaleur montait sur le lac, faisant disparaître toute une volée d'oiseaux dans les profondeurs de la forêt environnante. Gontran était un fin observateur de la nature, contre toute attente. Aurélia s'amusa donc, dès ce moment, à lui poser mille questions sur les saules, les vergnes, les chênes pédonculés et les autres, les tauzins, bien plus rares. La jeune femme ne réussit point à le mettre en difficulté, ce qui la faisait enrager.

— Je ne comprends pas que tu veuilles quitter ce pays, dit-elle.

— Pourquoi donc ?

— Tu en es si instruit, si épris que ce départ pour la ville fera de toi un exilé. Tu auras la nostalgie des marais d'Evrette, du lac de Maureilhan et surtout, je le crois fort, de Labègue. Et bien sûr, tu m'en rendras coupable.

— Ne dis donc pas de bêtises, Aurélia. Je veux tourner une page, connaître des aventures nouvelles. Et je les vivrai avec d'autant plus de bonheur que tu seras à mes côtés.

Ils repartirent au trot, cette fois en suivant la rive qui paraissait plus ferme sous le couvert de la végétation, exubérante et trompeuse. Ils firent courir leurs chevaux jusqu'à l'ancien embarcadère. C'était une passerelle faite de grossiers madriers et de planches disjointes. Cet assemblage hétéroclite avançait d'une trentaine de mètres sur le lac. Par endroits, les balustrades avaient été rafistolées à la légère, à croire que ceux qui l'utilisaient le faisaient avec l'assurance de l'habitude.

— Paradis des pêcheurs, dit Gontran Souleyrosse. À la pêche au coup, on attrape des carpes, des brèmes, des tanches sans difficulté, par jour d'orage et de pluie, lorsque les vents viennent de la mer. Pour le brochet, la barque est nécessaire.

Il en montra trois, amarrées sous les aulnes, à demi emplies d'eau.

— Mais je crois qu'elles sont surtout empruntées par les chasseurs, dit-il en faisant avancer son cheval sur le sable de la rive. Avant l'aube, ils viennent se poster au milieu du lac pour tirer le canard.

— Et cette cabane, à qui appartient-elle ? Elle me paraît bien rustique avec son toit de chaume.

— À qui veux-tu qu'elle appartienne, sinon aux Souleyrosse ? Ici, tout est à nous.

Et pour appuyer ses dires, il fit un grand geste qui embrassait le lac, les forêts alentour.

— Nos domestiques peuvent en jouir. Nous n'exigeons aucune rétribution, sinon la remise en état.

— À première vue, nota Aurélia, vous n'êtes pas très vigilants. Elle tombe en ruine. Le chaume est crevassé en certains endroits. On voit les lattis, comme les os d'une charogne sous la peau défaite.

Comme Aurélia faisait avancer sa monture jusqu'à la masure, Gontran s'impatienta.

— Il n'y a rien à voir. La Chaumine est abandonnée. Et l'endroit est sinistre. Ça sent la vase et l'eau stagnante. L'œuf pourri, précisa-t-il.

— Je veux la visiter, insista Aurélia.

Aurélia n'eût su dire pourquoi, à cette seconde, elle se sentait attirée par ce lieu.

— Endroit maudit, maugréa-t-il.

La jeune femme mit pied à terre et prit le chemin qui menait à l'entrée de la Chaumine, ainsi qu'il était de coutume de la nommer.

Sur le seuil, assis en tailleur sur un lit de roseaux, un vieil homme à barbe blanche préparait ses lignes. Il leva la tête à l'approche de la visiteuse, puis l'observa attentivement, comme les gens solitaires qui passent des journées entières sans voir âme qui vive.

Gontran Souleyrosse, lui, était resté en selle. Il suivait la scène de loin, avec inquiétude. Il se reprochait déjà d'avoir conduit son amante en cet endroit, alors qu'il eût été plus judicieux de prendre un peu de distance avec le lac et de parcourir les sous-bois d'Evrette.

— Je sais qui tu es, jeunette, fit le vieil homme à la barbe fournie.

— Ah oui ? Et qui suis-je au juste, monsieur le perspicace ?

Elle se mit à rire. Mais l'homme resta de marbre. Dans le contre-jour, il contemplait la silhouette de la jolie petite princesse descendue de son coursier pour lui parler, lui, l'homme du lac. « On m'évite d'ordinaire, pensa-t-il. Surtout les gens de la pinède. Sinon pour me demander conseil sur les brochets qui chassent entre deux eaux les petits canetons. Gloup. Plus rien. Juste deux ou trois rides sur l'eau calme. » Il rit à son tour en montrant sa bouche édentée.

— Tu es la fille des Marinzacq.

— Vous me connaissez alors ? Pourtant je ne suis jamais venue ici.

— Bartholémée connaît tout le monde, de près ou de loin.

— Par mon père, sans doute ?

Le vieil homme se redressa en prenant appui sur ses avant-bras et se mit à quatre pattes, tout en maugréant contre ses vieilles douleurs.

— Ça ne me laisse jamais en paix, murmura-t-il. Voilà ce qui arrive à force de vieillir. L'avantage est de connaître tout le monde, les gens d'ici et leurs histoires, grandes et petites, surtout petites, parfois honteusement petites.

— Et l'inconvénient ?

— De se sentir mourir à petit feu, ma chère fillette, sans attirer la moindre compassion. Parfois, on vient me taquiner, des bandes de voyous de Moitezan. Ils me ficheraient à l'eau rien que pour en rire. Un vieux, passé les soixante-dix ans, ça ne vaut pas un clou. Au contraire, ça débarrasse.

— Monsieur Bartholémée, loin de moi cette idée.

— Je vois. Tu as l'air intelligente, comme ton père. Tu lui ressembles, il était fier et orgueilleux. Mais c'est une façon de voir les choses qui ne rapporte rien à la longue.

— Comment cela, monsieur ? Vous avez connu mon père ?

— Victorin ? Oui, bien sûr. Il venait souvent pêcher ici, de diverses façons, à vrai dire.

Je devais lui monter ses lignes, choisir les hameçons, lui fabriquer des appâts avec des boulettes de badiane, d'ail, d'avoine, de lupin, du sang en poudre et que sais-je encore.

Elle demeura longtemps interdite, à observer le vieil homme se débattant avec ses crins de pêche, ses olives de plomb et ses flotteurs. Il expliqua que seuls les sandres intéressaient Victorin. Mais c'était une pêche difficile qui exigeait de longues lignes plombées avec, parfois, plusieurs hameçons. Il aimait à venir tôt le matin, lorsque la brume recouvrait le lac, cherchant les fonds de six à sept mètres. Aurélia dit alors qu'elle n'avait jamais su que son père s'adonnait à cette activité plutôt solitaire.

— Il aimait ce lieu pour toutes sortes de raisons, fit le vieil homme au regard malicieux. Je pourrais vous en dire tant et tant, maintenant qu'il nous a quittés d'une bien vilaine façon. Vous devez connaître son histoire, sa terrible histoire…

Bartholémée se tut, soudain, comme si la présence, à une trentaine mètres, de Gontran Souleyrosse lui coupait le sifflet.

— Faudra venir me voir seule, ma petite. Je vous raconterai ça. Si vous avez envie de connaître la vérité.

Et il fit un geste discret en direction du jeune homme, toujours juché sur son cheval.

— Sans lui, surtout. Bien sûr. Un Souleyrosse reste un Souleyrosse.

Puis Bartholémée retourna dans la Chaumine pour s'y mettre à l'ombre et reprendre ses petites occupations de monteur de lignes, avec des gestes délicats soutenus par le long silence qu'il prisait comme une vertu propre à l'homme libre.

14

En prenant ses distances avec sa propre famille, Aurélia avait cru s'affranchir de toutes les attaches. Aussi sa surprise fut grande lorsqu'elle trouva Hector dans la cour des Souleyrosse. Il entra dans le salon, avant même que Germaine n'eût eu le temps de réagir.

— Je veux voir ma sœur ! s'écria-t-il sans détour.

Vivienne toisa le garçon et lui montra qu'elle ne le craignait pas, tout en s'étonnant d'une telle intrusion. Mais Hector Marinzacq répéta sa question d'une voix forte, le visage animé par une vive colère.

— Où est ma sœur ? Amenez-la-moi sur-le-champ.

La domestique voulut s'interposer, mais Hector la repoussa vivement.

— Elle est chez nous, répondit simplement Mme Souleyrosse. Elle est notre invitée, précisa-t-elle.

— Justement, je suis venu la chercher pour la reconduire séance tenante à la Petite Marquise.

Devant la brutalité de ses injonctions, la maîtresse de maison parut soudain déstabilisée.

Après tout, elle n'avait aucune raison de refuser à l'aîné des Marinzacq de voir sa sœur, tout en devinant par avance les raisons de son arrivée intempestive.

— Bien, fit-elle, je la fais appeler.

Puis elle envoya Germaine à l'étage. De la fenêtre du boudoir, offrant une large vue sur la cour, Aurélia avait vu dans quelles dispositions se trouvait son frère, agité et frénétique, selon son habitude. Elle hésita à descendre durant plusieurs minutes, puis se rendit à l'évidence. Et à peine parut-elle au bas de l'escalier que son frère se rua sur elle, la main levée, prêt à lui asséner un coup de badine. Mais Mme Souleyrosse s'interposa.

— Holà, monsieur, retirez ceci. Ce geste vous déshonore.

Aurélia fit front, sans un cillement de regard. Et à cette seconde, Vivienne comprit que le frère n'en était pas à son premier coup.

— Aurait-il cette fâcheuse habitude, ma chère petite ? demanda-t-elle.

— Laissez-nous ! ordonna Hector. Que je la corrige.

— Et pourquoi donc ? Qu'a-t-elle fait ? interrogea Vivienne.

— Je ne veux pas qu'elle entre dans cette maison et devienne la catin de monsieur votre fils.

— Vous êtes fou, Hector ! s'écria Vivienne. Vous vous méprenez complètement. Il se trouve que Gontran a l'intention d'épouser votre sœur. Trouveriez-vous à redire ?

L'aîné des Marinzacq partit d'un rire hystérique, tournant dans le salon, possédé par sa colère et cherchant par des va-et-vient incessants à saisir sa sœur. Mais Vivienne la serrait de près, de si près qu'il l'eût emportée avec elle. Ce rapport de force dura quelques minutes, sans désigner qui serait le plus fort, la vigueur colérique du frère ou la ténacité de la maîtresse de maison.

— Je veux épouser Gontran, affirma enfin Aurélia. Je me passerai de ton consentement. Ne t'ai-je pas dit, déjà, que je ne voulais pas vivre à la Petite Marquise ?

— Ce n'est pas l'avis de notre mère.

— Depuis quand te soucies-tu de l'avis de maman ?

— Je suis le maître. Je décide. Et on m'obéit, rétorqua Hector.

— Nous avons là un petit dictateur, fit Vivienne.

— Je compte m'installer à Bordeaux avec mon futur mari. J'ai besoin de ma liberté et d'entrer de plain-pied dans une nouvelle existence.

— Un jour, marmonna Hector, il faudra que je me décide à étrangler la tante Astride. Tout le mal vient de là, de cette punaise.

— Tante Astride n'a rien à voir avec ma décision. Je l'ai prise en toute liberté. Contrairement à ce que tu penses, je ne suis pas sous influence.

Hector se mit à hocher la tête. Peut-être commençait-il à entrevoir une brèche sous ses pas, une brèche s'élargissant dans laquelle sa belle assurance allait s'engloutir.

— Comme s'il n'était pas suffisant d'avoir une grève sur le dos, maugréa-t-il, il faut que ma famille me lâche. Taurence aussi me fuit, Taurence que j'ai dû protéger contre lui-même de ses tentations démoniaques et morbides.

— Moi, tu ne m'as jamais protégée, comme tu dis. Tu as toujours désiré faire de moi ta domestique.

L'aîné des Marinzacq se mit à arpenter d'un pas nerveux le salon, observant les tapisseries, les meubles, les tableaux, comme s'il cherchait à comprendre ce qui pouvait bien attirer sa sœur dans ce décor bourgeois. Tout ce qu'il haïssait au fond de lui-même se trouvait là, à portée de son regard : les boiseries cirées, la patine des vieux meubles, les statuettes de bronze qu'il avait envie de jeter à terre et la mollesse des coussins. « Un univers de paresse et d'avachissement », pensait-il.

— Je vois, fit Hector toujours hochant la tête. Tu t'es choisi une autre famille plus conforme à tes goûts de petite princesse. Notre père t'a gâté le caractère. C'est lui le responsable. Et peu à peu, ce poison sentimental a gagné tout ton être. Il n'y a plus rien à sauver en toi. Plus rien, fit-il dans un mouvement d'humeur où se lisaient l'impuissance et le désespoir.

— Voici qui est bien résumé, répondit Aurélia.

Et elle poussa un profond soupir, tandis que Mme Souleyrosse tenait toujours sa main. Cette dernière craignait que sa force ne s'évanouît, que sa résistance ne s'amollît et que ce furieux frère ne la regagnât corps et âme. Mais elle finit par se rassurer en la voyant faire front par un tenace silence. Aurélia n'attendait plus que son départ. Alors Vivienne tenta quelque approche diplomatique. C'était son espoir, maintenant, qu'Hector revînt à la raison et qu'il finît enfin par admettre le mariage.

— Ne serait-il pas plus intelligent que nous discutions de tout cela devant un verre de brandy ? proposa-t-elle. Car, de fait, nos deux familles seront amenées à se côtoyer à l'avenir. Un lien devra s'établir entre les Marinzacq et les Souleyrosse. Cherchons ce qui nous rapproche. Sinon, mon Dieu, quel gâchis ! Ne croyez-vous pas, Hector ?

Ils s'assirent enfin, face à face, et Germaine fut invitée à rapporter les verres et l'alcool, une petite liqueur doucereuse pour les femmes et un cognac pour le visiteur.

— Je connais ce pays tout aussi bien que vous, affirma Hector. Vous y avez fait fortune au moment où la forêt est devenue industrielle avec ses plantations en allées. Chaque pouce de terrain a été colonisé. Adieu les vieilles seigues[1]. Mais il se trouve que des gens comme vous

1. Vieille forêt de pins.

se sont partagé le gâteau et nous autres, que nous a-t-on laissé ? Les pignadas d'infortune. Quelques parcelles sous les vents, sur des sables incertains.

— Plaignez-vous, répliqua Vivienne. La Petite Marquise est une belle affaire. Votre père, M. Victorin, a tout donné à son domaine.

— Trop tard, déplora Hector, les dés sont pipés. Il ne reste rien pour m'étendre. Je suis enserré dans les vastes domaines, je m'asphyxie dans cette mer de pins. J'avais espéré une petite ouverture avec la dame Fortegui, mais j'ai été rejeté comme un chien galeux. Trop tard, répéta-t-il.

— Nous serons ouverts à vos propositions, suggéra Mme Souleyrosse d'une petite voix attendrie. Que croyez-vous ? Nous ne sommes pas des sauvages.

— Tout ça, des boniments, rétorqua-t-il, pour m'attendrir. Vous autres, les Souleyrosse, vous avez fait les mêmes promesses à mon père. Et il a fini par crever comme un chien sans rien voir venir. En 1890, lorsque père a commencé à sortir la tête de l'eau, poursuivit-il, il a tout perdu avec les incendies à Guycharnaud. De si beaux pins, prêts à l'abattage et à la vente, vendus sur pied, ont fini en cendres. Voilà une perte irréparable qui a ruiné ses projets, il comptait acheter les six cents hectares de Bapoueyre et de la Riboulée. Qui donc les a allumés, ces feux, le savez-vous ? Sans doute ceux qui voyaient déjà d'un mauvais œil l'essor de la Petite Marquise.

Puis l'année suivante, la tempête... Avouez que le sort s'est acharné sur notre famille. Il y avait de quoi perdre la carte...

Hector Marinzacq voulut se retirer quand Gontran fit son entrée dans le salon, ses deux chiens sur les talons, des labradors. Ils se firent face, s'observèrent avec attention, chacun se demandant lequel allait attaquer l'autre. D'ordinaire, dans le paysage des Landes, un Marinzacq et un Souleyrosse ne faisaient pas bon ménage. C'étaient deux espèces d'hommes irréconciliables. Mais cette fois, on se serra la main.

— Vous êtes enfin arrivé à vos fins, Gontran. Je ne sais pas pourquoi vous l'avez prise dans vos rets. Mais je finirai par le découvrir un jour.

— Je l'aime, votre sœur, Hector. C'est l'unique raison. Ce n'est pas la peine d'aller chercher des explications ailleurs.

Leurs mains se détachèrent, retombant le long du corps avec lassitude. Puis ils se quittèrent ainsi, sans un mot de plus.

Cette fois, Aurélia conduisait seul son cheval sous les saules. Elle l'attacha à un tronc. Elle craignait que Frédéric n'eût demandé au palefrenier de la suivre pour lui rapporter tous ses faits et gestes.

En effet, depuis que la décision était prise et que le père avait donné son accord sans la moindre réserve, le fils cadet se sentait trahi par la perspective de ce mariage. Certes, si ce dernier était plutôt satisfait que son frère allât s'installer à Bordeaux chez les Demartin, il ne supportait pas qu'une Marinzacq entre dans la famille. C'était comme une infamie qui se jouait devant ses yeux, sous le couvert de l'amour et de la passion, des mots qui lui étaient décidément étrangers.

Aurélia descendit le sentier jusqu'à la Chaumine dans la ouate du matin. Elle savait que le vieil homme l'attendait près de la passerelle. C'était l'heure où il posait ses filets à la pointe du ponton, par paresse, refusant de mettre les pieds dans une des barques pour les poser plus loin, là où les brèmes bordelières, les gardons et les carpillons se rassemblaient en banc.

Bartholémée entendit le pas de sa visiteuse sur le plancher de la passerelle, mais ne se retourna pas.

— J'avais espéré que tu ne viendrais pas, chère fillette.

— Une promesse est une promesse.

— Je n'ai rien promis, se défendit Bartholémée par avance.

— Je veux savoir qui était mon père. Je ne l'imagine pas passer ses journées ici, dans cet endroit sinistre entre bois, marécage et étang, à observer des heures durant le vol des canards. Ça ne lui ressemble pas. Que me cachez-vous, monsieur Bartholémée ? Je me suis renseignée sur vous.

Elle attendit qu'il eût terminé l'amarrage du filet pour énoncer ce qu'elle savait sur lui.

— Pas si bon que ça, fit-elle.

Mais le vieil homme s'amusait des racontars, des médisances et des larcins dont on l'accusait dans le pays. Et au passage, il prit plaisir à se noircir un peu plus. Il paraissait plutôt fier de sa réputation et il comptait bien partir avec elle dans l'autre monde, ainsi que Dieu l'avait fait.

— Ce sera mon seul juge. Et celui-là, c'est pas pour dire, mais je le crains pas.

— Qui était mon père ?

— Un homme comme moi, prévint le vieil homme. Un type qui ne s'encombrait pas de l'opinion des autres, sans religion, sans morale, sans rien.

Bartholémée passa prendre dans la Chaumine sa petite besace. Celle-ci était taillée dans une vieille toile militaire, rapiécée, raidie par la crasse.

— Ton père ne venait pas ici, à Evrette, seulement pour la pêche. Je dirais même qu'il s'en foutait de la pêche. Comme il se foutait du reste et même de ma compagnie. J'étais tout juste bon à recueillir ses confidences. À ses heures, c'était un grand bavard. Il me parlait, à moi qui l'écoutais sans rien dire, comme s'il se causait à lui-même. C'était sa manière de penser à haute voix. Par instant même, ça devenait malséant. Je ne savais plus si je devais me boucher les oreilles ou partir. Mais Victorin, il avait besoin de m'avoir en face de lui. Car parler au vent ne lui suffisait pas. Ça le bloquait même, le silence, le murmure des eaux et tout le reste.

— Que disait-il ?

— Ton père fréquentait une personne, une fort belle personne même.

— Une femme ?

— Elle s'appelait Jane Marrisson, une anglaise qui s'était installée à Eskidié dix ans plus tôt. À deux pas d'ici. Une maison dans la forêt, avec de grandes fenêtres, une jolie terrasse blanche et, sur la façade, des bougainvilliers rouges. C'était là que Victorin passait ses jours et ses nuits. Ils s'aimaient, ces deux-là, comme des fous. Avec Miss Marrisson, Victorin n'était plus le même. C'est incroyable ce que l'amour peut changer un homme. Il existait deux Victorin Marinzacq, l'un autoritaire et colérique sur ses terres de la Petite Marquise et l'autre aimable et enjoué à Eskidié.

— Mon père, je ne l'ai jamais connu aimable et enjoué, déplora Aurélia. Décidément, j'envie Miss Marrisson. Tel que vous me le décrivez, c'est pour moi un étranger.

Elle essuya quelques larmes en découvrant la maison abandonnée de l'Anglaise. On en fit le tour, cherchant le moyen d'y pénétrer. Ce n'était pas difficile, toutes les vitres étaient brisées.

— Il y a des garnements qui viennent s'amuser ici. Ils font des feux sur la terrasse pour cuire leur poiscaille. Et ensuite, ils festoient jusque tard dans la nuit en allumant des bougies un peu partout. C'est un miracle qu'un incendie n'ait pas déjà ravagé cet endroit.

Aurélia n'eut qu'à pousser la porte de derrière pour entrer dans le couloir. L'intérieur avait été saccagé par les intrus de Maureilhan ; la maison de l'Anglaise était devenue leur espace de jeux. Elle visita chacune des pièces, fouilla les armoires, les commodes, les placards, sous le regard intrigué de Bartholémée.

— Que cherches-tu, petite ? demanda-t-il.

— Un portrait d'elle. Je voudrais tant qu'il me reste quelque chose.

— Pourquoi ? En voici une drôle d'idée.

— Miss Marrisson appartient un peu à ma vie, non ?

Le vieil homme haussa des épaules. Il ne comprenait pas que la fille de Victorin fût ainsi intéressée par la maîtresse de son père.

— Il n'y a plus rien, fit-il. Les pilleurs ont tout emporté. Le linge, les bibelots, les secrets aussi. Tout ce qui se rapporte à cette histoire a disparu. Maintenant que ton père est au cimetière et que Miss Marrisson est partie dans le Yorkshire. Puisque sa famille, après l'enquête, a réclamé sa dépouille.

— On a toujours raconté qu'elle s'était noyée dans le lac, dit Aurélia.

Bartholémée hocha la tête. C'était une question à laquelle il ne voulait pas répondre.

— Elle s'est noyée, oui, confirma-t-il. Là-bas, au bout de la passerelle, là même où j'ai posé mes filets tout à l'heure. C'était au milieu de l'après-midi. Un jour de canicule.

— Comment est-ce arrivé ?

— C'est arrivé, fit-il.

— On a même soupçonné mon père de l'avoir jetée à l'eau. Parce qu'elle ne voulait plus entendre parler de lui… Je serais tenté de le croire. L'homme double, amoureux et aimable, se serait métamorphosé en assassin.

Le vieil homme ressortit de la maison, comme si l'ombre de Miss Marrisson s'était soudain interposée entre lui et la jeune femme. Ils revinrent par la rive, en dérangeant les canards qui batifolaient dans l'eau saumâtre.

— Vous ne savez rien ou vous ne voulez rien me dire ? Je peux tout entendre. Mon père est mort. Ça ne changera rien. Sauf pour moi. J'ai besoin de savoir si mon père était un meurtrier. Tuer par amour, ça existe, n'est-ce pas ?

Bartholémée revint s'asseoir à l'entrée de la Chaumine, là où Aurélia l'avait rencontré pour la première fois.

— Ce n'est pas ton père qui a noyé Miss Marrisson, dit-il. C'est ce qu'on a dit dans le pays. Et lui ne s'est jamais défendu. Il a préféré garder le silence durant l'interrogatoire des gendarmes. Et l'enquête a fini par conclure que l'Anglaise s'était noyée toute seule.

— Alors qui a fait ça ?

Le vieil homme baissa la tête, embarrassé. Puis il prononça d'une voix chuchotante une petite phrase qu'Aurélia n'entendit pas. Alors elle approcha son oreille du vieux.

— C'est ta mère, murmura-t-il, qui l'a jetée dans le lac. Au début, ce n'était rien qu'une dispute entre femmes. Zélia voulait récupérer son mari pour elle toute seule. Mais ton père a refusé de la suivre. Alors ta mère s'est emparée d'une rame qui traînait sur le ponton et l'a poussée dans le lac. Et lorsque l'Anglaise a voulu s'agripper à la rambarde pour remonter sur la passerelle, elle l'a repoussée de nouveau dans l'eau et comme ça, plusieurs fois, sans se décourager, jusqu'à ce que l'Anglaise se noie.

— Mon père ne s'est pas interposé?

— Non, affirma Bartholémée. Il est resté immobile, pétrifié de peur, jusqu'à ce que tout soit terminé et que les dernières bulles d'air s'en viennent crever à la surface.

À Moitezan, la grève prit fin comme elle avait commencé, sans que les résiniers n'obtinssent les quarante francs par barrique qu'ils avaient exigés. Après coup, en signe de bonne volonté, les maîtres des pinèdes firent quelques menus efforts en accordant quatre journées de fanage et de regain et la donation d'un porc pour améliorer l'ordinaire de leurs ouvriers. Avec ces broutilles, les propriétaires espérèrent que la crise était réglée pour longtemps. Souleyrosse, Capdot, Faurel, Lagrenon et les autres se satisfirent donc de cette issue avec la naïve espérance que la paix recouvrée perdurerait dans les pinèdes et que les larmes de résine couleraient jusqu'à la fin des temps. La situation des résiniers connut un répit, bon an mal an, jusqu'en 1907. Et cette année-là, funeste entre toutes, les Landes s'embrasèrent dans une fièvre sociale sans précédent.

Du même auteur :

Le Vent mauvais, L. Souny, 1993
Les Caramels à un franc, L. Souny, 1995
Le Domaine de Rocheveyre, Presses de la Cité, 1999
Jours de colère à Malpertuis, Presses de la Cité, 2001
Les Vignerons de Chantegrêle, Presses de la Cité, 2002
Quai des Chartrons, Presses de la Cité, 2002
Les Compagnons de Maletaverne, Presses de la Cité, 2003
Le Carnaval des loups, Presses de la Cité, 2004
La Tradition Albarède, vol 1. Les Césarines, Presses de la Cité, 2004
La Tradition Albarède, vol 2. Grand-mère Antonia, Presses de la Cité, 2005
Une maison dans les arbres, Presses de la Cité, 2006
Une reine de trop, Presses de la Cité, 2006
Une famille française, Presses de la Cité, 2007
Les Eaux profondes, L. Souny, 2007
L'Homme qui rêvait d'un village, Presses de la Cité, 2008
La Rosée blanche, Presses de la Cité, 2008
Les Fruits verts, L. Souny, 2009

L'Auberge des diligences, Presses de la Cité, 2009
Le Notaire de Pradeloup, Presses de la Cité, 2009
L'Or des Borderies, Calmann-Lévy, 2010
Soleil d'octobre, Calmann-Lévy, 2011
Les Encriers de porcelaine, Presses de la Cité, 2011
Les Noces de soie, Calmann-Lévy, 2012
La Villa des térébinthes, Calmann-Lévy, 2012
Rendez-vous à Fontbelair, Calmann-Lévy, 2013
L'Armoire allemande, Presses de la Cité, 2013
Histoires de familles, Omnibus, 2013
La Folie des Bassompierre, Calmann-Lévy, 2014
La Retournade, Presses de la Cité, 2014
Chronique des Strenquel, Calmann-Lévy, 2014
La Bastide aux chagrins, Calmann-Lévy, 2015
Les Sœurs Querelle, Calmann-Lévy, 2015
L'Honorable Monsieur Gendre, Presses de la Cité, 2016
La Belle Étrangère, Calmann-Lévy, 2017
Adélaïde au bord de la falaise, Calmann-Lévy, 2017
Les Gens de Combeval, Calmann-Lévy, 2018